내가 변한 만큼 세상이 변한다

나소열의 정치비평

내가 변한 만큼
세상이 변한다

사람을 믿고 소중하게 여기는 일꾼

친애하는 나소열 군수님!

서천군수로 임기를 마무리하고 있는 시점에서 삶의 발자취를 돌아보는 『내가 변한 만큼 세상이 변한다』를 출간하게 되심을 진심으로 축하드립니다. 오랫동안 군정을 위해 헌신하신 군수님의 노고에 감사드립니다.

이번에 발간하는 자서전은 군수님의 정치활동 여정과 12년간 군정을 살피시면서 경험한 수많은 사건들 안에서 참 신앙인으로서 살고자 했던 아름다운 모습을 보여주고 있습니다. 복음정신을 근간으로 군민과 지역사회를 아끼고 사랑하고자 했던 군수님의 삶은 나라와 교회의 값진 선물입니다. 군수님은 공직사회의 귀감을 보여주셨습니다. 저의 사랑과 존경의 마음을 드립니다.

복지는 인간에 대한 신뢰와 사랑 없이는 불가능합니다. 그러므로 복지는 누구나 할 수는 있지만, 아무나 할 수 있는 일이 아닙니다. 군수님은 헌법에 명시된 '국가의 사회복지 증진의 의무'를 'Amenity'라는 새롭고 긍정적이며 인간적인 비전을 통해 지난 12년간 지속적으로 실천하셨고, 세계 최고의 생태도시를 지향하면서 지속가능한 생태도시를 만들기 위해 노력하고 계십니다. 그 결과 모든 군민이 행복을 꿈꾸고 희망의 불씨를 간직할 수 있게 되었습니다.

특히 2008년 11월부터 천주교 대전교구에 위탁하여 운영되고 있는 '서천 어메니티 복지마을'은 군민을 대상으로 한 설문조사에서 '서천군에서 가장 잘한 일' 1위로 선정되었다고 들었습니다. 또한 지방자치단체 복지정책 평가에서 몇 차례 전국 1위를 차지했을 정도로, 군민은 물론이고 전국 최고의 복지 메카로 자리매김하였습니다. 군수님의 군정에 저희들도 함께 참석하고 있음에 감사한 마음을 지니고 있습니다.

지역을 향한 군수님의 끊임없는 노력과 열정은 이제 지역을 초월하여 '공존과 협력'이라는 새로운 목표를 향해 나아가고 있으며, 미래에 커다란 밑거름이 될 것입니다. 어려운 여건 속에서도 멋진 군정을 이루신 군수님의 노고에 재차 감사드리며, 우리 사회가 매우 혼란스럽고 어려운 시기에 더 큰 일을 하실 수 있는 일꾼이 되리라 믿습니다.

주님의 사랑과 은총이 늘 군수님과 함께하시길 기도드립니다.
고맙습니다.

천주교 대전교구장 주교
유흥식 라자로

혜안, 결단, 고집의 정치인

"나는 서천 사람이다"로 시작하는 이 책에 추천의 글을 쓰는 나는 서천 사람이 아니다. 구태여 밝히자면 나는 강릉 사람이다. 서천 못지않게 아름다운 고장인 동해안 강릉에서 태어나 서울에서 살다가 2013년 이곳 서해안 서천에 새롭게 설립된 국립생태원에 초대 원장으로 부임했다. 이역만리 미국에서도 15년이나 살다 온 내가 어쩌다 전국의 숱한 곳 중에서 이곳 서천까지 오게 됐는지 인생 역정은 참으로 알다가도 모를 일이다.

이 세상 모든 일은 다 우연과 필연의 조화로 인해 벌어지지만 내가 이 서천까지 오게 된 데에도 나름의 인과 과정이 있다. 서천군이 삼성경제연구소에 미래 전략 용역을 맡겨 '어메니티 서천'의 비전을 도출해 낼 때부터 나는 서천과 인연을 맺기 시작했다. 삼성경제연구소가 최종 보고회를 열며 내게 특강을 부탁했다. 당시 서울대학교 생명과학부에서 생태학을 가르치던 나는 시대를 앞서가는 지방자치단체의 노력에 감화되어 기쁜 마음으로 보고회에 참여했고, 거기서 서천 군민들을 처음 만났다.

노무현 정부가 들어서며 초대 환경부 장관으로 이치범 장관이 임명되었다. 내가 한때 공동대표를 지낸 환경운동연합에서 일한 경력이 있긴 하지만 이치범 장관은 원래 독일에서 박사학위를 한 철학자이다. 환경재단의 최열 대표가 마련한 조촐한 저녁식사 자리에서 이치범 장관은 내게 환경부 장관으로 무슨 일을 하면 좋겠냐고 물었다. 뜻밖의 질문을 받고 저녁식사 내내 곰곰이 생각하던 나는 그에게 '국립생태학연구소'를 만들어 달라고 주문했다. 우리 정부에 '환경' 관련 연구소들은 많지만 정작 그 모든 환경 관련 사업의 기초가 되는 학문인 생태학을 담당하는 연구소가 없다는 점을 강조하며 생태학의 기반이 튼튼해야 제대로 된 환경보호가 가능해진다고 설명했다. 이 부분은 훗날 이치범 장관님께 반드시 추인을 받아야 하지만 장항 갯벌을 개발하여 공단을 짓게 해달라는 서천군의 요구에 대안 사업으로 국립생태원이 제기된 배후에 일찌감치 내가 뿌린 씨앗에서 싹이 돋아나고 있었던 건 아닐까 생각한다.

그러던 2007년 초겨울 어느 날, 나는 신문에서 국립생태원 건립에 관한 공청회가 열린다는 기사를 읽었다. 당시 나는 한국생태학회 회장이었는데 나도 모르는 가운데 참 대단한 일이 벌어지고 있구나 생각하며 공청회장을 찾았다. 내가 나타나리라고 상상하지 못했는지 적이 당황하는 환경부 직원들의 뒤로 반가운 얼굴 몇이 보였다. 옛날 삼성경제연구소 보고회에서 만났던 서천군청의 직원들이었다. 공청회장은 내 기대를 초월하여 퍽 많은 사람들이 모여 있었다. 그 당시에도 늘 바쁜 일정을 소화하던 나는 1부만 참석하고 또 다른 행사로 발길을 돌려야 했다. 명색이 한국생태학회 회장이 나타났으니 그래도 한말씀 하고 가라고 하여 나는 진심으로 반가운 마음에 좋은 국립생태원을 만들어 달라는 덕담을 남기고 자리를 떠났다.

그런데 며칠 후 환경부 직원들이 이화여대 내 연구실에 찾아왔다. 국립생태원 건립 용역을 다시 해야 한다며 내게 그 일을 맡아 달라는 것이었다. 그날 내가 떠난 다음 공청회 2부에서 제기된 문제점들을 보완하려면 2차 용역이 불가피하다고 판단했단다. 또다시 짧은 용역을 하는 것이라면 하지 않겠다는 전제 하에 나는 결국 2008년 1년을 송두리째 바쳐 국립생태원 기본 계획 수립 용역 사업을 수행했다. 그동안 한번도 제대로 대접받지 못한 대한민국의 생태학 발전에 다시 없을 기회라고 생각하고 정말 열심히 혼신의 노력을 다해 지금 이 순간에도 당당히 말할 수 있을 정도로 탄탄한 기획 보고서를 제출했다. 그리고 무슨 운명의 장난인지 모르지만 나는 초대 원장으로 3년간의 서천 생활을 시작하게 되었다.

내가 전공하는 학문이라서가 아니라 나는 생태가 21세기 인간의 삶에 가장 중요한 화두 중의 하나가 될 것이라고 생각한다. 이런 새 시대에 국립생태원이 중요한 역할을 할 것은 너무나 당연하고, 이런 기관을 품은 서천군은 진정한 의미의 21세기형 행복마을이 될 것이라고 확신한다. 그리 머지않은 장래에 서천 군민들은 전국의 친지들로부터 그런 멋진 곳에 살고 있으니 얼마나 행복하느냐는 부러움의 인사를 듣게 될 것이고 그로 인한 자부심을 느끼게 될 것이라 기대한다. 물론 그렇게 되려면 서천 군민들의 적극적인 노력이 필수적이지만, 나 역시 국립생태원의 초대 원장으로서 헌신할

 내가 변한 만큼 세상이 변한다

것을 약속한다. 먼 훗날 우리 모두 국립생태원과 더불어 곧 개원할 해양생물자원관과 조만간 만들어질 내륙생태산업단지가 서천군의 미래를 새로운 방향으로 이끌어 주었음을 흐뭇하게 기억하게 될 것이다.

역사는 종종 단 한 사람의 혜안, 결단, 그리고 고집에 의해 만들어진다. 온 나라가 갯벌을 메워 공장이나 짓겠다는 구시대의 개발 논리에 빠져 있을 때 이 책의 저자 나소열 군수는 '어메니티 서천'이라는 당시로서는 파격적으로 미래지향적인 개념을 도출해 내는 혜안을 발휘했다. 그리고 단식 투쟁이라는 극단적인 행동도 마다하지 않으며 끝내 정부 6개 부처의 공동협약을 이끌어내고, 그간 온갖 의심과 무관심을 뚫고 이 사업을 뚝심 있게 밀고 왔다. 이제 이 대한민국 땅에서도 제대로 된 생태학 연구가 가능해진 데에는 전형적인 외유내강 정치인 나소열 군수가 있었다. 서천 군민들도 동의하시겠지만, 적어도 이 땅의 모든 생태학자들은 그에게 평생을 두고도 다 갚지 못할 은덕을 입었다. 그가 변한 만큼 세상이 변했다. 그래서 2013년 12월 27일 국립생태원 개원식에서 경과 보고를 하며 내가 그랬듯이 다시 한 번 머리 숙여 말하련다. 나소열 군수님, 감사합니다.

국립생태원 원장, 이화여대 교수

최 재 천

책을 내면서

나는 서천 사람이다. 풍요롭고 인심 좋은 고장 서천에서 태어나 가장 감수성이 예민한 소년 시절까지 이곳에서 교육받으며 자랐다. 당시 기억은 부모님과 5남매로 이루어진 가정의 따스한 사랑과 온갖 흥미로운 모험을 함께 나눈 친구들과의 우정으로 가득하다. 이런 경험은 내가 살아가는 동안 부딪쳤던 숱한 어려움 속에서도 나를 흔들리지 않게 잡아 주고 버티게 해주는 가장 든든한 뿌리가 되었다.

그러한 긍정적인 성장 배경 덕분에 나는 일찌감치 삶의 가치와 관념을 놓고 장시간 토론할 줄 아는 습관을 갖게 했다. 물질적 토대가 튼튼한 사람들이 정신적 문제에 흥미를 갖게 되는 이치가 내게도 그대로 적용된 것이다. 나는 철학적 사색에 몰두했고, 또 그 바탕 위에서 정치학을 전공했다. 그러면서 이 사회가 그저 따뜻하고 조화로운 곳만은 아니라는 사실을 깨닫게 되었다. 부당한 압박 속에서 소외당하며 살아가는 가난한 사람들이 많다는 현실은 정치학도인 내가 그저 외면한다고 사라질 문제가 아니었다. 게다가 서천은 도시화·산업화에 밀려 점점 낙후되는 고장

내가 변한 만큼 세상이 변한다

이라는 냉혹한 현실을 직시해야만 했다. 대학원에서 정치 이데올로기를 연구하고 공군사관학교에서 교수 생활을 하면서도 현실정치를 외면할 수 없다는 책임감은 늘 나를 떠나지 않았다.

그러다가 마침내 용기를 내어 현실정치에 뛰어들었다. 우리 사회에 산적한 갈등과 부조리를 혁신하기 위해서였다. 나와 민주청년회를 함께하던 동지들은 결국 우리가 필요한 곳에 뛰어들어 그곳을 변화시켜 나가는 실천이야말로 생동감 넘치는 민주정치를 구현할 수 있는 유일한 방안이라는 데 뜻을 함께했다.

그 길로 나는 서천 내 고향으로 돌아와서 사람들을 만나 대화를 나누고 내 뜻을 전하며 다녔다. 그 뜻은 크게 두 가지인데, 하나는 잘못된 정치현실을 유권자 스스로 개혁해야만 한다는 호소였다. 특히 지역으로 갈린 채 편견으로 모든 정책을 농단하는 관행과 소위 '돈 정치'로 불리는 금권선거의 폐해를 혁파해야 한다고 설득했다. 또 하나는 낙후된 서천의 현실을 바꾸기 위해 다함께 분발하자는 것이었다. 정확하고 현실적인 목표를 대안으로 제시하고 강력하게 추진해야 한다는 것이 나의 발전 전략과 정책 의지였다.

그동안 많은 어려움이 있었지만 나의 이런 설득과 의지는 결국 관철되었다. 나는 12년 가까이 서천군수로 봉직하면서 정성을 다해 일했다. 실타래처럼 뒤엉킨 난제들을 돌파하기 위해 목숨을 건 투쟁도 마다하지 않았다. 또한 외롭게 노후를 보내는 어르신부터 이제 막 꿈을 키우며 자라나는 새 세대에 이르기까지 그들의 행복과 희망을 위해 우리 군청의 많은 공무원들과 함께 연구하고 노력했다.

지난 시간을 돌이켜보면 부족한 점이 많지만 그래도 개혁의 물꼬는 트지 않았나 자평하고 큰 보람을 느낀다. 이것은 나를 지지해 준 군민들이 계셨기에 가능한 일이었다. 사랑하는 나의 이웃, 서천의 모든 주민들께 깊이 머리 숙여 감사드린다. 이제 군수직으로는 법적으로 더 이상 봉사할 수 있는 기회는 없다. 그러나 내 고향 서천에 대한 사랑과 관심은 내가 이 땅에 묻히는 그날까지 변함이 없을 것이다.

내가 변한 만큼 세상이 변한다

이렇듯 지역 발전에 애정을 쏟아온 나는 또한 대한민국의 정치인이다. 그렇기에 앞으로 정치인으로서 내가 가야 할 길은 아직 남아 있다. 이 지점에서 잠깐 숨고르기를 하면서 지금까지 걸어온 길을 되돌아보고, 그것으로 앞으로 가야 할 길의 방향타를 삼고자 한다. 이 책을 쓰게 된 것은 바로 이 때문이다.

1부 '장재의 시'에서는 어린 시절과 청년기로 접어드는 시간까지의 여러 일화들을 기억나는 대로 서술하였다. 2부부터는 본격적으로 정치현실에 뛰어들어 겪은 일화들을 소개하면서 정치비평도 함께 곁들였다. 따라서 시간적으로 사건의 맥락이 조금 끊기는 문제도 있을 것이다. 그러나 단선적인 나열보다는 정치적 함축이 많은 일들에 대해 비평을 가함으로써 글의 생동감과 밀도를 높이고자 했다.

특히 장항산업단지의 갈등과 관련하여 중앙정부로 하여금 대안 사업을 내놓도록 만든 과정은 되도록 자세하게 썼다. 과연 지자체장이 단식을 감행하면서까지 관철시키고자 했던 것은 무엇이었는가? 정책의 신뢰와 공정성을 두고 우리 시민사회가 타협과 양보를 통해 합의를 이루기 위해서는 과연 어떤 과정을 거쳐야 하는가? 이러한 문제에 대한 하나의 반성적 사례를 구체적으로 보여주고 싶었다.

또한 이 책에는 나의 정치적 스승, 노무현 대통령과의 일화도 많이 소개했다. 내가 처음 현실정치에 입문한 것도 꼬마민주당 노무현 기획조정실장과의 만남이 계기가 되었다. 나의 후원회장을 맡아 주셨고, 그에게 정치 수업을 받은 젊은이로서는 가장 먼저 선거로 당선된 사람인 만큼 나와 노무현 대통령과의 인연은 깊다. 개인적 관계도 그렇고, 정치 후배로서도 나는 그분과의 관계를 영원히 잊을 수 없다. 하물며 이 강인한 의지의 정치인이 그런 수모 속에서 비극적 최후를 맞을 수밖에 없었다는 현실은 나의 마음을 한없이 아프게 한다.

이제 우리나라 정치 현실을 똑바로 바라보며 다시 뚜벅뚜벅 앞으로 나아갈 시간이다. 이 책을 통해서 20년 넘게 쌓아온 나의 정치 행정 경험들을 정리하고, 그 경험을 통해 깨닫게 된 우리 사회의 불합리와 부조리를

강력하게 비판하는 기능도 수행하고자 했다. 그 의도가 자칫 독자들에게 잘못 전달되어, 그저 개인사를 장황하게 늘어놓거나 맥락도 없이 울분을 토로하는 잡설로 떨어지지 않기만을 바란다.

　끝까지 서술과 비평을 객관적으로 견지하려 노력했다. '나소열의 공적 조서'는 그동안 했던 일들을 조금 더 공식적인 자료와 통계로 정리한 내용이다. 발전적이고 긍정적인 내용 일변도니 자화자찬으로 될까 봐 몹시 망설였지만, 그래도 공적인 일은 공적인 일대로 평가하는 것이 옳다는 생각에서 정리하고 넘어가기로 했다.

　맨 마지막 장에서는 최근 어느 프리랜서 기자와 진행했던 대담 일부를 실었다. 앞으로 내가 해야 할 정치 활동의 원칙과 신념을 표명했던 기사이므로 대미로 삼는 데 적절할 것으로 생각해서였다. 끝으로 그동안 이 나소열을 지지해 주고 이끌어 주신 많은 선배 동료 후배 정치인 여러분과 이 시대를 사는 내 이웃인 모든 국민들께 깊은 사랑과 존경의 마음을 전한다.

나소열

추천의 글   005

책을 내면서   010

chapter 1   장재張載의 시

토론하는 소년   022

장재의 시   028

생도들과 함께   039

chapter 2   내가 변한 만큼 세상이 변한다

현실정치 속으로   050

내가 변한 만큼 세상이 변한다   056

첫 선거   065

대통령의 통치 스타일과 선진 정치로 가는 길   071

차 례

chapter 3   첫 승리를 쟁취하다

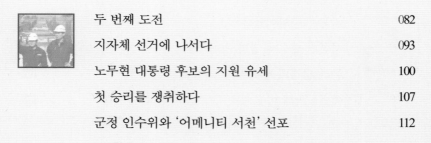

두 번째 도전   082
지자체 선거에 나서다   093
노무현 대통령 후보의 지원 유세   100
첫 승리를 쟁취하다   107
군정 인수위와 '어메니티 서천' 선포   112

chapter 4   사람은 다 떠나고 철새들만 머무는 친환경 생태 도시

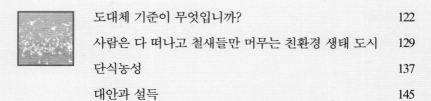

도대체 기준이 무엇입니까?   122
사람은 다 떠나고 철새들만 머무는 친환경 생태 도시   129
단식농성   137
대안과 설득   145

chapter 5 여민동락與民同樂의 마음으로

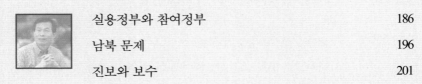

결혼은 공약이었다 158

서천의 교육 환경과 정책 162

돈과 경쟁의 풍조 172

여민동락의 마음으로 178

chapter 6 나소열의 정치비평

실용정부와 참여정부 186

남북 문제 196

진보와 보수 201

chapter 7 네가 필요한 곳에 너를 던져라

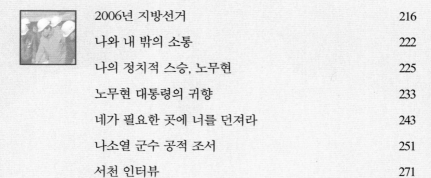

2006년 지방선거	216
나와 내 밖의 소통	222
나의 정치적 스승, 노무현	225
노무현 대통령의 귀향	233
네가 필요한 곳에 너를 던져라	243
나소열 군수 공적 조서	251
서천 인터뷰	271

장재張載의 시

"내가 태어나며 세상에 보탠 바가 없거늘,

죽는다 한들 잃을 것이 무엇인가?"

이 구절을 본 순간, 마음에 와 닿았다.

토론하는 소년

서천은 참으로 아름다운 고장이다. 가을 바람에 흔들리는 이삭 물결 너머 야트막한 산 능선으로 따스한 햇살이 번지고 멀리 갯가에서 짭조름한 바닷바람이 밀려오는 곳. 대대로 물산이 풍부해서 인심도 넉넉하고 여유 만만인 고장. 늘 내 집 같고, 가족 같은 그런 고향. 어머니의 따뜻함이 늘 맑은 뭉게구름마냥 둥덩실 피어오르는 곳.

정월 대보름에는 자구로 송진을 뜯어 광솔 쥐불놀이를 신나게 돌려대고, 봄 바다에 훈풍이 불면 산으로 들로 꽃무더기 속을 뛰어다녔다. 여름에 큰물이 지면 터진 둑을 막느라 분주하신 아버지와 동네 어른들을 돕는답시고 쌀자루나 비료 포대를 날랐다. 그렇게 한번 비바람이 지나가면 개울에 커다란 웅덩이가 생겼는데, 거기서 아이들과 발가벗고 헤엄을 치면서 놀곤 했다. 어린 시절 접했던 내 고향은 그야말로 맑고 깨끗했다.

우리 가계는 조선 초기 서천에 정착한 나주 나씨다. 아버지는 제법 큰

내 가 변 한 만 큼 세 상 이 변 한 다

규모로 농사를 지었으며 방앗간도 운영했다. 아버지는 무척 부지런하셔서 이웃들로부터 신뢰를 얻었다. 그래서인지 우리 집은 늘 마을 사람들로 북적였다. 점심때 어머니께서 김이 설설 피어오르는 가마솥에서 수십 명분의 국수를 삶아 건져올리던 모습이 떠오른다. 아버지는 몇 년 후 이웃 동네 방앗간도 맡아 운영하게 되었는데, 사람들이 볏가마를 아예 자기 창고가 아니라 우리 방앗간에 쌓아두곤 했다.

아버지는 자식 농사에도 꽤 성공적이었다. 내 위로 형이 셋, 아래로 누이가 하나 있다. 우리 집은 요즘 단출한 도시 가정에서는 찾아볼 수 없는 재미가 풍성했다. 티격태격 싸우기도 했지만 오순도순 어울리는 맛으로 심심하거나 소외감을 느낄 겨를이 없었다.

내 친구들은 모두 나보다 한 살이 많았다. 학교 갈 때가 되자, 어머니는 나를 또래들과 함께 다니라고 1년 먼저 집 뒤에 있는 서남초등학교에 입학시켰다. 하지만 학교에 막상 들어가 보니 재미없고 적응이 안 되어 가끔 도로 집으로 돌아오곤 했다. 어머니는 그런 내 손을 잡고 다시 학교로 데려갔다. 한글도 제대로 못 깨친 탓에 성적은 늘 꼴찌였다. 그래도 수업이 끝나면 동무들과 어울려 노느라고 어두워질 때까지 운동장으로 들로 산으로 뛰어다녔다.

3학년이 되어서야 공부에 재미를 붙이게 되었는데, 앞자리에 앉았던 친구가 무척 예쁘장해서 그 아이에게 똑똑하고 멋진 모습을 보이려고 애쓴 결과였다.

나는 명랑한 편이고 운동도 아주 좋아했다. 5학년 때인가 6학년 때 학교 핸드볼 팀이 연습하는 모습을 물끄러미 지켜보고 있는데, 코치 선생님이 나를 손짓으로 부르시더니 "야, 반장, 너도 이 운동 하고 싶어?" 하고 물었다. 그래서 "예, 해보고 싶습니다" 했더니 바로 그 자리에서 같이하라고 시켰다. 우리 팀은 몇 달 후 군 대회에 출전했는데, 첫 경기에서 지고 말았다. 상대팀은 승승장구하더니 결국 도 대회에서 우승을 했다. 초장에 너무 강팀과 붙었던 것이다. 이로써 나의 첫 번째 선수 생활은 끝나고 말았다.

서천중학교로 진학한 뒤로는 뒷동산을 넘어 4킬로미터가량을 걸어다녔다. 축구에 열중했고, 공부도 썩 잘했다. 고등학교는 공주로 유학을 갔다. 당시 서천에서 공주까지 가려면 시외버스를 타야 했기 때문에 세 시간도 넘게 걸리는 거리였다. 셋째 형과 함께 하숙을 하며 공주사대부고를 다녔다.

그때부터 위인전이나 철학책을 탐독했는데, 형이나 친구들과 하숙방에 둘러앉아 사변적인 논쟁 하기를 좋아했다. 역사·종교·가치 문제를 두고 시간 가는 줄 모르고 이야기하다 상대가 말문이 막히면 끝내곤 했다. 그래서 '소피스트'라는 별명을 얻기도 했지만, 학과 공부에 대해서는 그만큼 열정을 갖지는 못했다. 그저 시험 때가 되면 벼락치기 공부로 때우고, 수업 중에는 재치를 발휘해서 웃겼기 때문에 '코미디언'으로도 불렸다. 운동을 좋아해서 축구나 무술을 했지만, 고등학교 시절엔 장이 좀 안 좋아져서 책상에 오래 앉아 있기 힘들어 누워 쉬는 날이 많았다. 그래서 더욱 사변적인 것을 좋아하게 되었는지도 모른다.

한번은 방학 때 『삼국지』를 읽고 그 분위기에 심취한 나머지 친구 둘을 불러 도원결의 의형제를 맺는 의식을 장중하게 벌인 적도 있다. 가

내가 변한 만큼 세상이 변한다

위 바위 보를 한 결과 내가 유비가 되었다. 객쩍은 일들을 벌이면서 조금은 국수주의적 생각에 젖어 영어 학습을 비하하고, 국사 시간에 대원군의 쇄국정책에 공감한다고 역설하다가 역사 선생님에게 교무실로 불려가 꾸지람을 들은 일도 있다. 나는 일본 제국주의에 비분강개하여 나라 힘을 반드시 길러야 한다고 생각했다. 다분히 당시 유신 교육 풍조와 맞닿아 있는 행태였을 것이다. 정치의식이랄 것은 없었지만 관심은 많았다. 당시는 유신 시절이었지만, 나는 박정희 정권 체제에 대한 거부감은 없었다. 새마을 운동이나 부국강병에 대한 국가적 홍보에 순응한 상태가 아니었나 싶다.

1977년 나는 서강대학교 문과대학에 입학했다. 나라 분위기도 어수선했고, 캠퍼스는 연일 시위를 하고 있었다. 나는 시위에 참가했지만 적극적이지는 않았다. 서클 활동도 하지 않았다. 나의 관심은 철학적 사색에 있었다. 내 인생관조차 확립되지 않았는데, 사회 부조리와 개혁을 논할 마음이 내키지 않아서 이념 모임에 참가하지도 않았다. 그보다는 도서관에 들어앉아 동양철학을 중심으로 논어·맹자 등 유가, 노장 사상, 한비자 등의 법가 책을 읽으며 인생관을 계속해서 음미하며 관념의 여행에 열중했다.

하지만 대학 현실은 그렇게 관념적일 수만은 없었다. 하루는 학내 시위가 크게 벌어졌다. 학생들이 최루탄 발사에 맞서 돌을 던지고, 또 그에 맞서 경찰들이 쫓아오자 학생들이 흩어져 달아났다. 나도 정신없이 달려가다 보니 어느 선배하고 대흥동까지 쫓겨가 막다른 골목으로 들어섰다. 연행될 판이었다. 그때 선배가 경찰에게 나지막한 소리로 말했다.

"여기 옆에 있는 친구는 아직 1학년이고 아무것도 모르니 나만 연행하시고 이 학생은 돌려보내 주세요."

경찰들은 그 선배만 연행해 갔다. 나는 아직도 그때 일을 떠올리면 그 선배에 대해 마음의 빚을 느낀다. 자그마한 체구에 안경을 끼고 목소리가 차분하던 선배. 그 선배 말에 왜 나는 아무런 말도 하지 못했을까? 왜 정당함에 대해 떳떳이 옹호하고, 부당함에 대해 당당히 저항하지 못했을까?

그러나 나는 시위대를 이끌고 나가는 스타일은 아니었다. 다만 구타와 연행이 난무하는 폭력에 대해 "저건 너무하잖아!" 하고 분노했을 따름이다. 거시적으로 보더라도 사회에 대한 긍정성과 부정성을 두고 우리 대학생들이 나서지 않는다면 정화를 시도할 집단이 없다는 의식이 싹트고 있었지만, 아직 나의 사고가 완전하게 정립된 것은 아니었기에 학생운동에는 소극적이었다.

그저 안타까운 현실에 대한 내 나름의 생각을 쓴 대자보를 두 번 붙였고, 한번은 시위대 앞에 선 부좌현 학우(그는 훗날 국회의원이 되었다)에게 손을 들어 발언권을 달라고 요청했으나 받지는 못했다. 나의 첫 연설이 될 뻔했던 기회가 무산되면서, 학생운동에 대한 적극성은 다시 잠복하고 말았다. 운동권이 노정하는 다소의 경직성, 지나치게 편향된 시각, 치기를 벗어나지 못한 행태에도 불구하고 역사에 대한 상호 반작용은 긍정적이라고 생각했다.

1학년 2학기에 휴교령이 떨어지자 대부분의 학업 성적을 리포트로 대체했는데, 성적을 보니 학사경고를 간신히 벗어난 수준이었다. 당시는 계열별 모집이라고 해서 전공학과는 2학년에 선택하도록 되어 있었다. 나는 문과 계열이었다. 서강대는 특별히 영어 교육을 중시했는데, 입학하면

내가 변한 만큼 세상이 변한다

'헤드스타트'라는 특별 프로그램을 수강해야 했다. 나는 우수반에 편성되었지만, 국가주의적 신념에 따라 외국어, 특히 영어 학습을 백안시했다.

그런데 일부 강의가 영어 원서로 진행되고 1학년 2학기 교양수학까지 영어 원서로 하는 바람에 나는 영어를 공부하든지 서강대를 포기하든지 둘 중 하나를 택해야 했다. 1학년 때는 성적도 엉망이었던 만큼 할 수 없이 영어를 해야만 하는 것이 아닐까 불안해지기 시작했다. 2학년에 나는 정치외교학을 전공으로 택했다. 몇 년 후의 일이지만 종속이론을 접하고는 콜라도 커피도 안 마시겠다고 결심했을 정도였다. 군복을 어디서 하나 구해 와 그것을 까맣게 물들여서 입고, 밀짚모자 쓰고 고무신 신고 캠퍼스를 누비고 다녔다.

"거 멋져 보이누만 그래."

친구들은 그런 나의 모습을 보고 웃어 주었다. 그러면 나는 공연히 으쓱해져서 방랑하는 허무주의자가 된 분위기에 흠씬 젖어 동양사상에 심취했다.

방학이 되어 그 꼴로 고향에 갔더니 아버지께서 나를 지그시 바라보시더니 말씀하셨다.

"아니 네 꼴이 그게 뭐냐? 그 옷 불태워라! 신사복 하나 줄 테니 그 옷 벗어라."

어머니는 나를 달래시고 아버지는 노여워하셨는데, 나는 대학 졸업 때나 되어서 양복을 입었다.

장재의 시

한번은 정치외교학과 이상우 교수님(나중에 이분은 대학원에서 나의 논문 지도교수셨다)이 호치민의 일화를 소개했는데, 전승국의 대표인 호치민이 미국 대표 앞에 양담배 켄트를 떡 물고 나타났다는 것이었다. '야, 너희들 것 무조건 반대하는 줄 아느냐' 하는 자존심과 아량이었을 것이다.

그랬다. 정치학도로서 외국어 하나 포용 못한다면 지나치게 경직된 것 아닌가? 외국어는 결국 수단의 문제이므로 상대를 알기 위해서라도 영어를 하자고 다짐했다. 독해력은 어렵지 않게 점점 회복했지만 외국인 교수의 강의 청취는 어려웠다. 그래도 성적은 갈수록 좋아졌다.

나는 정치학에 특히 관심이 많았다. 어려서부터 흥미를 가지고 있던 역사와 철학은 자유롭게 강좌를 들으면서 공부했다. 김형효 교수의 '유교철학 특강', 이기백 교수의 '한국사', 전해종 교수의 '동양사' 등을 들었다.

내가 변한 만큼 세상이 변한다

부전공은 경제를 택했다. 레닌의 말마따나 정치의 핵심은 경제가 아닌가. 김종인 교수의 '재정학', 외부 강사의 '경제사'가 특히 기억에 남는 강의였다.

이런 공부들을 하면서 늘 나의 '생사관'이랄까, 철학적 신념, 가치관 확립을 위해 관심을 기울였다. 그러다가 깊이 깨달을 기회가 두 번 있었다. 한번은 김형효 교수가 유교 철학 강의 도중에 칠판에 적어 주신 장재張載의 시를 보고 나서였다.

내가 태어나며 세상에 보탠 바가 없거늘
죽는다 한들 잃을 것이 무엇인가?

이 구절을 본 순간, 마음에 와 닿았다. 이것은 무척 개인적인 체험이었다.

또 한 번은 황석영의 『어둠의 자식들』을 읽고 큰 충격을 받았다. 비참한 현실과 그 속에서 살아가는 사람들의 마음, 이것은 사회 모순에 대해 강한 각성을 요구했다. 역사와 정치를 더 공부하고자 하는 마음도 품게 되어 대학원을 가기로 결심하는 계기가 되었다.

공부를 위해서는 무엇보다 체력이 중요했으므로 나는 운동에도 관심이 많았다. 고등학교 때 장이 좀 안 좋아져서 특별활동으로 유도를 하고, 대학에 들어가서는 태권도를 수련했다. 당시 사범은 무덕관 출신 실력파였다. 10개월 수련 후 붉은 띠를 매고 서 있는데, 사범님이 내 앞에 떡 버티고 서서 말했다.

나는 요즘에도 축구를 열광적으로 좋아한다. 2002년 9월 월드컵 4강 기념 보령시와의 친선경기에서.

"자네를 국가대표로 키우고 싶으니 오늘부터 특별훈련을 받게!"

하지만 나는 그 정도로 태권도를 전공하고 싶지는 않았다.

그 후 격투기에도 관심을 가지게 되었는데, 그것은 당시 내 또래 젊은 이들이라면 다 그랬지만 이소룡 주연의 영화를 보고 흥분했기 때문이었다. 그 멋진 동작과 기합, 그리고 영화 전편에 흐르는 열혈남아의 기개에 매료되었던 것이다.

무협지도 자주 읽었는데, 『영웅문』에 나오는 태극권이 그럴싸해서 몹시 끌렸다. 내공 무술이 외공 무술보다 한 수 위라고 여겼던 것이다. 그러던 어느 날, 이화여대 앞을 지나다가 우연히 태을권 도장을 발견하였다. 사범이 대만 사람이었는데, 도장은 건물 2층에 있었다. 바닥에 고운 흙을 깔아놓은 질박한 장소였다. 그런데 이것도 수련해 보니 외가 무공

내가 변한 만큼 세상이 변한다

에 가깝다는 생각이 들었다. 잠시 배우다가 바빠서 그만두고, 대신 틈나면 축구를 했다.

나는 군정으로 바쁜 요즘에도 축구는 열광적으로 좋아한다. 포지션은 포워드인데, 경기에 임하면 격렬하게 부딪치는 일도 마다하지 않는다. 몇 년 전 축구 경기를 하다가 쇄골을 다쳐 한동안 깁스를 하고 다니기도 했다. 군민들이 그런 내게 항의했다.

"아니, 군수님은 자기 몸이라고 그렇게 함부로 하면 안 되지요. 우리 고향 생각해서라도 그 몸 좀 소중히 다루시오."

하긴 운동을 아무리 좋아한다지만 지나치게 격렬한 운동은 이제 슬슬 자제하고 내공을 다스리는 운동을 하는 게 좋을 듯하다. 나는 요즘도 만약 일에서 벗어나 잠시 쉴 기회가 온다면 얼마 동안 정진했던 태극권 같은 내공 무술을 수련해 보고 싶은 꿈이 있다.

1979년 늦가을 새벽 공기가 몹시 싸늘하던 그날, 마침내 10·26 사태가 일어났다. 유신 시대는 좋든 싫든 전 국민을 찬반 양극단으로 몰아갔다. 나도 박정희 시대에 대한 인정과 반감이 반반이었다. 철권통치의 명분으로 내세운 부국강병책이란 많은 것을 유보하고 많은 것을 요구했다. 마침내 정변이 일어나자 국정 공백에 대한 불안감과 민주주의 실현에 대한 기대감이 동시에 몰려왔다.

1980년 봄 4학년이었던 나는 서울역 대회 전까지 시위 대열에 참여했다. 새 정치에 대한 기대로 '서울의 봄'을 믿고 있었다. 당시 신촌에 있는 대학들은 연합해서 시위를 했다. 서강대에서 출발해 연세대를 거쳐 이화여대로 행진하면서 세를 불린 학생들은 서울역까지 행진해 나갔다.

거의 날마다 그랬다.

그렇지만 결국 5월에 파국이 왔다. 다 잘 될 것이라는 분위기를 일거에 얼려 버린 모호한 소식. 당시 일반인들에게는 모든 정보가 제한당했다. 보도는 축소·은폐되었다. 소상한 정보는 외신이나 현장의 입을 통해 간신히 들려왔다. 광주에서 무슨 일이 있었구나. 그곳에서 계엄군에 대한 저항이 있었구나, 하고 짐작하는 정도였다.

불행하게도 시절은 그렇게 가고 있었고, 나는 결과적으로 시대에 빚을 진 채 학업에 열중했다. 대학원에 진학하면서 그동안 읽어 왔던 사상서를 바탕으로 본격적인 정치학 연구를 시작했다.

구체적인 연구 주제는 분단 현실을 극복할 수 있는 대안이 과연 무엇인가에 대한 고민에서 출발했다. 남과 북을 통합할 수 있는 새로운 이데올로기는 무엇이어야 하는가? 새로운 철학은 무엇이어야 하는가?

크게 보면 동·서양 역사에서 17세기까지는 동양이 서양보다 문화 역량 면에서 앞선다고 볼 수 있다. 그러다가 산업혁명을 기점으로 그 기반이 역전되고, 제국주의의 막강한 발전으로 동양을 비롯한 각지에서 식민지가 개척되기에 이른다. 결국 일본을 거쳐 우리나라도 예속당하는 경험을 하게 되었다. 과연 그렇게 된 원인은 무엇인가? 그 배경이 궁금했다. 결국 물질문명의 우위가 인류를 힘의 정당성으로 몰아갔다는 말인가? 이러한 의문들을 사상적으로 규명해 보고 싶었다.

3년간 대학원에서 공부하고 논문을 준비하면서 남북 통합의 철학은 무엇이어야 하는가를 화두로 잡았지만, 그때만 하더라도 주체사상에 관한 김일성 저작들을 마음대로 볼 수 없어 중국정치론을 대안으로 잡았

내가 변한 만큼 세상이 변한다

다. 동양사상의 맥락이나 중국과 대만의 갈등 구조 등이 우리나라와 서로 비슷하다는 점을 염두에 두고, 중국의 변화를 분석하는 과정에서 남북 문제의 고민을 같은 틀에서 풀어 보자는 발상에서였다.

논문 제목은 「전통 중국 이데올로기와 현대 중국 이데올로기 사이의 불연속성과 그 의미」로 정했다. 그동안 꾸준히 관심을 갖고 독서해 온 동양 고전과 마오이즘을 집중 분석하여 앞으로 극복해야 할 문제를 조명해 보기 위해서였다. 이때 마오의 저작물을 많이 읽었다. 그야말로 학문에만 힘을 쏟았던 기간이었다.

동양의 정치사상은 유가가 주류이다. 그러나 유교는 모범적인 인생 가르침을 주지만 현실적 실천 면에서는 취약하다. 혼란한 춘추전국시대에 나온 학문이므로 이를 바로잡기 위해 나온 가치 체계였다. 궁극적으로 나라의 혁신을 위한 구체적 방안으로는 현실성이 떨어진다고 할 수 있다.

나는 정치인으로서의 공자와 맹자는 별로 성공적이지 못하다고 본다. 정치학도인 내게는 늘 노장 사상이 더 위로가 되었다. 노자의 무위자연설이라든가 장자의 호방한 탈속의 천의무봉이야말로 방황하는 영혼에 위로를 주는 철학이었다. 나를 협소한 시각에서 벗어나게 하고 사물의 양면성을 보게 만드는 포용과 개방, 자유의 사상이었다. 하지만 노장 사상은 정치사상 체계는 아니다.

이에 반해 법가는 구체적이고 전술적이다. 바로 현실에 영향을 주는 체계다. 인간성으로부터 자유에 대한 사상을 배제시키려 한다. 법과 형으로 제어하는 시스템이므로 혼란한 세상을 바로잡을 수는 있겠지만, 지나치게 전제적이다. 노장 사상은 현실 적합성이 없어, 결국 법가적 현실성이 춘추전국시대를 끝내게 된다.

공맹의 철학인 유교는 빛을 보지 못하다가, 동중서에 의해 한나라 이후 중국의 정치 이데올로기가 된다. 신분제에 바탕한 봉건적 지배 복종 시스템의 이론적 모델이 된 것이다. 군신 간의 계급 서열을 충효라는 가치로 안정시키고, 인간관계의 사랑을 인의로 구현함으로써 사회를 이끌어 나간다. 바로 이 인의 사상에서 "불의한 군주는 백성이 쫓아낼 수 있다"는 맹자의 역성혁명 사상이 나온다.

하지만 유교는 민주주의로 발전하지는 못한다. 사농공상의 서열 시스템에서 유교를 장악하는 선비가 우두머리로 나서고, 농은 자연과 함께하는 사람, 공상은 재화를 창출하고 유통시키는 무리가 된다. 철학적 가치를 최상에 위치시킨 다음, 자연의 가치를 기술보다 우위에 두는 것이다. 기술 발달이 가로막히는 것은 당연한 결과다. 중국에 비행물체에 대한 연구 저작물이 예로부터 있었지만 유학은 이런 연구를 쓸데없는 짓으로 백안시했다.

게다가 그들은 권력을 사유화했다. 가령 현감은 입법·사법·행정권을 독식한다. 매관매직으로 산 현감직을 이용해 치부하고, 다시 그 재산을 직위 보전을 위한 상납금으로 활용하는 것이다. 이런 구조에서는 식량 생산마저 권력자 손에 빼앗겨 민중의 희생이 클 수밖에 없다. 그리고 이 같은 폐해가 되풀이된다. 나는 동양사상의 한계를 느꼈다.

유럽의 역사는 달랐다. 종교개혁 이후 중세 구조가 균열을 일으키고, 프로테스탄트가 자본주의를 뒷받침하게 된다. 기술개발이 산업혁명으로 이어져 사유재산이 작동하기 시작하면서 중세부터 내려오던 신분제가 완전히 깨지고 마침내 시민사회가 등장한다.

한편 민족국가의 힘이 팽창하여 17세기까지 문화 역량에서 서양을 앞서던 동양에 반전이 일어난다. 특히 중국은 조차 지역이 생기면서 전쟁이 빈번하게 일어났다. 장개석은 민족주의 성향으로 반제국주의 전쟁을 치르고, 모택동은 공산주의로 무장한 홍군을 이끈다. 이들의 마르크스-레닌주의야말로 가장 강력했던 반제국주의 이데올로기였다. 국공합작이 성립되지만, 결국 장개석은 제국주의를 제압할 대안정치 체제를 제시하지 못했을 뿐만 아니라 군의 부패에서 자유로울 수 없었다. 이것이 결국 장개석이 패배하는 원인이 된다.

반면 모택동은 공산주의라는 현실적인 모델을 가지고 있었다. 국민당은 강력하게 군림하려 했지만 그만큼 봉건적 의식에서 벗어나지 못한 데 반해, 홍군은 민중 속으로 들어가 정의로운 모습으로 호소해 그들의 지지를 받았다. 모택동의 승리가 가능했던 것은 바로 그 때문이다.

새로운 패러다임을 만들어내느냐 그렇지 못하냐, 이것이 바로 정치인의 운명을 가른다고 할 수 있다.

아동들이 18시간씩 노동착취를 당하던 현실, 식민지가 원료 공급지로 전락하고 모든 것이 종속되는 제국주의, 자본가와 노동자 사이에서 가장 극명하게 드러났던 자본주의의 모순, 빈부격차 등 정치체제 문제부터 인간의 삶 전반에 걸친 문제에 이르기까지 총체적으로 고찰했던 사람, 지식인으로서 언론인으로서 자본주의 체제 안에서 어떻게 인간성이 왜곡되고 말살되는지 직접 경험했던 사람, 또 어떻게 하면 그러한 사회 문제들을 극복할 수 있는지를 제시했던 사람이 바로 칼 마르크스였다. 그런 점에서 마르크스를 휴머니스트라고 평가하는 것은 온당하다.

그런데 혁명과 소비에트 독재로 모든 것을 몰아가서 애초부터 마르크스가 아주 비인간적인 사람이었다고 매도하는 것은 균형 잡힌 시각이 아니다. 실제로 마르크스가 가졌던 문제의식에는 비인간적인 현실을 극복할 수 있는 대안을 만들어 보자는 소망이 가장 컸다. 극단까지 치닫고 있는 세계 정치 체제를 극복하고 새로운 패러다임을 구현하는 것이 목표였던 것이다. 그런 점에서 마르크스는 그 어떤 정치인보다 훨씬 광범위한 영향을 미쳤다.

나는 휴머니스트들을 높이 평가한다. "이 세상 단 한 사람이라도 억압받고 있다면 우리 모두는 결코 해방될 수 없다"는 마르크스의 말은 비장하기까지 하다. 미륵의 해탈을 추구하는 불교의 가르침도 마지막 한 사람까지 해탈을 하는 것이다. 마르크스가 비인간적인 현실을 극복하기 위한 대안을 제시했던 사람이라는 것은 대학원생으로서 내가 읽은 책들에서 쉽게 찾아볼 수 있는 일반적 견해였다.

그러나 그 시절로부터 30년이나 지나 내가 단체장으로 일하게 된 지금도 사상 공방이 벌어지고 있다. 참으로 안타까운 일이다.

그동안 현실 정치를 하면서 갖게 된 무거운 책무만큼이나 30년 전 내 앞에 놓인 삶의 무게도 만만치 않았다. 과연 어떻게 살아가야만 내 삶의 보람과 가치를 느낄 수 있을 것인가?

장재의 시를 접했을 때 얻었던 깨달음, 이웃의 어두운 삶을 보고 느낀 안타까움, 학적인 노력 끝에 얻은 성과, 이러한 것들이 어떤 조합으로 내 안에서 육화해야 할 것인가? 계속 학문의 길을 갈 것인가, 저널리즘에 관

내가 변한 만큼 세상이 변한다

심을 두고 정치평론을 할 것인가, 아니면 현실정치에 바로 뛰어들어야 하는가? 나는 어떤 길을 가야 할 것인가? 하지만 이런 물음들을 가지고 미래를 설계하기에 앞서 국방의 의무를 다해야 했다.

생도들과 함께

나는 무전여행을 두 번 했다. 한번은 대학원 다닐 때 서울에서 고향 서천까지였고, 또 한 번은 군복무 시절 휴가 때 서천에서 목포까지였다. 가진 것 없이 나를 세상에 던졌을 때 세상 사람들은 나를 어떻게 받아 주는지 무전여행을 통해서 많이 느꼈다.

두 번 다 여름에 돈도 없이 간단한 세면도구와 옷가지 몇 벌, 쌀 두 되정도 비상식량으로 배낭에 넣어 등에 매고, 걷고 또 걸으며 여행을 다녔다. 그렇다고 관광지를 돌아다닌 것은 아니었다. 농가가 있는 마을을 중심으로 걸어 다녔다. 필요하면 경운기도 얻어 타고, 때로는 버스 운전기사한테 태워 달라고 부탁하기도 했다. 시외버스를 타고는 도착해서 내릴 때 "사실은 무전여행을 하는데 한번 봐주세요" 하고 양해를 구한 적도 있다. 대부분은 먼저 양해를 구하는데, 어쩔 수 없는 때는 일단 저지르고 본 것이다.

어느 마을 농가에 가서 하룻밤만 묵게 해달라고 청한 적도 있고, 비 오는 날 처마 밑에서 자거나 시냇물 소리가 근사한 다리 위에서 모포 한 장 깔고 잔 때도 있었다.

한번은 전라도 어느 초등학교에서 샤워를 한 다음 느티나무 아래 긴 의자에 누워 한참을 자고 있는데, 잠결에 두런두런거리는 소리가 들려왔다. 그러려니 하고 계속 자다가 일어나 보니 배낭이 보이지 않았다. 분명히 머리 밑에 배낭을 베개 삼아 누워 모포를 덮고 잤는데 감쪽같이 사라진 것이었다. 어렴풋이 목소리가 나던 쪽을 짐작해서 일단 교문 앞으로 갔다. 교문 쪽으로 가며 살펴보니 담벼락에 시커먼 게 놓여 있었다. 내 배낭이었다. 내용물을 다 꺼내 뒤져 본 게 확실했다. 습기가 찰까 봐 하나하나 헝겊으로 싸놓았는데, 그것도 다 풀려 있었다. 다행히 잃어버린 것은 하나도 없었다.

다음 날 여행을 계속하면서 생각했다. 만일 배낭을 가져가려고 했을 때 일어났더라면 싸움이 났을 게 분명했다. 그때 모르고 나중에 일어난 게 오히려 다행이지 싶었다. 그러다가 화들짝 놀라듯 깨달았다.

'그렇지. 나는 지금 무전여행 중이지. 가진 것이 없는데, 빼앗길 것도 없지 않은가!'

그 순간, 길에서 만난 이웃들. 내 사연을 듣고는 집 안으로 들여 식사를 대접해 주던 중년의 농부, 새까맣게 탄 얼굴로 호기심 어린 눈동자를 빛내며 내 뒤를 졸졸 따라오던 꼬마들, 몇 정류장 신세를 지자고 했을 때 흔쾌히 허락해 준 버스 기사, 친절하게 길안내를 해준 젊은 여인, 물 한 잔 건네주던 아주머니, 주름진 얼굴로 햇살처럼 웃던 할머니……. 그런

내가 변한 만큼 세상이 변한다

분들의 모습이 여름 햇살 앞에 지그시 감은 내 눈앞을 마치 슬라이드 영상처럼 지나갔다.

사람들은 이해관계가 없으면 너그러웠고, 가난한 이웃을 한없이 감싸 안아 주는 여유가 있었다. 그래서 그때는 여행길이 두렵다고 생각해 본 적이 전혀 없었다. 하지만 지금 혼자 그렇게 아무데서나 자고 돌아다니라고 하면 겁날 것 같다. 어떻게 보면 내가 그만큼 보수적으로 변한 것인지도 모른다. 세상 사람들에 대한 믿음이 부족해진 것일까?

하지만 지금도 나는 그 무전여행을 통해 이웃들로부터 배운 정과 인간에 대한 믿음을 소중하게 간직하고 있다. 그 따스한 마음들은 훗날 나의 정치 여정에서 가장 큰 자산이며 에너지가 되었다는 것도 잘 안다. 사람들에 대한 무한한 신뢰, 그것이 나의 정치적 원동력이다. 이렇게 따스한 이웃들을 통해 신뢰를 체험할 수 있었던 것은 내 마음이 맑게 변했기 때문에 가능했을 것이다. 정치를 하면서 늘 되새기는 생각이 있다. 바로 '세상은 내가 바뀐 만큼 바뀐다'는 것이다. 사람들을 설득할 때도 나 자신의 정치적 신념을 되돌아볼 때도 늘 떠오르는 생각이다.

나는 세상을 품을 수 있고, 세상은 나의 모든 것과 연결되어 있다. 나만 행복하고 세상은 불행할 수 없는 것이 이치요, 세상이 밝아지면 나 또한 삶의 환희 속에 살아갈 것이다. 그렇기 때문에 정치란 우리의 정치가 된다. 내가 변한 만큼 세상이 바뀌고, 그 바뀐 세상은 나와 우리 이웃을 다시 바꾼다. 우리는 서로 동화되는 과정을 겪는다. 세상은 불화와 불평등으로 가득한데, 나만 평화롭고 자유롭다는 것은 참된 나를 깨닫지 못하고 세상에 등돌리고 있다는 증거다. 그러므로 그런 나는 나 자신마저도 잃어버린 것이다. 나와 고향, 나라와 세상은 모두 연결되어 있다. 이런 세상에 내가 할 일은 내 믿음으로 세상을 더 풍요롭고 아름답게 바꾸어 가는 것이다.

군문에 들어서서 훈련받는 동안에는 이런 깨달음도 극도로 피로해지게 마련이다. 어떻게 잠이 드는지도 모르는데 바로 다음 날 기상나팔이 울리고, 배식하는 사병의 손놀림을 바라보며 조금 더 많은 양을 기대하고 있는 나, 통닭 특식이 있는 날이면 어쩐지 앞에 선 후보생이 받아간 닭이 제일 커보이는 나, 싸늘한 새벽 서리를 맞으며 불침번을 서고 있는 나, 이때는 그 많던 깨달음도 자취를 찾기 힘들다.

대학원을 마치고 석사학위를 취득한 나는 1984년 2월 하순 공군에 입대했다. 사관후보생 79기로, 동기는 모두 333명이었다. 가장 혈기왕성한 20대 젊은이들은 모두 나름의 고뇌와 희망을 가지고 있었다. 함께 뒤섞여 열정과 우정을 나누며 고된 훈련 과정을 마친 그해 8월 1일, 마침내 공군 중위로 임관했다. 동기들 중 가장 앞선 군번이었다.

행군도 끝나고 특기 교육에 들어가 임관을 한 달쯤 남긴 여름, 동기 한 명이 찾아와 교관실에서 우연히 알게 된 사실이라며 "나 후보생이 국방장관상 후보로 상신되었다"는 것이었다.

순간 나는 당시 5공화국 국방장관상을 받는다는 것이 영 달갑지 않았다. 그래서 내 나름대로 수를 내기로 했다. 특기 교육 중에 치러지는 시험을 모두 과락만 면할 정도로 조절한 것이다. 학과 중에도 모자란 잠을 충분히 보충했다. 당연히 특기 교육 성적이 하위권이었다. 예상했던 대로 국방장관상과 참모총장 표창은 다른 동기가 받게 되었다. 하지만 중위로

내가 변한 만큼 세상이 변한다

임관했기에 나의 군번만은 동기들 중 1번으로 변함이 없었다.

이렇듯 임관 후 공군사관학교에 정치학 교수로 재직하면서도 내 나름 대로 군 생활을 소신껏 보내고 있었다. 하지만 예편을 앞두고 끝내 필화 사건을 겪고야 말았다.

1987년 봄 전두환 정권은 4·13 호헌 조치를 발표했다. 교수부로도 때 맞춰 생도들에게 이데올로기 교육을 강화하라는 지시가 내려왔다.

그때까지 나는 〈공사신문〉에 칼럼을 자주 게재해 왔는데, 이 이데올로기 교육 강화에 대해 비판하는 글을 실은 것이 문제가 되었다. 글의 골자는 "1949년 중국공산당의 승리는 장개석 국민당 세력이 민심을 잃은 데 반해 모택동은 국민들로부터 지지를 받았기 때문에 가능했다. 우리가 남북 체제 경쟁에서 승리하려면 단순히 이데올로기 교육을 강화하는 것 만으로는 부족하다. 오히려 진실로 국민을 위한 정치로 민심을 얻어야만 정권은 정당성을 얻고 강력한 지도력을 발휘해 대한민국을 잘 살게 만들 수 있다"는 것이었다.

공군사관학교 교수부는 대체로 두 부류로 나뉜다. 장기 장교들은 대부분 공군사관학교 출신 교관들로서 군인정신이 충일하고 생도들에게 엄격한 절도를 강조하는 편이지만, 단기 복무 장교들은 생도 내무 생활과는 조금 다르게 학과에 관해서는 좀 더 유연한 자세로 자유롭게 연구할 수 있는 분위기가 중요하다는 입장이 강했다. 예편을 1년 앞두고부터는 내가 그 단기 복무 장교 그룹의 대표가 되었다.

한번은 장기 교관 중 한 명인 이모 대위가 내 아래 기수인 80기와 81 기 단기 장교들을 완전군장 집합시켜 특별훈련을 시켰다. 나중에 그 사실을 알게 된 나는 이 대위를 찾아가 따졌다.

"같은 장교 사이에 이렇게 기합을 주는 식은 곤란하지 않으냐? 이것은 가르치는 사람의 특성을 무시하는 처사가 아니냐?"

이 대위는 미안하게 되었다면서 말을 흐렸다. 내 짐작에는 아마도 "단기 장교들 군기를 좀 잡으라"는 교수부장의 지시가 있었던 듯했다. 그 교수부장은 일전에 교수부의 교관들을 모두 집합시킨 적이 있었는데, 그 자리에서 나는 한 가지 건의를 올린 적이 있다.

"생도들을 더 잘 가르치기 위해서는 교관들도 더 공부해야 하고, 그러려면 교관들에게 자율적인 연구 분위기를 주어야 합니다."

집합이 끝난 후 장기 장교인 장모 대위가 좀 보자며 나를 자기 방으로 데리고 갔다.

"차려! 열중 쉬어 차렷! 열중 쉬어!"

그는 다짜고짜 구령을 붙였다. 나는 두 번까지 응하다가 중지하고 그를 지그시 바라보았다. 그러자 그는 한판 붙어 보자고 제의했다.

"여기서든 다음에든 장 대위 말대로 우리가 서로 한판 붙는 것은 직급에 대한 예의가 아니다. 정 그러시다면 내가 곧 예편을 하니 그때 유도장에 가서 사나이 대 사나이로 대결을 합시다."

그렇게 쏘아붙인 나는 얼이 빠진 그를 향해 빙그레 웃고는 방을 나왔다.

이렇듯 교수부에서 고분고분하지 않은 장교가 〈공사신문〉에 기고한 글이 보안대 검열에 걸려 "글을 쓴 장교의 성향에 문제가 있다"는 보고가 올라오자, 사관학교 교수부는 아주 난처한 입장에 처하게 되었다.

내가 변한 만큼 세상이 변한다

교수부장은 나보고 스스로 전출을 가라고 제안했다. 그래야만 사태가 수습된다는 것이었다.

"교수부장님, 저는 생도들이 저에게 문제가 있으니 떠나 달라고 하지 않는 이상은 결코 제 발로 물러갈 수는 없습니다."

나는 완강히 거부했다. 그러자 교수부장은 다른 부서로 파견 발령을 낼 테니 그리 알라고 했다. 하지만 나는 이 제안도 거절했다.

"그렇다면 강의는 맡지 말게. 그것은 절대로 허용할 수 없으니 연구실에 들어앉아 6개월간 연구를 하든지 말든지 알아서 하다가 전역하게."

결국 교수부장은 최종 타협안을 내놓았다.

나는 곰곰 생각해 보았다. 여기서 내 주장을 더 밀고 나가면서 버티다가는 후배 장교들에게도 좋을 것이 없을 듯했다. 검열이 강화되고, 교관 충원에도 차질이 빚어질 것 같았다. 나는 몇몇 교관들과 상의한 후 최종안을 받아들였다. 그날부터 생도들과 강의실에서 만날 수 없었다.

그 순수하고 총명한 생도들. 나는 정치학 강의를 시작하는 첫날, 늘 내 이름 석 자를 생도들에게 풀어 주곤 했다.

"나羅는 비단이라는 뜻이요, 소紹는 잇는다는 뜻이요, 열烈은 세차게 빛난다는 뜻이니, 금수강산을 이어 빛낸다는 뜻으로 귀관들과 함께 조국통일을 논할 교관으로 적격이 아니겠는가?"

그러면 첫 시간부터 흥미를 느낀 생도들의 웃음 띤 표정을 볼 수 있었다.

이 일을 겪고 나서 나는 교수라는 직업에 회의를 가지게 되었다. 내가 학문적 양심에 비춰 아무 흠결이 없는 당당한 소신을 말로도 글로도 발표할 수 없다면 연구는 해서 무엇 한단 말인가? 나는 나 자신도 바뀌고 세상도 바뀌어야 한다고 생각했다.

예편하고 나서 서강대 정치외교학과에서 6개월 강의를 했다. 사전에 약속이 되어 있어 강의를 나갔지만 사관학교에서 뼈저린 경험을 했기 때문인지 강단에 설 때마다 이건 아니지 싶었다. 조금 아는 것조차 마음대로 가르칠 수 없는 현실을 바꾸지 않고는 어떤 일을 해도 소신껏 하기가 어려울 것 같았다.

'과연 무엇을 해야 하나, 기자가 되는 게 좋은가, 아니면 학위를 얻고 교수가 되는 게 좋은가, 아니면 또 다른 방법이 있을까? 유학을 가지 않는다면 현실정치에 뛰어들어야 하는데 어떤 방법을 택해야 하나?'

이렇게 생각만 많다가, 마침내 중앙당에 가서 현실정치를 직접 배우는 게 필요하다는 결론을 내렸다. 왜냐하면 교수나 언론인 출신들은 나중에 정치를 하더라도 제대로 정치를 하는 것 같지 않았기 때문이었다. 현실정치가와 제3자 입장에서 관찰하고 비판하는 언론인이나 교수는 전혀 다른 감각을 가지고 있는 것으로 보였다.

이렇게 해서 나는 현실정치를 택하기로 결심했다. 두 가지 방법이 있었다. 중앙당으로 가는 것, 국회 보좌진이 되는 것, 두 가지였다. 그중에서 직접 중앙당에 뛰어들어 전체 조직을 접하는 것이 정치를 하는 데는 더 좋을 것 같다는 판단이 들었다.

나는 야당을 염두에 두고 있었지만, 처음부터 누군가 유력자의 주선으로 정계에 입문하기는 싫었다. 무작정 찾아가서 나를 소개하고 부딪쳐 보기로 결심했다. 그래서 여러 곳을 알아보고 다녔지만 잘 통하지 않았다.

내가 변한 만큼 세상이 변한다

그때 통일민주당에서 전문위원을 뽑는다고 해서 응시했지만 떨어졌다. 어쩐지 거기에도 연고주의가 작용하는 것 같았다. 나는 연고를 통해서 당에 간다는 생각은 하지 않았기 때문에 깨끗하게 접었다.

어떻게 보면 당시 야당은 공작정치에 대한 두려움이 컸던 것 같다. 이런 이유 때문에 모르는 사람들에 대해서는 거부감을 나타냈다. 그것도 이해할 수는 있었다. 소위 프락치로 일컬어지는 사람들이 들어올 수도 있을 테니까, 그 사람들 입장에서는 확실한 후견인이나 보증인을 통해서 오지 않는다면 신뢰할 수 없는 부분도 있었을 것이다.

그런 시절이었다. 그렇게 1년, 2년이 후다닥 지나갔다. 하지만 그 사이 나는 실망하지 않고 꾸준히 책도 읽고 고민도 하면서 장래를 준비하고 있었다. 정계에 입문할 기회는 내게 영영 찾아오지 않을 것처럼 보였다.

그러던 어느 날, 노태우·김영삼·김종필 세 수뇌가 자기들 당 셋을 그냥 합쳐 버리는 희대의 정치 행태를 통해 3당 합당이 이루어졌다. 그러자 이 일에 반발했던 몇몇 정치인들이 뜻을 모아 마침내 당을 만들고 나섰다. 바로 '꼬마민주당'이었다.

내가 변한 만큼
세상이 변한다

전라도와 대도시를 제외한 농촌 지역에서는 여권이 거의 모든
지역을 장악하고 있었기 때문에 이 구도를 깨지 않으면 야당인
민주당이 수권정당이 되는 것은 불가능에 가까웠다.

현실정치 속으로

1988년에는 청문회를 보느라고 온 국민이 일손을 놓았을 정도였다. 그때 등장한 청문회 스타 의원들이 있다. 특히 노무현 의원은 쉽고 소박한 언어와 대단히 날카롭고 빈틈없는 논리와 분석으로 5공화국 비리의 본질을 파고들었다. 나는 그에게 상당히 깊은 인상을 받았다.

그런데 3당 합당 후 청문회 스타들이 꼬마민주당을 창당하는 모습을 보면서 나는 은근히 기대에 부풀었다.

'저런 사람들과 정치를 해보면 뭔가 새로운 정치가 시작되지 않을까?'

나는 여의도 충무빌딩에 있는 꼬마민주당 중앙당을 바로 찾아갔다. 그날 중앙당 사무실에는 황성권 씨와 황호상 씨 두 분의 당직자가 있었다. 두 사람 다 한국외국어대학에서 공부했고, 학생운동을 하다 퇴학당한 경험이 있었다. 황성권 씨는 외대 총학생회장 출신이었다.

내가 변한 만큼 세상이 변한다

나는 두 사람에게 달랑 한 장 가지고 간 이력서를 내밀었다.

"나 이런 사람인데 당신들과 함께 일하고 싶습니다. 생각이 있으면 연락 주세요."

"아닌 게 아니라 앞으로 당에서 공채 예정이 있습니다."

그렇다면 공채 때 응시를 해야 되나 보다 하고 생각하며, 그들과 이런저런 이야기를 나누다가 돌아왔다.

그런데 한 달 보름쯤 지났을 때 이광재 비서관으로부터 전화가 왔다.

"우리 의원님이 당신을 만나 보고 싶어하십니다."

나는 곧바로 사무실로 찾아가 노무현 의원을 만났다. 노 의원은 이것저것 물었다. 왜 공부를 하다가 야당에 투신하려고 하는지, 그리고 현재의 민주당이 어떻게 활로를 찾아야 하는지, 앞으로 우리가 나아가야 할 길이 무엇인지 등을 함께 이야기해 보자고 했다. 나는 그 자리에서 여러 가지 의견을 내놓았다. 한 시간 이상이 흘렀다.

"나하고 함께 일할 수 있겠습니까?"

이야기를 다 들은 노 의원은 권유 섞인 어조로 물었다. 그때 노 의원이 비서진을 구한 것은 아니고, 나 또한 당에서 일하고 싶다고 했지 비서로서 일하고 싶다는 뜻은 아니었다. 그때 노 의원은 민주당 기획조정실장이라는 당직을 맡고 있었는데, 공채를 하기 전에 일손이 조금 필요했던 것이다.

민주당 기조실장은 당의 전략과 전술을 수립하는 총책임자였던 만큼 굉장히 중요한 자리였다. 당시 황성권 씨가 기조실 차장이었고, 지영근 씨가 실무자로 있었다. 그리고 이광재 씨가 비서관으로 일을 돕고 있었는데, 나도 임시직 실무자로 같이 일하게 된 것이다.

몇 개월 임시직으로 당직 생활을 하고 있는데, 공채 소식이 들려왔다. 공고가 나가기 전에 노무현 의원이 나를 불러 말했다.

"공채는 공정한 과정이므로 이미 일하고 있던 사람도 다시 응할 수밖에 없다. 전면적으로 공채를 하니까 응시를 해보라."

나는 기꺼이 응시했고 합격하였다. 1990년 민주당 기획조정실 전문위원 공채 1기로 정식 채용된 것이다. 현실정치에 뛰어들겠다는 결심이 마침내 공식적으로 실현되는 순간이었다. 이제 정말 시작이었다.

공채로 들어온 사람은 60명 정도로, 꽤 많은 인원을 뽑았던 것으로 기억한다. 주로 학생운동권 간부로 활약했던 경력이 있거나, 3당 합당을 거부하며 통일민주당하고 결별하고 나온 분들이 많았다.

어려운 당 살림에도 급료는 꼬박꼬박 지급되었다. 우리 전문위원들이 월 50만 원, 일반 당직자가 30만 원 정도를 받았다. 혈기왕성한 젊은 시절이라 그랬겠지만, 결국은 술값으로 다 나갔다. 더군다나 나는 월급을 많이 받는다고 해서 술값을 좀 더 내는 편이었다.

기획조정실이 중요한 부서였고 노무현 의원이 그때 당에서 핵심적인 역할을 했기 때문에 우리 부서에 가장 먼저 인원이 충원되었다. 사무직 여성 한 명이 충원된 데 이어 서울대에서 학생운동 리더로 활약했던 고명석 씨가 합류했다.

나는 나름대로 정치학적 개념 정리라든가 민주당의 진로와 같은 총론 부분에서는 자신이 있었지만, 전술적인 부분에서는 굉장히 취약함을 느꼈다. 바로 현실정치에 직면한 것이다. 운동권에서 경험을 쌓은 친구들

내가 변한 만큼 세상이 변한다

을 접해 보니 그런 점에서 아주 뛰어났다. 예를 들어 중요 정치 사안에 대한 분석과 대응, 전략 수립과 전술 구사에서 나보다 시각이 훨씬 구체적이고 현실적이었다. 정국 흐름이나 이슈에 대해서도 상당히 발빠르게 대처했다. '순발력과 임기응변이 뛰어나구나, 확실히 이 친구들 감각이 있구나'를 그때 많이 느꼈다.

나는 주로 학술적 뒷받침을 해줘야 했다. 노무현 기조실장이 나에게 걸었던 기대도 아마 그런 점을 보완해 주길 바랐을 것이다. 그런데 전문위원의 역할이라는 것이 어찌 보면 회의와 토론으로 거의 무한정 시간을 보내고 있는 당 브레인들의 뒷바라지라, 이것을 감당하고 있다 보면 바빠서 체계적으로 연구할 시간적 여유가 없었다. 돌이켜보면 그 시절 나는 당 기조실 전문위원직을 주도적으로 수행하여 당을 뒷받침했다기보다는 오히려 정국에 대해서 여러 사람들로부터 많이 배웠다고 할 수 있었다.

특히 노무현 의원은 모든 사안에 대해서 무척 날카로운 지적들을 쏟아내곤 했다. 노 의원은 소탈해서 회의와 토론이 경직되지 않게 먼저 분위기를 잡고 마음껏 의견들을 주고받도록 만들었다. 지위의 높고 낮음이나 나이의 많고 적음을 떠나 함께 회의할 때는 맞담배도 피워 가면서 거침없이 자기 소신을 폈다.

나도 어떤 사안에 대해서 이야기하라고 하면 어렸을 때 별명이 '소피스트'였던 만큼 나름대로 예리한 분석들을 내놓을 수 있었다. 하지만 이것을 문건으로 정리해서 전략 전술의 골자를 뽑아 달라고 하면 어딘지 모르게 일목요연하게 나오지 않았다. 그런데 이광재 같은 친구를 보면 분석력이나 기획력에서 아주 천재적인 면이 있었다. 이 시절의 경험이 나에게는 부족한 부분을 채울 수 있는, 아주 소중한 연단의 기회가 되었던 것 같다.

학문적으로는 결코 누구에게도 뒤지고 싶지 않았지만 사실 나는 당에서 굉장히 어려운 시기를 보내고 있었다. 당시는 학생운동권들이 새 정치의 주류였다. 그런 사람들이 당에 대거 들어왔다. 그들이 보기에 나는 대학원까지 다니고 강단에서 그저 편한 시절을 보낸 사람이었을 것이다. 어떻게 보면 약간 회색 이미지로 비쳤을 수도 있다.

그런 가운데서도 이론이나 논리적 측면에서는 딸릴 게 하나도 없다고 자부하고 있었기에 그들과 치열한 논쟁을 참 많이도 했다. 그러자 차츰 그 친구들도 나를 인정하기 시작했다. 적어도 나소열 위원의 성실성만큼은 알아줘야 하고, 또 함께 지낼수록 품성도 괜찮다고들 생각하는 것 같았다. 그래서 그런지 나중에는 후배들이 많이 따랐다. 그러면서 자연스럽게 젊은 층에서는 내가 중심적인 역할을 하게 되었다.

민주당은 그 사이 선거를 여러 번 치렀지만 끝내 패배의 쓴잔을 마셔야 했다. 일부 보궐선거에서 허탁 후보 등이 승리하기도 했지만 지방선거에서 참패하고 새로운 정치에 대한 동력이 떨어지면서 결국 야권연대를 통해 집권해야 한다는 국민들의 열망을 따라야 했다. 이에 따라 평민당과 꼬마민주당은 1년 만에 통합하게 되었다.

당시 당헌 당규 제정 소위원회에 꼬마민주당 쪽 대표로 노무현 의원과 장기욱 의원이 들어가고, 실무위원회에 나와 이강래 전문위원(후에 민주당 원내대표 역임)이 들어가서 통합작업을 한 결과 마침내 통합민주당으로 합당이 이루어지게 되었다. 그 과정에서 나는 원내총무실 전문위원을 맡게 되었다. 당시 통합민주당 원내총무는 이철 의원이었다.

내가 변한 만큼 세상이 변한다

원내총무실 전문위원으로 간 나는 젊은 사람들하고 같이 민주청년회를 결성했다. 민주청년회를 결성하게 된 이유는 꼬마민주당과 평민당이 합당했는데, 아무래도 평민당 조직이 중심에 서는 것 같아서였다. 가만 보니 너무 DJ 중심 조직이라 수권 정당이 되기 어렵다는 생각이 들었던 것이다. 그래서 민주당을 개혁하자는 취지로 젊은 당직자와 개혁적인 당직자, 젊은 지방의원, 보좌진, 시민활동가 등 100명가량이 모였다. 이들이 민주청년회를 결성하고 민주당 개혁 운동을 하게 된 것이다.

내가 민주청년회 초대 운영위원장을 맡고, 서울대 총학생회장이었던 황이수 씨(훗날 청와대 행정기획비서관을 지냄)가 초대 사무국장을 맡았다. 운영위원은 8명이었는데, 연세대 총학생회장 출신 정태근(훗날 한나라당 국회의원), 성균관대 총학생회장 출신 고진화(훗날 한나라당 국회의원), 천호선(현재 정의당 대표), 한인철, 김동호 등 몇몇 사람도 함께했다.

우리 당의 정식 명칭은 통합민주당이었고, 약칭은 민주당이었다. 우리의 목표는 이 민주당의 내부 개혁이었다. 당시 마포에 민주당사가 있었는데, 당사에서 40미터가량 떨어진 곳에 사무실을 따로 마련하고 회비를 걷어 민주청년회를 운영했다. 1991년부터 1년 동안 민주당 개혁을 위해서 세미나·초청 강연회 등 여러 가지 활동을 했다.

내가 변한 만큼
세상이 변한다

1992년에 대통령선거가 있었다. 그해 봄 나는 지역으로 내려와 민주당 지구당위원장을 맡았다. 대선 전에 지구당 개편대회도 치러야 했기에 좀 여유 있게 내려왔다. 지구당위원장은 조직강화특위에서 심사 후 임명하는데, 내가 그때 이 직책을 맡아 내려가게 된 사연은 이렇다.

1992년 4월에 총선이 있었다. 그때도 내가 내려가야 하느냐 마느냐로 고민했는데, 우리 서천 지역에 야당에서 활동했던 조중연이라는 분이 있었다. 그는 3당 합당 때 애매모호한 행보를 보이다가 4월 총선에서 무소속으로 출마하고 당선되면 민주당에 입당하겠다는 의사를 밝혔다.

그는 이기택 의원과 오랜 동지였고, 국회의원에도 두 번 정도 출마했던 경력의 소유자였다. 나는 필요하다면 민주당 지구당위원장으로 내려가서 선거에 나설 생각도 있었는데, 그가 이런 조건을 내걸며 민주당은 이번에 서천 지역에서 후보를 내지 말아 달라고 양해를 구해 왔다. 그래서 그분이 출마했는데 민자당 이긍규 후보에게 간발의 차로 낙선하고 말았다. 당선되었더라면 그분이 민주당 조직을 재건하고 나름대로 대선을 지휘했을 텐데 선거에서 지고 포기하는 바람에 어쩔 수 없이 내가 내려오게 된 것이었다. 가을에 열릴 지구당 창당대회를 준비하기 위해 미리 내려와서 작업을 했던 것이다. 이러한 실천이 이루어지게 된 동기와 취지는 대단히 중요하다.

1년 정도 나는 민주청년회 운영위원장을 하면서 민주당 개혁을 추진했지만, 우리 젊은 동지들은 민주당만을 개혁해서는 수권정당이 되기 어렵다는 것을 절감했다. 당시 우리나라 여건과 정치 현실은 한마디로 '여촌야도'였다. 전라도와 대도시를 제외한 농촌 지역에서는 여권이 거의 모든 지역을 장악하고 있었던 것이다. 따라서 이 구도를 깨지 않고서는 야당인 민주당이 수권정당이 되는 것은 불가능에 가까웠다. 그래서 젊은 동지들이 여당이 장악하고 있는 농촌 지역이나 자신들의 연고가 있는 지역에 가서 변화시키지 않으면 정권교체는 요원하다는 결론에 도달했다.

나는 솔선수범하겠다는 뜻으로 30대 초반의 나이에 모두들 아주 보수적 성향의 고장이라고 말했던 내 고향 서천으로 내려왔다. 지구당위원장으로 1992년 대통령선거도 지휘하고, 끝내는 서천을 기어이 탈바꿈시키겠다, 서천 사람들의 마음을 움직이고야 말겠다는 강력한 변화의 의지와 열정을 키워 나갔다. 그때 많은 사람들과 만나 이야기를 나누었다.

그런데 하루는 누군가 내게 이런 말을 했다.

"민주당으로 여기서 국회의원이 되는 것은 바위에 꽃을 피우는 것만큼이나 어렵다. 어지간하면 포기하고 올라가라. 텃밭 좋은 데 가서 하지, 뭐 하러 여기 와서 이렇게 애를 쓰느냐?"

"저는 바위에 꽃피우러 왔습니다."

그렇게 대답하고 나자, 나 스스로도 더 투철하게 고향에 뿌리내려야 겠다는 결심이 확고해지는 것을 느꼈다.

애초부터 나는 '지역주의 타파', '돈 정치 타파' 이 두 가지를 통해 정치를 하겠다는 의지를 갖고 있었다. 이 두 가지는 나의 정치적 목적과도 통하는 가치였다.

'돈 정치 타파'는 돈으로 민의와 정의를 어지럽혀서는 안 된다는 원칙이지, 아예 돈을 써서는 안 된다는 뜻은 아니다. 합리적이고 투명한 방식으로 최소한 쓰겠다는 것이다. 돈을 아주 안 쓰고 정치 활동을 한다는 것은 불가능하기 때문이다.

사무실을 열고 지역 활동을 하는데, 그때만 해도 경조사가 합법적으로 용인되던 시절이었다. 상한선이 2만 원에서 1만 5천 원으로 낮아지긴 했지만 주말에 경조사를 하려면 30만 원 가까이 들었다. 거기에 사무실 운영비와 업무추진비를 합치면 나로서는 감당하기가 힘들었다. 중앙당이 일부 지원해 줬지만 넉넉하진 않았다. 당시 나에겐 후원회가 있었는데, 서천지구당후원회 회장이 노무현 의원이었다.

"나는 돈으로는 지원 못 한다. 그러나 내가 필요하다면 언제든지 와서 발품이라도 팔고, 말로라도 돕겠다. 그런 것이라면 얼마든지, 언제든지 하겠다."

노무현 의원은 그렇게 약속하고 후원회장이 되어 주셨다. 그래도 경

내 가 변 한 만 큼 세 상 이 변 한 다

제적 도움을 한 번 주신 적이 있는데, 언젠가 지역대회를 하면서 후원금으로 100만 원을 주신 것이다. 그분한테는 그게 유일한 후원금이었다.

대부분의 돈은 선배 의원들과 민주청년회 동지들, 의원 보좌관, 이런 선후배들에게 십시일반 받아서 정치 활동을 했다.

당시 나는 대체로 한 달 기준으로 일주일은 활동하며 돌아다녔다. 돈이 떨어지면 다시 서울로 가서 한 바퀴 돌며 선후배들을 만나 일종의 수금을 했다. 그렇게 며칠 서울에 머물다가 주말이면 지역에 내려와서 활동하곤 했는데, 염치가 없어서 후원금을 받으러 가기 싫을 때도 있었다. 그럴 때는 활동이고 뭐고 집어치우고 도서관에서 책을 빌려와 하루 종일 집에서 책만 읽었다. 상경하지 않고 두문불출하고 집에 있으면 어머니가 와서 물으셨다.

"너 돈 떨어졌냐?"

그러면서 자식들이 준 용돈 몇 십만 원을 모아 놓으셨다가 주시며 나가서 활동하라고 하셨다. 나는 염치없지만 받아서 또 돌아다녔다.

우리 지역의 강점은 젊은 사람들과 만났을 때 밥값 술값을 내가 낸 경우가 거의 없었다는 것이다. 친구들은 적어도 나한테 얻어먹을 생각을 안 했다. 오히려 몇 번 얻어먹고 미안해서 내가 한 번이라도 내려면 사양했다.

"네가 무슨 돈이 있냐? 다른 곳에 써."

이런 식의 후원까지 모아서 그야말로 최소한으로 쓰면서 버텼다.

그래도 나는 "지역에서는 절대 돈 얘기를 하지 않는다"는 철칙을 세웠다. 지역에서 돈 얘기를 잘못하면 가까운 사람이라도 멀어질 수 있기 때문이었다. 지역에서 자발적으로 후원하겠다는 사람이 있으면 모를까, 그렇지 않고는 누구한테도 후원금 말을 꺼내지 않았다. 돈 이야기를 지역과 결부시키면 추한 일이 벌어지기 쉽다. 과거 정치인들이 돈 관계를 잘못 풀어서 평판이 나빠지는 것을 너무나 많이 봐왔기 때문이었다.

후원회 조직을 꾸려서 회원 한 사람이 공식적으로 한 달에 만 원 정도 지원하는 방식도 나름대로 구상해 보기는 했지만 쉽지 않았다. 그때만 해도 여권이 패권을 장악하고 있던 터라 야당으로 활동하는 사람을 마음속으로 눈에 띄지 않게 후원은 해도, 야당 조직에 공식적으로 이름을 걸고 활동하는 것은 부담스러웠기 때문이다. 자칫 잘못하면 상당한 불이익을 받을 수도 있었다. 그 때문에 후원하시는 분들도 공적으로 당에 와서 활동하는 것은 상당히 꺼렸다. 그로 인해 나의 후원회 조직은 점조직에 가까웠다. 나를 돕고 싶어도 지역에서 왕따당할 수 있다는 불안과 실제로 돈이 없다는 사실 때문에 점조직으로 할 수밖에 없었다. 따라서 나는 그때까지의 돈 선거 관행과 철저히 반대로 했다. 밥을 얻어먹으면서 최소한의 경조사비만 내고 선거운동을 한 것이다.

보통 '조직 표'라 하면 선거 때 밥 사주는 것이 관행이었다. 그래서 선거 때면 몇십억을 쓰느니 뭐니 하는 말이 나오는 것이다. 하지만 나는 밥을 산 일이 없었고, 선거운동원들에게 돈을 줘서 활동하게 하는 스타일도 아니었다. 그러한 흐름과 전혀 맞지 않는, 완전히 이상적인 선거를 한 것이다.

돈도 없었지만 그럴 의사도 전혀 없었기에 선거 브로커들은 모두 다 떨어져 나갔다. 선거철이 되면 브로커들이 접근해서 '몇 표를 가지고 있

내가 변한 만큼 세상이 변한다

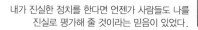
내가 진실한 정치를 한다면 언젠가 사람들도 나를
진실로 평가해 줄 것이라는 믿음이 있었다.

으니 얼마를 주면 동원하겠다'는 식으로 거래를 요구하곤 했지만, 나소
열의 선거 스타일이 알려지고 나서는 그런 사람들은 얼씬도 하지 않았다.

예를 들면 택시를 하는 분들은 여론 형성에 상당한 영향을 준다. 어
느 날 그분들을 만나야겠다 싶으면 무작정 가서 '저 이런 사람인데요' 하
고 말을 붙였다.

"요즘 살기 어떠십니까?"

폼 잡고 음식점에 불러다가 연설한 것이 아니고, 그냥 가다가 수시
로 커피자판기에서 커피 한 잔 뽑아 들고 전혀 모르는 사람에게 인사하
는 것이다.

예전에 무전여행을 했을 때 가졌던 마음과 습관을 살려서 농촌 길을 가다가 어른들을 만나면 태워 드리기도 하고, 이 마을 저 마을 찾아가서 아는 사람 집은 물론이고 모르는 사람 집에 가서도 인사를 했다.

"배고픈데 밥 좀 주십시오."

그렇게 해서 밥도 얻어먹었다. 사실 이런 배짱은 그분들로서도 생소했을 것이다.

"나소열이 우리 집에 와서 반찬도 없는데 밥 참 맛있게 먹고 갔다."

그것이 화젯거리일 수 있었다. 과연 어느 것이 더 힘을 발휘했을까? 한 정치인은 그분을 불러내서 비싼 음식을 접대했고, 나는 그분 집에 찾아가서 밥 한 그릇 달라고 해서 같이 먹었다. 그분은 과연 누구한테 표를 줬을까, 그것은 나도 모른다. 하지만 적어도 '이런 정치인도 있구나' 하는 강한 인상은 남겼을 것이다.

처음부터 나는 지역 활동을 정말 진실하게 온 정성을 쏟아 하려고 노력했다. 그분들이 그런 나의 모습이 신선했는지, 젊은 사람이 겸손하고 예의도 바르다는 말을 많이 했다. 성실성은 인정을 받았다. 지역 주민들이 차츰 나의 진심을 알아주기 시작한 것이다.

나는 선거에 떨어지고도 꼭 5일장을 돌아다니면서 인사를 했다. 그러면 지역 유권자들이 말했다.

"선거에 된 놈도 안 보이는데 선거에 떨어진 사람이 이렇게 나와서 일일이 인사를 하네. 마음도 오죽할 텐데……."

낙선 인사뿐만 아니라 그전에 추석·설 명절 때면 꼭 5일장을 돌며 인사를 했기 때문에 우리 주민들은 내가 장에서 인사하는 것을 그렇게

내가 변한 만큼 세상이 변한다

낯설어하지 않았다. 그런데 낙선하고 와서 인사를 하니까 나를 지지했던 분들은 너무 측은하고 안돼 보인다면서 울먹였다.

"그 참 잘 돼야 하는데!"

그러면 낙선을 담담하게 받아들이고 있던 나도 그만 울컥 치밀어 올라 한참 고생해야 했다. 나도 모르게 격한 감정이 솟아올라 의연함을 잃어버렸던 것이다. 바로 그러한 마음들이 서로 하나가 되는 과정이었던 것 같다.

내가 그분들의 진심을 이해하듯이, 나 또한 그분들을 위해 진실한 정치를 한다면 언젠가 당, 지역감정, 돈, 이런 외형적인 것에 지배되지 않고 진실로 나를 평가해 줄 것이다. 그분들이 나를 신뢰할 수 있는 정치를 할 수 있을 것이다. 이런 확신이 있었기에 기꺼이 견딜 수 있었다.

또한 내가 그렇게 하지 않으면 세상을 바꿀 수 없다는 책임감도 있었다. 만약 내가 능력이 모자라서 못한다면 나보다 더 유능하고 뜻있는 후배가 와서 반드시 그 일을 해낼 것이다. 그리하여 언젠가는 '우공이산愚公移山'의 우화처럼 바뀔 것이라는 확신이 있었다.

정치인은 다들 민심을 잡는 자기만의 방식이 있는 것 같다. 어떤 사람은 두둑한 돈을 가지고 잡고, 어떤 사람은 치밀하게 계산된 이득을 가지고 잡고, 어떤 사람은 지역감정을 가지고 잡고, 어떤 사람은 화려한 언변과 인맥을 가지고 잡고, 어떤 사람은 잘 준비된 정책을 가지고 잡는다. 이처럼 각자 자기만의 특기가 있다.

돈과 지역감정을 포기한 내가 할 수 있는 방식은 서민을 위한 정책을 만들고 유권자들로부터 신뢰를 얻는 길뿐이라는 정치적 신념이 있었다.

또한 정권교체가 민주주의의 핵심 기초이기 때문에 이를 위해서는 이러한 척박한 지역에서 반드시 돌파해 내야 한다는 책임감을 가지고 있었다.

서천에는 야권 성향의 정치적 전통은 분명 있었다. 김옥선 의원이 오랫동안 야당 의원으로서 역할을 했고, 나중에 변절하기는 했지만 한때는 독재 권력에 맞섰던 조중연 의원 역시 야권이었다.

문제는 야권 성향을 키울 만한 조직과 지도자가 없었다는 점이다. 3당 합당으로 야권의 지도력이 상실되면서 10년 동안 조직 공백 상태에 있었다. 그렇지만 야권 성향의 군민들은 분명히 있었다. 1992년 대통령선거에서 이 지역은 김영삼 후보 표보다 김대중 후보 표가 더 많이 나오진 않았지만 30% 정도 나왔으니까 제법 많이 나온 셈이다. 이는 김대중 후보에 대한 지지, 야권에 대한 지지가 그래도 상당히 있었다는 것을 의미한다.

그럼에도 불구하고 민주당에 대해서는 비토하는 분위기가 강했다. 속으로는 DJ에 대한 지지가 상당했으면서도 겉으로는 민주당이 거의 힘을 쓰지 못하고 있었다. 자기를 보호해 줄 조직과 지도자가 없기 때문에 개인적으로는 표를 찍을지언정, 공식적으로 야당으로 내세워서 활동할 만한 사람은 많지 않았던 듯하다.

내가 변한 만큼 세상이 변한다

첫 선거

3당 합당의 김영삼 정권이 순항하다가 결국 JP가 떨어져 나와 자민련을 만들었다. 충청도에도 지역당이 태동한 것이다.

1996년 당시 정국은 김영삼 대통령의 아들 김현철 씨가 벌인 행태, YS의 비서 중 한 사람인 장학로 씨 뇌물수수 스캔들 등으로 인해 요동치고 있었다. 부동산실명제와 같은 개혁정치를 통해 처음에는 인기가 솟았으나 JP와의 관계가 틀어지고 전라도와 충청도가 떨어져 나가면서 3당 합당의 동력 상당부분도 훼손되었다. 그러한 상황에서 총선이 치러지게 되었다.

4년 동안 나는 서천 지역에서 낭인 생활의 어려움에도 불구하고 꾸준히 노력해 왔다. 여론도 괜찮아 해볼 만한 구도였다. 당시 국회의원은 자민련 이긍규 씨였다. 기자협회장을 몇 번 한 언론인 출신으로, 경제적으로도 여유가 있었다. 지역감정도 그에게 유리하게 작용하고 있었다.

하지만 정치적으로는 지역에 워낙 기여한 바가 없어서 여론은 그다지 좋지 않았다. 현역 의원이 그렇게 강자는 아닌 셈이었다. 신한국당 후보는 전 해군참모총장 김홍열 씨였다. 소장이었던 그는 김영삼 정권에서 참모총장까지 고속승진을 한 분으로, 자기는 정계에 나오고 싶지 않은데 대통령이 옷 벗겨서 나가라고 해서 나왔다는 말을 하고 다녔다. 사람은 참 괜찮은 분이지만, 정치하고는 잘 안 맞는 것 같았다.

결국 자민련 이긍규, 신한국당 김홍열, 민주당 나소열, 3파전이 벌어지게 되었다. 한번 붙어 볼 만했다.

그런데 민주당 분당 사태가 일어났다. DJ 쪽에서 새정치국민회의를 창당한 것이다. 어떻게 보면 통합민주당의 최대 중심 세력이 떨어져 나간 셈이었다.

그때 대외적으로만 아니라 당내에서도 DJ는 대통령선거에서 졌고 노령이니 이제 희망이 없다, 정계은퇴를 해야 한다는 여론이 많았다. 새정치국민회의 창당은 이러한 기류에 대한 반발이었다고 생각한다. 이기택 중심의 민주계와 DJ를 정점에 둔 직계 사이의 갈등이 불거지려 하자, DJ 쪽에서 분당을 감행했던 것이다. 선거를 앞두고 합쳐도 안 될 판에 분당을 한 것이다.

나로서는 민주당에 남기보다 새정치국민회의로 가면 아무래도 도움이 훨씬 되겠지만, 그것은 명분 없는 일이었다. 나는 새정치국민회의에 가는 것을 거부하고 민주당에 남았다. 노무현 의원을 비롯한 옛 꼬마민주당 사람들도 거의 다 가지 않았다. 이부영 의원과 제정구 의원 등을 중심으로 한 운동권 세력이 꼬마민주당과 연합해서 '민연'이라는 개혁세력

내가 변한 만큼 세상이 변한다

4년 동안 진심으로 뛴 결과 4000표 정도를 얻었다. 돈이나 지역감정에 기대지 않고 오직 나 하나만 보고 찍어 준 사람들이었다.

을 이루고 있었는데, 그분들도 같이 남았다.

결국 나는 참패하고 말았다. 야당 내에서도 DJ 지지 세력이 있었기 때문에 그 사람들 입장에서는 내가 DJ를 쫓아가지 않은 것에 대한 서운함이 있어 결집이 잘 안 되었던 것이다. 그렇게 야당 세력 자체가 뿔뿔이 흩어지면서 10% 정도의 지지밖에 못 얻었다.

그래도 4년 동안 진심으로 뛴 결과 4000표 정도를 얻었다. 돈이나 지역감정에 기대지 않고 오직 나 하나만 보고 찍어 준 사람들이었다. 그런 뜻에서 4000표는 결코 적은 표가 아니었다.

하지만 기분은 그다지 좋지 않았다. 낙선도 했고, 사실 10%밖에 얻지 못했다는 게 굉장히 자존심 상했다. 적어도 3파전을 치열하게 했다고 생각했는데 완전히 밀려난 꼴이었다. 정치는 '운칠기삼'이라고 흔히들 얘기하는데, 나는 선거 때마다 왜 그렇게 운이 없을까 하는 정도로 운이 없었다.

총선이 끝나고 다시 5일장을 찾아 인사하며 다녔다. 이곳저곳에서 나를 지지해 줬던 분들이 울먹였다. 선거 끝나고 급성위염 때문에 한참 고생을 했다.

1997년에는 대통령선거가 있었다. 총선 참패 후 낙담하고 있을 때 이강래 씨에게 전화가 왔다.

이강래 씨는 참 독특한 사람이다. 전북 정읍 사람인데, 나와 같은 꼬마민주당 공채 1기로 들어왔다. 그와는 개인적으로 다투기도 하고 경쟁하기도 하면서 통합할 때는 실무위원회에서 함께 일했다. 원래는 이기택 계열이라고 할 수 있는데, 그쪽의 신뢰를 별로 못 받는 것 같았다. 그래서 당직에서도 약간 소외를 당했는데, 통합민주당이 탄생할 때 동교동계에서 그를 비서실 차장으로 스카우트했다.

이강래 씨가 전화로 내게 제안을 하나 했다.

"DJ 대통령 만들기에 동참합시다. 나하고 같이 일하면 어떤가요?"

나는 일단 거절했다.

"제가 새정치국민회의에 가지 않았던 것은 명분이 없어서인데 지금 와서 또 명분도 없이 그쪽으로 간다는 것은 맞지 않습니다. 개인적으로 가는 것은 안 되고, 조직적으로 간다면 그때는 합류하겠습니다."

그 후 우리들 내부에서 논쟁이 벌어졌다. 과연 1997년 대선에서 야당의 입장이 어떻게 되어야 하는가? 그 과정에서 약칭 '통추'로 불렸던

내가 변한 만큼 세상이 변한다

통합추진위원회가 결성되었다. 논쟁은 더욱 치열하게 벌어졌다. 과연 DJ 하고 결합할 것이냐? 아니면 독자 후보를 낼 것이냐? 그도 아니면 이회창과 연합할 것이냐?

그때 노무현 변호사가 자신이 대통령에 한번 나가야겠다고 제안한 적이 있었다. 민주당이 존립하려면 민주당에서 후보를 내야 하는 것 아니냐는 논리였다. 그런데 대부분의 사람들은 노 변호사가 대통령 후보로 나가는 것은 별 실익이 없다고 약간 비관적으로 보았다. 그럼 대안이 뭐냐, DJ냐? 아니면 반DJ 이회창이냐? 이렇게 해서 통추가 두 조각 났다. DJ로 합류하는 쪽, 이회창과 같이하는 쪽으로 나뉜 것이다. 전자가 노무현·원혜영·김원기·김정길·유인태 등이었고, 반DJ이기 때문에 이회창과 결합한 후자가 제정구·이부영·이철·이기택·장기욱 등이었다.

나는 전자의 길을 택한 사람들과 함께 DJ 쪽, 새정치국민회의로 입당하게 되었다. 그것은 정말 고뇌에 찬 결정이었다. 당시 회의뿐만 아니라 사석에서도 격렬한 논쟁이 벌어졌다. 분열하게 되는 분위기는 썩 유쾌하지 않았다.

문제의 핵심은 DJ를 야권의 대표자로 인정할 수 있느냐 없느냐였다. 재야파들은 대부분 DJ에 대해 강력하게 반발했다. 그들의 주장은 "DJ가 사심으로 가득 차고 전라도라는 지역감정을 볼모로 해서 자기의 권력욕을 추구하고 있는데, 새로운 정치를 해야 하는 이 시대에 맞지 않다"는 것이었다. 그 반대에 선 우리들의 주장은 "그렇다고 해도 지금 야권 대표를 할 수 있는 사람은 DJ밖에 없는 것이 현실이고, 무엇보다 정권교체가 중요한 과제다. 이회창은 결국 여권의 맥을 계속 이어온 사람인데, 이런 사람에게 정권을 준다는 것은 정치발전이 아니다"라는 것이었다.

요컨대 이회창이 3김씨 이후의 새로운 정치세력을 이룰 수 있다는 생각과 3김씨 이후의 정치를 한다고 해도 이회창은 독재권력의 후계자일 뿐이라는 생각의 대립이었다.

마침내 결정이 내려져 우리는 DJ를 1997년 대통령 후보로 옹립하고 지원하게 되었다. 그러나 사실 나중에 합류한 우리들의 입장은 그렇게 환영받을 만한 것은 아니었다. 우리는 대선이 끝나고 변변한 당직도 못 받았다.

그리고 그때 서천 지역은 이미 사업가인 이중수 씨가 새정치국민회의 위원장으로 있었다. 지구당위원장을 아직 정하지 않았을 때 내게 새정치국민회의 위원장으로 오라고 제안했지만, 그때는 내가 집단적으로라면 모를까 개인적으로는 못 간다는 입장을 밝혔었다. 국민회의 쪽에서는 1997년 대선을 위해 지구당위원장을 뽑아 지역을 추슬러야 했으므로 미리 선정할 수밖에 없었던 것이다. 따라서 내가 지역에서 할 수 있는 역할에는 한계가 있었다.

이런 사정으로 인해 서울로 올라간 나는 파랑새유세단 부단장을 맡아 유세단을 이끌고 서울·경기 등 수도권 지역에서 연설을 하며 돌아다녔다. 이때 유세단 단장은 노무현 부총재가 맡고 있었다. 어떤 역할이라도 대선에 기여하는 게 중요했으므로 나는 직책에 상관 없이 수도권 유세에 최선을 다했다.

내가 변한 만큼 세상이 변한다

대통령의 통치 스타일과
선진 정치로 가는 길

마침내 김대중 후보가 대통령선거에서 승리했다.

문제는 통추 세력인 내가 비주류 중에 비주류라는 점이었다. 5년 이상 정치적 낭인 생활을 했는데, 또다시 두 번째 비주류 생활을 계속하게 된 것이다. 노무현 해양수산부 장관조차 비록 국무위원을 역임했지만 나를 지역위원장 시킬 만한 힘이 없었다. 우리 같은 사람들은 일할 수 있는 기회가 없었다.

노무현 의원은 김대중 대통령을 대단히 높이 평가했다.

"김 대통령님은 여러 방면에서 정말 박학다식하고 논리정연하시더라."

나는 노무현 의원하고 많은 대화를 했지만, 그 또한 수많은 정치인들 중에서 가장 탁월한 통찰력을 지닌 정치인이었다. 그런 노무현 의원이 김대중 대통령을 평가하는 말을 듣고 김 대통령이 만만치 않은 내공을 지닌 분이라는 것을 간접적으로나마 느낄 수 있었다.

나는 김대중 대통령과 직접적인 연관을 맺을 만한 기회가 없었기 때문에 그분과 대화할 기회는 없었다. 그러나 그의 대중경제론이나 통일 관련 저작, 당 총재로서 했던 일, 대통령으로서 했던 일 등을 평가해 보면 수많은 정치적 굴곡을 통해서 굉장히 단련된 분이라는 것을 알 수 있었다. 독재권력에 저항하고 살아남기 위해서 오랫동안 일관된 노력을 해 왔기 때문에 전라도민들과 일체화되고, 그 때문에 전라도당 당수라는 오해를 받기도 했지만 그 나름대로 경제면 경제, 통일이면 통일, 이런 정책에 대한 확고한 비전과 자기만의 대안을 가지고 있던 정치인이 분명했다.

독재권력과 투쟁하는 과정에서 교활하고 독선적이며 부도덕하다는 비난을 받기도 했지만, 독재권력과 싸우면서 난관을 헤쳐 오기 위해서는 어쩔 수 없이 선택한 부분도 있을 것이다. 당시에는 공작정치가 그야말로 횡행했다. 독재권력에 맞서기 위해서는 지역민들과의 일체감, 충성심이 뛰어난 측근들의 보호를 받지 않으면 헤쳐 나가지 못했을 것이다. 확고한 정치적 기반은 탄압을 받으면서 지역민들과 강한 일체감을 갖게 되며 나타난 편향성이기도 하다. 이것은 그가 의도했다기보다는 독재권력의 탄압으로 인해 결과적으로 생성되고, 심지어 유도된 측면도 있기 때문에 그의 원죄라고 할 수는 없었다.

물론 충성의 맹목성, 돈 정치, 지역 정당이라는 구정치적 요소를 갖고 있다는 한계가 있는 것은 사실이다. 하지만 그것은 그 시대 정치의 어떠한 반작용으로 나온 산물이기 때문에 한편으로는 이해할 수 있었다. DJ의 포용력, 시대를 보는 통찰력, 여러 가지 정책 대안들은 평가받아 마땅하다.

다만 후배인 우리들의 입장에서 볼 때 과거의 역사적 산물로서 일정부

내가 변한 만큼 세상이 변한다

분 이해할 수 있지만, 그럼에도 불구하고 새 시대 수권정당의 모습, 새로운 민주정당의 모습은 아니기 때문에 끊임없이 개혁을 요구했던 것이다. 특히 돈 정치나 지역감정 등은 우리가 극복해야 할 과제였다.

여당은 기업으로부터 정치자금을 많이 받았다. 과거 정당정치에서 돈 정치는 굉장히 중요한 요소였다. 야당도 우수한 인재들을 영입하고 그들에게 정치자금을 지원해 주어야 했기에 돈 정치는 어떻게 보면 당시 야당의 정치를 살리기 위해서는 필요악인 측면도 있었다. 사실 그때는 여당이건 야당이건 금권정치를 했다. 여당이 워낙 크게 한 탓에, 야당도 이에 대항하기 위한 금권정치를 일부 했던 것이다.

DJ와 노무현은 이 점에서 달랐다. DJ가 대통령을 하면서 국회를 장악할 수 있었던 것은 국회의원 후보로 좋은 인물을 발굴하면 공천을 주고, 그리고 그에게 일정 정도 선거자금을 지원했기 때문이다. 비례대표의 공천헌금이든, 기업이나 후원회로부터 받은 지원금이든 그것을 정치자금으로 모아서 후보에게 선거 자금으로 주었다. 따라서 좋은 인물을 발굴하는 데도 유리했고, 또 그 사람이 당선될 수 있도록 기여한 부분이 있었다.

반면 노무현 정부는 정치를 장악하지 못했다. 과거처럼 돈을 줄 수 없었기 때문이다. 우수한 인재에게 공천 주고 돈도 줘서 당선시키는 것이 과거 방식이었지만, 정부에서 돈을 대주지 않았으므로 정치 할 사람은 자기 돈을 가지고 싸워야 했다. 따라서 강력한 정치적 의지를 가졌거나 경제적 여유가 있는 사람을 제외하고는 우수한 인재라고 해도 정치에 진입하기가 어려웠다.

이러다 보니 자기 사람이 없게 되었다. 과거 같으면 대통령이 공천 주고 당에서 돈을 펑펑 대주니 은혜를 입었다고 생각해 당연히 공천권을 행사한 주군과 충성스런 예속 관계를 형성하게 된다. 그런데 노무현 정부에서는 공천을 주려면 오히려 사정해서 모셔 와야 했다. 이렇듯 권력관계가 완전히 달라졌기 때문에 국회의원 통제가 안 되었던 것이다.

노무현 대통령은 본인이 공천도 안 했고 공천 헌금도 안 받았다. 비례대표 공천 비리는 전혀 없었다. 선거를 치를 경제적 능력이 있어야 공천도 해줄 수 있었다. 공천권도 당으로 전부 돌려줬다. 속사정이 그렇다 보니 훌륭한 인물이지만 자생적으로 선거를 치를 능력이 없는 사람은 공천 받을 엄두를 내지 못했다. 실제로 선거 출마는 공천자의 도움 없이 독립적으로 치러졌다. 그렇게 국회의원이 된 사람은 당연히 공천권자도 아닌 대통령에게 충성하거나 눈치를 볼 필요가 없었다.

그러자 국회 장악력이 사라졌다. 애초부터 노무현 대통령은 국회를 장악할 생각조차 하지 않았다. 그는 바로 그것을 원했던 것이다. 입법부는 장악의 대상이 아니라 서로 독립적인 협력 관계라고 판단했다. 정치적으로 너무나도 이상적인 생각이었다. 정치는 깨끗해졌는데 대통령이 국회의원들을 소위 '장악'하지 못하다 보니 정치적으로 일사불란하게 움직이지 않았다. 국가 정책을 끌고 갈 만한 주요 동력이 약해진 것이다.

노무현 대통령이 이러한 정치 역학을 몰랐을 리 없었다. 그는 관료집단을 제외한 나머지는 대통령으로부터 독립시켜야만 사회가 권력의 균형을 통해서 맑아진다고 믿었다. 지금 균형을 잡아놔야 국가가 먼 장래까지 제대로 갈 것이라고 생각했다. 그리고 잘못된 관행을 바로잡는 데 점증적으로 가는 것은 너무 느려서 안 된다고 여겼다. 그에게는 이러한 혁신 욕구가 확고했다. 이러한 결단은 결코 하루아침에 이루어질 수 없는 것이다. 많은 저항과 희생을 감수하면서도 사회의 질적 향상을 위해 가야만 하는 길이다. 그런 의미에서 이러한 개혁은 현재진행중이라고 봐야 한다. 수없이 많은 보이지 않는 결단이 이 뒤를 이어야만 한다. 이것은 지극히 어려운 과제다.

내가 놀랐던 것은 노무현 후보가 당선됐을 때 서울대 출신의 모 중진급 의원이 심정적으로 도저히 못 받아들이는 것을 보았을 때였다. 그는 과거 민주화 운동을 했던 분이었음에도 개혁 성향의 후보가 나선 것을 받아들이지 못했다. 사실 당에 그런 분들이 꽤 있었다. 자기들이 볼 때 고졸 출신이 대통령까지 되는 것이 못마땅했던 것이다. 자기들이 저 사람보다는 나은 것 같은데 어떻게 저 사람이 리더로 될 수 있는가. 당시 대통령과 평검사들의 토론에서도 온 국민이 그런 심리의 일단을 볼 수 있었다. 자기들이 대통령한테 꿀릴 게 하나도 없다는. 한 사람의 저력과 인품을 단지 대학이라는 하나의 잣대로 평가한다는 것이 얼마나 우스꽝스러운 일인지 알면서도 그것에서 자유롭지 못한 것이다.

많은 선진국이 내각책임제를 한다. 내각책임제는 다수당의 대표가 내각 수반을 하는 제도다. 다수당으로 묶여 있기 때문에 공동책임이다. 정치를 잘못하면 내각이 총사퇴하고 다음 총선에서 바로 반영되므로 어떻게든 힘을 합해서 정국을 잘 이끌어가야 한다. 그러므로 일체화가 잘 된다. 대통령제를 하고 있는 선진국들도 소위 교차 투표가 가능한 제도이므로 어떤 정책에 대하여 서로 자유롭게 토론한다. 따라서 끊임없이 설득과 타협의 기술이 발전된 형태로 나타난다. 반면 과도기에 있던 우리나라는 여야의 정치적 입장이 너무 다르기만 했다.

노무현 정권에서는 오히려 야당은 일사불란하게 움직인 반면, 여당은 상당히 개인적으로 흩어져 있다는 느낌이 있었다. 결국 노무현 대통령의 문제라면 삼권분립, 국정원·경찰·검찰 같은 권력기관의 독립, 언론과 압력단체들을 완전히 독립시키고 견제와 균형을 통해 이상적으로 민주주의를 활성화시키려 했던 점이다. 민주주의 정치제도를 실험하려고 했던 노무현 대통령은 돈 정치 타파, 지역주의 타파를 위해 이러한 시스템을 과감히 도입했다.

유권자 여론조사를 해보면 돈 선거를 근절시켜야 한다고 나온다. 그러나 현장에서 돈이 없으면 이야기가 달라진다. 십수 년 전만 해도 밥 한 그릇 안 사주면 선거를 치를 수가 없었다. 돈 쓰지 않고, 지역 정당도 아니고, 여당도 아닌 야당의 후보자들은 선거에서 힘을 쓸 수 있는 요소가 전혀 없었다. 가치·논리·정책 가지고 선거판세를 뒤집어야 하는데, 그런 몸부림이 거의 의미 없던 시절이었다.

그러나 참여정부에서 이와 같은 돈 선거 풍토가 몰라보게 깨끗해졌다. 그럼에도 이 같은 성과가 국민의 마음속에 크게 각인되지 못했다. 냉정하게 말해서 이런 노력은 사람들에게 직접적으로 와 닿는 이익이 아니었던 것이다. 선거 분위기가 깨끗해졌다고 하면 일부 유권자들에게는 재미없는 이야기다.

"아니 왜 밥을 못 사주게 하나? 있는 사람들이 이럴 때 쓰게 하고, 그래야 경제도 돌아가고 또 이렇게 재분배도 되는 것이지."

그러면서 이것을 정 情이라고 생각한다. 밥 한 그릇이라도 사주면서 찍

내가 변한 만큼 세상이 변한다

어 달라고 해야 정답이지, 그것도 없이 깨끗한 정치 하니까 식당마저 장사가 안 된다, 세상에 맨입으로 표 달라고 하면 어떻게 하나? 그래도 세상이 여유롭게 정으로 돌아가야지, 그리고 맑은 물에는 고기가 안 산다, 이렇게 생각하는 사람들이 여전히 많은 것이 현실이다.

그러면서 실제 공직자들의 횡령은 엄청나게 매도한다. 이러한 이중성을 어떻게 할 것인가. "갈치 제 꼬리 빼먹는다"는 말이 있는데, 바로 그 꼴이다. 우리 세금인 줄도 모르고 고맙다며, 정답다며 밥을 얻어먹는 것이다.

되돌아보면 참여정부의 소위 권력 방식은 대단히 선진적이었다.

그러나 대통령의 구시대적 장악력이 사라지면서 불협화음을 조정하거나 총괄할 만한 힘을 누구도 가질 수 없었다. 결국 사분오열되면서 국정의 난맥상을 노출하는 상황에 이르렀다.

국민의 정부와 참여정부를 비교하면, 김대중 대통령은 정치를 장악했다. 일단 국회를 장악한 다음, 검찰과 국정원, 경찰을 모두 통치권 아래 두었다. 그러면서 자신의 통치철학을 국가권력의 핵심부를 통해 정책으로 추진해 나갔다. IMF 경제위기를 극복하고, 햇볕정책을 중심으로 남북문제를 풀어 갔으며, 주변 국가들과의 외교 관계를 효율적으로 맺어 가는 등 권력을 아주 잘 컨트롤해 나갔다. 전라도 지역을 중심으로 한 강력한 지지 기반이 있었고, 또 JP와의 제휴를 통해서 나름대로 기반을 확충하고, 국제적 네트워크를 통해 추진력을 배가시킬 수 있었다.

그러나 김대중 대통령의 문제는 사회의 급격한 변혁을 이끌지 못했다는 것이다. 우선 권력기반의 태생 자체가 DJP연합이라는 취약성을 갖고 있었다. 상대적으로 돈 정치도 극복하지 못했다. 실제로 깨끗한 정치라든가 균형 있는 정치는 못했다는 단점이 있었다. 김대중 대통령은 그래도 큰 그림을 자기가 나름대로 그렸다는 장점을 갖고 있다.

그런데 노무현 대통령은 국회를 장악하지 못했을 뿐만 아니라 통치 권력도 다 풀어 주었다. 검찰도, 국정원도, 경찰도 모두 다 자기 본연의 임무에만 충실하도록 하고 국내 정치에 기웃거리는 일이 없도록 철저히 분리했다. 언론도 자유롭게 비판할 수 있게 했다. 가령 KBS 사장 임명에 관해서 어느 정도 영향이야 미쳤겠지만 과거처럼 언론이 정권의 나팔수 역할을 하지 않도록 균형감을 어느 정도 갖추도록 했다.

노무현 정권이 들어서기 전 나는 개혁 과제를 써달라는 요청을 받고 정치 구상 리포트를 쓴 적이 있다. 거기에서 나는 물론 돈 정치, 지역 정치를 타파해야 하고, 선진정치를 구현하기 위해서 권력을 서로서로 독립시켜 놓는 것은 좋지만 그로부터 발생할 수 있는 정국 불안은 사회적 이슈를 중심으로 계속 어젠다를 만들어내면서 해소해 나가고, 동시에 그것을 가지고 세를 규합해야 한다고 주장했다.

사회적 이슈를 중심으로 전선을 계속 가르면서 우리가 주도권을 계속 잡아 나갔다면 선진정치를 구현할 수 있었을 것이다. 명분을 누가 쥐고 정책을 실현해 가느냐의 문제이므로 그런 방법밖에 없었다.

물론 어젠다 설정에는 언론의 도움도 필요하다. 공중파 방송들은 완전히 친정부적으로야 안 되겠지만 우호적인 세력으로는 할 수 있었다. 집권 여당이기 때문에 언론의 균형은 충분히 조율해 나갈 수 있었다. 다만 보수 언론의 대표격인 조중동은 야당 편이겠지만, 한겨레·경향 등은 적절하게 견제 논지를 펼 것으로 보아 완전히 야당 편이라고 할 수 없었다.

내 가 변 한 만 큼 세 상 이 변 한 다

그러나 전선이 묘하게 갈리는 일이 발생했다. 예를 들면 이라크 파병에 대해 여권 지지 세력들은 대부분 반대한 반면, 야권 지지 세력들은 대부분 찬성하는 이른바 '노무현의 딜레마'가 발생한 것이다. 요컨대 대통령으로서 노무현의 정치적 결단과 개인 정치인 노무현과 그 지지층의 경향, 이 둘이 달랐던 것이다. 미국의 영향력 앞에서 결단을 내려야 하는 분단국 대한민국의 대통령 노무현과 정치인 개인 노무현의 성향이 다름으로써 지지층들이 노무현 정책을 가장 반대하는 세력이 되었다가, 그 이슈가 가라앉으면 다시 돌아오는 우왕좌왕이 정권 내내 반복되었다.

야당으로부터 악법이라고 일컬어졌던 사학법·국가보안법 등은 전선이 뚜렷하게 보수파와 대치했다. 그러나 FTA 이슈는 오히려 노무현 지지층이 반대파가 되고 한나라당 지지층이 찬성했다. 이러한 상황이 반복되면서 대통령 노무현의 고충을 이해하는 진정한 지지층은 20% 미만으로 얇아지고, 때때로 대통령 노무현에 대해서 회의하고 반대하는 진보층이 두터워졌다. 여기에 결정적으로 대연정 구상이 한바탕 회오리를 몰고 왔다.

정치인 노무현은 자신의 운신 폭에서 이렇듯 상당히 심한 갈등을 겪었다. 보다 큰 틀에서 대한민국의 진로를 생각해 보면 정치적 안정을 통해 정국을 힘있게 이끌어가지 않으면 안 된다는 고뇌에 찬 구상이었겠지만, 현실적 측면에서 너무 안이한 판단을 하지 않았는가, 적어도 전술적 고려가 너무 부족했다는 회의를 떨칠 수가 없다. 결과적으로 대연정 구상은 엄청난 파문만 일으켰다. 하려면 관철시킬 정도는 됐어야 하는데 관철도 못 시키고 순진하게 제안만 했다가 양쪽에서 십자포화를 맞고 결국 많은 사람들한테 실망을 준 사례가 되어 버렸다.

첫 승리를 쟁취하다

가족들은 내가 3선까지 하리라고는 전혀 예상하지 못했다.
처음 당선될 때도 별로 기대하지 않았고,
정권이 바뀌면 쉽지 않을 것이라고 보았던 것이다.

두 번째 도전

1998년에는 지방선거가 있었다. 그때 노무현 새정치국민회의 부총재가 서울시장에 도전하려고 했다. 나는 노무현 부총재의 특별보좌역이었기 때문에 부총재를 모시고 서울시 지구당을 순방하고 다녔다.

당내에서는 시장 후보를 두고 한광옥과 노무현이 대립하는 국면이었다. 한광옥은 상대 후보한테 어렵지만, 노무현은 낙승이 예상되었다. 그런데 김대중 대통령이 교통정리를 해서 두 사람을 주저앉히고 고건을 영입했다. 노무현을 서울시장에 앉히면 힘이 너무 그쪽으로 쏠릴 가능성이 컸기 때문일 것이다. 1997년에 대통령에 당선됐는데 1998년에 바로 노무현이라는 거물이 서울시장에 앉게 되면 부담이 안 될 수 없었을 것이다. 분명 노무현은 당내에서는 견제의 대상이었다. 서울시장 자리는 곧 대권으로 가는 권력이었기 때문이다. 그런 의미에서 노무현을 서울시장

내가 변한 만큼 세상이 변한다

에 앉히는 것은 다음 대권후보로서 0순위이기 때문에 당내 역학 구도에 비춰 일단 보류시키는 쪽으로 가닥이 잡혔던 것 같다. 대신 고건 카드가 나왔고, 부정선거로 국회의원직을 상실한 이명박 의원의 종로 지역구 보궐선거에 노무현이 출마하게 되었다.

나는 이 선거에서 노무현 후보의 선거상황실 부실장을 맡았다. 종로 선거구를 돌아다녀 보니 민심이 양극화되어 있었다. 일부 지역은 새정치국민회의 노무현에게 상당히 우호적이었지만, 또 다른 지역은 한나라당이 조금 더 우세했다. 한나라당 후보는 정인봉 변호사였다. 그는 이전에도 여러 번 출마했고 터를 닦아 왔던 터라 결코 무시 못 할 상대였다.

하지만 결과는 노무현 후보의 승리였다. 정인봉 후보가 워낙 그 지역 토박이였고 노무현 후보는 거기로 옮긴 지 얼마 안 된 상태라 불리함을 안고 선거를 치렀지만 그래도 신승을 했다.

노무현 의원으로서는 모처럼 만의 국회 귀환이었고, 정치적으로도 상당히 의미 있는 선거였다. 이명박이라는 상대 당 의원의 부정으로 보궐선거가 치러졌기 때문에 정치적 심판의 성격도 있었고, 정치인 노무현의 개인 스타 성향이 상대적으로 어려운 조직 기반이나 정치 1번지로서의 보수적 분위기를 극복하는 데 결정적인 힘이 되었다.

내가 상황실 부실장으로 도왔던 선거가 끝났지만 나의 관심은 국회의원 보좌관이 아니라 나의 지역이었다. 그동안에도 선거가 있을 때만 가서 도와주고, 나머지는 거의 지역에서 활동했다. 물론 중앙에서도 활동을 했다. 당시 노무현 의원은 지방자치실무연구소를 운영하고 있었는데, 나는 그 연구소에 적을 두고 있었기 때문에 때때로 가서 의견도 나누고 후원금도 걷으러 다니는 등, 중앙에서의 활동 무대 기반으로 삼고 있었다.

2000년 총선이 다가오고 있었다. 여전히 나의 관심은 서천 국회의원이었다. 스스로도 나에 대한 기대와 자신감도 생겼다. 지역 여론도 굉장히 우호적이었다.

그 무렵 서천 국회의원은 자민련 원내총무인 이긍규 씨였다. 여당 후보로 나선 사람이 아직 없었기 때문에 이긍규 의원이 또 도전할 판이었다. 그런데 이긍규 의원은 3선이었지만, 그동안 별로 한 것도 없어서 지역에서 호응이 좋지 못했다. 그저 운이 좋아 된 사람이라는 정도로 인식되어 인기가 별로 없었다. 게다가 다른 악재까지 겹쳤다. 당시 기능대학의 서천 유치가 확정되어 있었는데, 김범명 의원의 지역구인 논산에 빼앗긴 것이었다. 그래서 모종의 거래가 있었던 게 아니냐는 오해를 받을정도로 여론이 나빠졌다. 서천에는 대학이 하나도 없어서 그나마 기능대학을 유치하는 게 소원이었는데, 원내총무까지 하는 사람이 유치가 확정되어 있던 것마저 지키지 못하니까 서천 사람들 실망이 이만저만 아니었다. 상대적으로 나는 인기가 괜찮아서 이번에는 해볼 만하다는 기대를갖고 열심히 뛰어다니고 있었다.

한나라당 지구당위원장은 여전히 김홍열 씨였다. 하지만 지역에서 존재감이 별로 없었다. 그동안 한나라당에서 그 지역구를 욕심 내는 사람들이 몇 사람 왔다 갔다 하긴 했는데, 그래도 역시 정치를 지속적으로 했던 사람은 나하고 이긍규 의원 둘뿐이었다. 나는 이번이 기회라고 확신하고 당에 공천을 달라고 했다.

그런데 문제가 있었다. 그때까지 DJP연합은 아직 깨지지 않고 유효한

내가 변한 만큼 세상이 변한다

상태라 자민련 원내총무 이긍규 의원은 새정치국민회의에서 후보를 내지 않기를 바랐다. 그러다 보니 당에서도 내게 지구당위원장을 맡기지 않은 채 뭔가 애매모호한 태도를 취했다.

그것만 문제가 아니었다. 엎친 데 덮친 격으로 총선을 앞두고 선거구 획정위원회에서 서천 단독 선거로 확정이 된 상태였는데, 부산의 김동주 의원이 국회에서 문제제기를 했다. 표의 등가성을 논거로 해서 선거구별 큰 격차는 위헌이라고 주장한 것이다. 그러자 하한선이 갑자기 높아지면서 서천이 미달 지역으로 분류되었다. 그런 지역은 전국에서 몇 개뿐이었는데, 서천이 거기에 낀 것이다. 인구가 적어 결국 서천과 보령이 통합되었다. 사실 서천과 부여를 통합하는 것이 순리였지만, 억지로 서천과 보령을 통합시킨 배경과 사연이 있다.

김학원 의원은 원래 서울 성동구가 지역구였으나 김종필 총재가 김학원 의원을 자민련으로 영입하면서 부여 지역구를 넘겨주었다. 김학원 의원의 고향은 청양이었다. 상황이 그렇다 보니 이긍규 의원의 서천과 김학원 의원의 부여를 합치면 자민련 내에서 교통정리가 안 되어 부여와 청양을 하나로 묶고, 보령과 서천을 하나로 묶은 것이다. 하지만 인구로 보면 보령과 청양, 부여와 서천을 묶는 것이 순리였다.

보령의 국회의원은 당시 김용환 씨였다. DJP연합을 하다가 김용환 의원이 중간에 틀어져서 탈당하고는 개인적으로 신당을 만들어 다시 출마할 기세였다. 그러자 자민련은 김용환을 떨어뜨리기 위해서 김명수 전 평통 사무총장을 자민련 보령 지구당위원장 직무대리로 임명했다. 다음 총선에 내보내겠다는 선전포고인 셈이었다. JP가 김용환을 잡기 위한 책략이었는데, 서천과 보령이 통합되면서 이긍규 · 김명수 두 사람이 부딪히는 꼴이 되었다.

원래 DJP연합 취지가 살려면 자민련에서 이긍규 의원을 공천하고 새정치국민회의에서는 나를 공천해 줘야 옳았다. 보령에도 새정치국민회의 위원장인 이춘동 선배가 있긴 했지만 나를 공천한다면 승복하겠다고 한 상태였다.

그런데 권노갑 등 동교동계 가신들의 생각은 달랐다. DJP연합이라는 관계 속에서 김용환을 잡기 위해서는 이긍규와 김명수 카드를 써야 한다고 보았다. 서천에서 나소열이 나오면 서천 표를 가르니까 안 된다, 또한 보령에서 후보를 내세워야 하는데 김명수를 거기 내세워서 보령 표를 잠식하도록 하고 자민련 표는 이긍규가 당겨오게 하면 싸움이 성립한다, 이긍규가 서천에서 몰표를 받고 보령에서도 자민련 표를 흡수하는 대신 김명수와 김용환을 보령에서 쟁투하게 하면 가능성이 있다고 본 것이다. 그렇게 하기 위해 김명수 씨를 새정치국민회의 후보로 공천하고 나는 공천에서 배제하기로 결정이 났다. 이런 결정을 하게 된 것은 자신에게 등을 돌린 김용환 씨를 가만둘 수 없다는 보스의 의중 때문이었다. DJP로 연합한 자민련 보스의 불편한 심기를 만족시켜 주기 위해 갑자기 자민련 지구당위원장의 당적을 새정치국민회의로 변경시켜 출마시키는 일을 자행한 것이다. 보스 정치라는 것이 이랬다.

나는 강력하게 항의했다. 어려운 지역에서 민심을 얻기 위해 야당으로 일관되게 열심히 노력해 왔던 우리 같은 사람은 도대체 뭐냐? 정치적으로 후퇴할 대의명분이라도 줘야지, DJP연합을 아무리 이해한다고 하지만

내가 변한 만큼 세상이 변한다

이것은 명분이 전혀 없다. 가령 여론조사를 해서 내가 밀린다든지 하는 명분을 줘야, 그래야 내가 그동안 정성을 쏟은 유권자 군민들이 보기에도 '저 사람이 진퇴를 분명히 하는구나' 하는 설득력이 있지, 그런 것 전혀 없이 무조건 양보하라고 하는 것은 너무하다며 반발했다.

그러나 아무도 내 말에 귀기울여 주지 않았다. 노무현 의원조차 자기 힘으로는 어떻게 해볼 수 없다며 미안해했다.

그렇다면 나는 탈당을 선언하고 무소속으로 나갈 수밖에 없었다. 당을 나오는 것도 씁쓸했고, 이렇게 희생되는데 아무도 나의 말조차 들어주거나 위로해 주는 당의 핵심들이 없었다. 참으로 비통했다.

새정치국민회의에 합류했던 민주당의 통추 세력으로 노무현·김정길 의원 같은 분들이 겨우 당직이나 일부 장관직을 맡았지, 우리처럼 국회의원이 아니었던 사람들은 어떠한 자리도 맡지 못하고 거의 붕 떠 있는 상황이었다. 직책을 맡았던 그분들조차 피고용인 신분이어서 우리를 밀어 줄 만한 당내 영향력이 없었다고 봐도 과언이 아니었다.

나는 지금도 김명수 카드는 당시 정치적 밑그림을 주도했던 새정치국민회의 가신 맏형 권노갑 의원과 그의 DJP연합 파트너인 이긍규 자민련 원내총무의 담합 결과라고 생각한다. 김명수 씨는 새정치국민회의라는 정부 여당의 위원장을 준다니까 별말 없이 그 직을 받았다.

물론 정치적으로 큰 그림을 염두에 둔 전략적 선택이 있을 수 있다는 데에는 나도 동의한다. 지금도 후보단일화 전략을 택할 수밖에 없는 우리 정치 현실을 이해 못하는 바 아니다.

하지만 그 지역에서 오랫동안 활동해 온 사람들에게 진퇴 명분을 주지 않는 전략적 선택이라면, 정당의 명분은 있을지 모르겠지만 당사자들로서는 일방적 희생일 뿐이다.

여기에는 시대적 함축도 있는 것 같다. 개발독재 시대의 관행, 정치뿐만 아니라 사회 각 분야에 만연했던 분위기. 위에서 시키면 하지 왜 말이 많은가? 위에서 큰 그림을 그리면 거기 따르면 되는 거지, 우리가 일일이 자네들한테 설명할 필요가 있는가? 자네가 그런 급인가? 위계를 내세우며 구성원을 무시해도 상관없다는 고압적인 태도가 뒤섞인 현상이었을 것이다.

이제까지 야당에 투신해서 헌신한 우리들의 10년 가까운 노고에 대해 그 어떤 위로나 격려 한마디 없이 헌신짝처럼 내팽개치는 야박함을 보면서 씁쓸하고 허탈한 심정과 솟구치는 분노로 오랫동안 마음이 아팠다.

나는 보령이라는 전인미답의 큰 지역이 합쳐진 데다 무소속으로 출마해야 한다는 한계를 절감하지 않을 수 없었다. 하지만 이제까지 해온 나의 정치적 명분, 지역주민들과 함께 정치를 해왔고 앞으로도 계속할 의지가 있다면, 그들이 나를 버리지 않는 이상 나 스스로 정치를 그만두지 않겠다고 결심했다. 이것은 사관학교 교수 시절 보안 검열로 필화사건을 겪을 때 상층부에서 수도권이든 어디든 네가 원하는 곳으로 보내줄 테니 나가라고 했지만, 생도들이 나를 내치지 않는 이상 자발적으로 가지는 않겠다고 선언했던 그 심정과 동일선상에서 이루어진 각오였다.

결국 나는 무소속으로 출마했다. 그러자 선거전 구도는 한나라당 안홍열, 새정치국민회의 김명수, 자민련 이긍규, 신당 김용환, 무소속 나소열로 짜였다.

내가 변한 만큼 세상이 변한다

결과는 나의 참패였다. 하지만 서천에서 10%의 득표율은 변함이 없었다. 반면 보령에서는 3%를 조금 넘어 전체적으로 보면 6%가량을 득표했다. 당선자는 김용환 후보였다. 이긍규 후보가 2등, 김명수 후보 3등, 안홍열 후보 4등이었다. 특히 검사 출신인 한나라당 안홍열 후보는 개인적으로는 나의 서천중학교 선배인데 나와 득표 차이가 거의 없었다.

그런데 지나치게 많은 돈이 풀린 것은 선거 현장에서 확실하게 체감할 수 있었다. 나는 이 선거에서 총 7천만 원가량을 썼다. 법정선거비용이 2억 정도였는데, 나는 돈과 조직이 없으면 혼자서라도 유세를 한다는 심정이었다. 그렇기 때문에 더욱더 돈 정치를 타파하기 위해서 열심히 싸웠다.

그 과정에서 '바꿔야 한다'는 의지를 더욱 강하게 다졌다. 새 시대를 열기 위해 정당의 구태를 바꿔야 하고, 지역을 바꿔야 하고, 진정한 정권 교체를 해야만 한다고 다짐하고 또 다짐했다. 정당 내부에서도 꼭 내 뜻이 당 주류와 일치하리라는 안이한 생각은 하지 않았다. 잘못된 관행과 문화라면 그것이 정당 내부든 외부든 바꿔야 할 대상이라고 보았다. 그렇기 때문에 구태정치에 질려서 혐오감을 품고 정계를 떠날 생각은 추호도 없었다. 만약 그런 것에 풀이 죽었다면 벌써 두 손 들고 떠났을 것이다.

이렇게 해서 내 정치 여정에서 가장 암울했던 선거가 끝났다. 정치 한다고 분주하게 다니는 나를 지켜봐야만 했던 가족들에게도 안타까운 마음을 감출 수 없었다. 어머니는 처음부터 내가 고향에 내려와서 정치 하는 것을 반대하셨다. 현실정치는 하지 말고 유학 가서 교수가 되기를, 그리고 능력이 있으면 나중에 정치 하기를 바라셨다.

"쌀독에서 인심 난다고, 돈 없이는 이런 세상에서 정치로 성공하기 어렸다. 그런데 우리 집이야 돈이 많은 집안도 아니고, 기껏 해야 논 몇십 마지기에 방앗간을 하니 시골에서는 부자라지만 정치를 하기에는 부족하지 않겠니? 그것도 형제들이 있으니 그나마 다 네 재산도 아니고. 그런 상황에서 정치를 한다는 것은 너무 어려울 것이다."

지금은 물론이고 나중에 설령 뜻을 이룬다 해도 정치는 너무 어려운 일이다, 그런 의미에서 아직 장가도 안 간 처지로 정치에 투신한다고 하니 부모 입장에서는 반대할 만했다. 그때 나는 큰형 식구들과 같이 살았다. 분가도 하지 않고 총각으로 본집에 와 있으니, 큰형도 걱정이 되어 내가 정치 하는 것을 반대했다. 그래도 나를 이해해 줬던 분은 큰형수님이었다. 큰형수님은 마음으로 후원하기도 하고 매사에 시동생이 소신을 가지고 정치 활동하는 것을 자랑스러워했다. 큰형수님은 부녀회장도 오래했을 정도로 활달하고 사교성도 좋았는데, 마치 기숙사 생활하듯 하는 나에게 얼굴 한번 찡그린 적이 없었다.

뭐니 뭐니 해도 나의 적극적인 후원자는 셋째 형이었다. 의료보험조합에 다니고 있던 형은 만날 때마다 용돈도 많이 주고 격려해 준 든든한 후원자였다. 어머니도 말씀은 그렇게 하셨지만 결정적인 순간에는 나의 울타리가 되어 주었다. 선거 때마다 옛날부터 당신의 활동 무대였던 마서면 10여 개 마을을 직접 돌아다니시면서 입당원서도 받고 선거운동도 해주셨다. 어머니는 입당원서를 몇 백 장씩 받아오곤 하셨는데, 보통 시골 분들이 입당원서를 써주는 것은, 특히 야당에 써준다는 것은 쉬운 일이 아니었다. 어머니는 그만큼 이웃들에게 신뢰를 얻고 있었던 것이다.

"네 부모님 같은 마음이라면 너를 믿는다. 정치를 잘 하리라고 믿는다."

내가 변한 만큼 세상이 변한다

이런 말을 들을 정도로 나의 부모님에 대한 지역의 신뢰는 상당히 컸다. 그분들은 어려울 때마다 나를 적극적으로 지지해 주셨는데, 나는 부모님 덕을 많이 본 셈이다. 부모 마음은 안타까움과 기대가 늘 교차하는 것. 어머니 마음이 그랬던 것 같다.

요즘은 가족들이 자랑스러워도 하지만 부담을 갖는 경우도 많다. 내가 워낙 공직자와 그 가족 행동에 신경을 많이 쓰다 보니 스트레스가 아닐 수 없기 때문이다. 특히 어머니를 내가 8년 정도 모셨는데, 언행에 있어 어느 누구에게도 책잡히지 않으려고 스트레스를 많이 받으셨다.

가족들은 내가 단체장으로 3선까지 하리라고는 예상하지 못했다. 처음 당선될 때도 별로 기대하지 않았고, 정권이 바뀌면 쉽지 않을 것이라고 보았다. 실제로 지방선거에서 민주당은 재미를 본 적이 많지 않다. 2002년에도 전국적으로 대패했고, 2006년에도 대패했다. 2010년에만 유일하게 지방선거에서 선전했는데 충남 쪽에서는 그나마 패배에 가까웠다.

충남 판에서는 지방선거가 좋았던 적이 한 번도 없다. 내가 3선에 성공했을 때 〈조선일보〉와 〈중앙일보〉 등 보수 신문에서 "생태도시 어메니티 서천을 이룬 나소열 군수"라며, 특히 3선에 방점을 두고 보도했다.

사실 정치인 나소열은 충남에서 조금 특이한 존재다. 2010년도 당선 직후 민주당 자치단체장 연수 때 나더러 특강을 하라고 해서 각 지역에서 오신 시장 군수님들께 내 이야기를 들려 드린 적이 있다. 강의를 들은 그분들 말씀이 3선 자체만도 상당히 놀라운데 충남에서 민주당으로 내리 세 번 당선되는 일이 어떻게 가능한가, 자기들은 경이롭다며 오히려 나한테 고맙다는 것이었다.

2004년 4월 서천군 한마음체육대회(위)와 판교 전통시장에서 주민들과 함께하다. 내가 자치단체장으로 3선할 수 있었던 것은 주민들과 한마음이 되려고 노력했기 때문일 것이다.

지자체 선거에 나서다

2000년 총선이 끝난 뒤, 나는 어쨌든 가시밭길을 계속 가야 했다. 서천과 보령이라는 선거 구도에서 더군다나 무소속으로 버틸 수 있을까, 당도 없이 과연 의미가 있을까. 이러한 고민을 하던 시절이었지만 지역 활동을 그만둘 수는 없었다. 떨어지고도 여전히 꿋꿋하게 인사하고 다녔다. 그때는 보령까지 돌아다니며 낙선 인사를 했다.

그런 나를 보고 서천 군민들은 안타까워하며 "이제는 보령과 서천 통합 선거구가 됐고 무소속에 돈도 없는 자네가 너무 무리니 다음에는 일단 서천군수에 도전하면 어떻겠느냐"는 말씀들을 했다.

갑자기 군수 얘기가 나오니까 처음에는 얼떨떨했다.

'이게 무슨 말일까? 이게 나한테 가능한 일인가?'

한편 중앙에서는 노무현 의원이 다시 부산으로 내려가서 도전했다가 또 떨어졌다. 이후 해양수산부 장관으로 발탁되어 8개월 정도 하다가 관두었다. 그즈음에 노무현 변호사가 다음 대권에 출마한다는 이야기가 나오기 시작했다.

2002년이 가까워질 무렵, 이광재 씨에게 연락이 왔다. 그는 이번에 대통령선거에 출마하는 노무현 의원을 우리가 함께 밀자고 청하면서, 이 일을 추진하기 위해서 나보고 지방자치실무연구소에서 지방자치경영원으로 이름을 바꾼 기구의 부원장을 맡아 달라는 것이었다. 그 말을 듣고 나는 의논조로 이야기를 꺼내 보았다.

"지역에서 나보고 군수로 나오라고 하는데 어떻게 생각해요?"

"그것도 괜찮은 방법이기는 하네요."

이광재 씨는 뭔가 생각하는 듯 천천히 대꾸했다. 나는 계속 내 의중을 털어놓았다. 내가 생각할 때도 민심인 것 같은데 내려가서 지역민들과 더 상의하고 만약 군수로 출마해 당선되면 군수를 하는 거고, 그렇지 않으면 더 이상 지역에서 버틸 명분과 실력이 부족한 것이라고 생각하고 보따리 싸서 올라와 대통령선거에 힘을 보탤 결심이다, 이렇게 말하고 바로 고향으로 내려왔다.

내려와서 점검해 보니 과연 서천 사람들은 나의 군수 출마에 찬성하는 입장이었다. 그래서 군수 출마를 마침내 결심하고 김명수 지구당위원장을 찾아가 이야기했다.

김명수 위원장으로서는 내가 탈당해서 무소속으로 총선에 임한 것이 기분이 나빴겠지만, 동시에 내가 그렇게 했기 때문에 부담이 되었던 것 같았다. 만일 내가 다음에도 국회의원 선거에 나온다면 자신에게 부담이 되겠지만, 지금 군수 후보로 마땅한 사람이 없는 상황에서 오히려 내가

내가 변한 만큼 세상이 변한다

입당해서 군수 출마를 한다니까 좋다고 했다.

　나는 수순을 정해 놓고 민주당에 다시 입당해서 본격적으로 군수 출마 준비에 박차를 가했다. 철저하게, 그리고 열심히 활동했다.

　그때 마침 대통령후보 경선이 시작되었다. 묘하게 노무현 후보와 이인제 후보의 대결로 압축되고 있었다. 노무현 후보를 지지하고 있는 나로서는 무척 불리했다. 왜냐하면 충남 출신인 이인제 후보의 판세가 유리했기 때문이다. 하지만 당시에는 나 혼자였기 때문에 별로 눈치 볼 것이 없었다.

　그런데 이인제 후보가 신한국당에 있을 때 함께했던 송선규라는 분이 갑자기 민주당으로 군수 출마를 하겠다고 입당했다. 게다가 김명수 위원장도 사실 이인제 후보 쪽에 가까웠다. 충남에서 이인제의 영향력은 압도적 우위를 점하고 있었다. 상황이 이렇다 보니 일이 점점 더 내게 불리한 국면으로 전개되었다. 하지만 어차피 넘어야 할 산이었다.

　결국 군수 후보 경선 결정이 났다. 그동안 나는 지역에서 선후배와 친구들에게 입당원서를 각각 100장씩 나눠 주면서 당원 모집을 부탁했다. 목표는 1만 명이었다. 총력전을 펼친 끝에 당원을 6천 명 정도 모았다. 이것은 상당한 조직이었다. 반면 상대 후보인 송선규 씨는 늦게 들어온 탓에 당원을 얼마 모으지 못했다. 따라서 조직적으로 경선 투표를 하면 나를 이길 수 없는 상황이었다.

　나는 경선을 하되 1천 명 이상 하자, 서로 당원을 모아 결판을 내자고 주장했다. 반면 상대 후보는 대의원들을 중심으로 제한된 인원 50명 선에서 하자고 주장했다. 이때 위원장이 중재에 나섰다. 타협안은 보령 당원 30명과 서천 당원 50명을 합하여 80명으로 하자는 것이었다. 내가 주장한 인원에 훨씬 못 미치는 숫자였다. 서천 군수 선거에 보령 당원이 투표에 나서는 이유도 불분명했다. 특히 우려했던 것은 투표하는 당원이 적을수록 자금력에 의해 경선이 영향을 받지 않을까 하는 것이었다.

나는 선거인단을 적어도 몇 백 명으로 하자고 설득했지만, 그쪽에서는 선거 비용과 관리에 어려움이 있다는 구실을 내세워 적은 인원을 고집했다. 게다가 보령 당원 30명의 선거인단 구성은 보령과 서천이 같은 지역구이고 외부 당원들의 입장에서 객관적으로 투표할 수 있기 때문이라는 논리를 폈다. 아무래도 석연치 않은 주장이었다.

처음에 나는 받지 않으려 했다. 그러나 심사숙고한 끝에 이런 관문을 넘지 못한다면 본선에서 돈 선거나, 또는 다른 조직 선거의 틀을 결국 못 넘을 것이라는 생각이 들었다. 이번이 예비 선거라 생각하고 '일단 승부수를 던지자!'고 마음먹고는 마침내 중재안을 수락했다.

그러던 와중에 정국의 흐름이 묘하게 바뀌었다. 이제까지 이어져 오던 이인제 압승 분위기가 깨지고 말았다. 대통령 후보 광주 경선에서 파란이 일어나 판세가 뒤집혔던 것이다. 노무현 우세로 분위기가 역전되었다. 충남 선거가 시작되기도 전에 이미 노무현 후보가 우세한 것 아니냐는 분위기가 되다 보니, 나의 경선에도 영향을 미치게 되었다. 노무현 계보의 나소열과 이인제 계보의 송선규 대결에서도 대선 후보 경선에서 앞선 노무현 후보 덕에 우리 쪽으로 분위기가 쏠리게 된 것이다.

드디어 경선이 시작되었다. 군민회관에서 각각 후보 연설을 하고, 대의원들이 투표에 들어갔다. 결과는 바로 나왔다. 나의 승리였다. 표는

내가 변한 만큼 세상이 변한다

4파전으로 치러진 군수 선거에서 나는 현 군수가 유리할 것이라는 예상을 뒤엎고 첫 승리를 거두었다.

안정적인 우세를 보였다.

나는 마음속으로 생각했다.

'이제 어려운 한 고비는 넘었구나. 당원들은 역시 나에게 믿음을 보여주었구나. 이제 안심하고 나가야겠다. 운도 따라주는 것 같다!'

만약 노무현 후보가 광주 경선에서 앞서지 않았더라면 또 다른 분위기가 연출될 수도 있었을 것이다.

서천 군수 후보 경선 결과에 대해 김명수 지구당위원장은 뜻밖에 아주 우호적이었다. 지금 돌이켜보면 김명수 위원장이 아무래도 중심적인 역할을 했을 것 같은데, 그 역시 대선 후보 경선 판세의 영향을 받아 노무현 계파인 내게 반대하지 못했던 것 같다.

정치에서는 흐름이 굉장히 중요하다. 이인제 후보가 앞서는 추세였다면 위원장이 보령 쪽 사람들에게 다른 쪽을 밀라고 했을 수도 있다. 아무튼 예측불허의 판에서 결국 내가 승리해 후보로 확정되었다. 상대 후보였던 송선규 씨는 경선에서 패배하자 다시 탈당했다.

지방선거를 앞두고 서천 여론은 자민련 소속으로 재선인 현 군수가 조직력과 자금력에서 앞선다는 쪽이었다. 그러나 변수가 있었다. 당시 군수의 건강이 좀 좋지 않아서 많은 분들이 "아픈데 3선까지 하려고 하느냐?"는 말도 있었다.

정책 측면에서도 서천 상황은 좋지 못했다. 장항산업단지를 비롯해 여러 가지 사업들이 제대로 되는 것이 없었다. 당시 3선이었던 이긍규 의원도 그 때문에 4선에 실패했다. 김용환 의원도 당선 이후 이 문제의 해결방안을 찾지 못하고 있었다. 군수 역시 정치적 책임에서 자유로울 수

내가 변한 만큼 세상이 변한다

없는 상황이었다. 사람은 좋은데 일한 게 없다는 식으로 보는 비토 세력
도 많았다.

이런 변수에도 불구하고 서천에서는 자민련이 우세한 입장이었으므
로 현실적 대안이 없다는 이유로 현 군수가 유리하다는 것이 일반적 관
측이었다.

선거는 4파전으로 치러졌다. 한나라당으로 충남도의회 부의장이었
던 나신찬 씨가 나왔다. 개인적으로 이분은 우리 집안인데 나와 격돌하
게 되었다. 민주당 나소열, 자민련 박형순 군수, 그리고 나와 민주당 군
수 후보 경선을 했던 송선규 전 도의원이 무소속으로 출마했다. 내가 40
대 초반, 나머지 세 분이 60대 초반으로 나와는 20년 나이 차이가 났다.

그때까지도 나는 독신이었는데, 이는 선거에서 감점 요인이었다. 한
번은 장항에서 합동유세가 열렸는데, 박형순 후보가 "장가도 안 간 사람
이 집안 살림도 안 해봤을 텐데 어떻게 군 살림을 하겠느냐?"고 연설을
했다. 마침 그다음이 내 차례였다.

나는 단상에 올라가서 배짱 좋게 받아쳤다.

"요즘 농촌 총각들 장가가기 어렵지 않습니까? 나도 농촌 총각으로서
장가가기 힘듭니다. 상황이 이런데 어르신들, 저 장가 좀 가게 군수를 시
켜 주십시오. 농촌 총각 심정, 제가 누구보다 잘 압니다. 저도 좀 장가가
고, 군수 되어서 농촌 총각들 장가 보내도록 하겠습니다."

노무현 대선 후보의
지원 유세

군수 선거에 출마한 나는 이것이 내 정치 인생 마지막 선택일지도 모른다고 보았다. 어떤 사람들은 "이미 두 번이나 국회의원 떨어진 사람이 군수 선거에 나가서 또 떨어진다면 다음에는 도의원을 할 것인가?"라며 비아냥거리기도 했다. 이러한 분위기 속에서 나도 내 정치 여정의 10년 결산 승부수를 던진 것이다.

국회의원 선거는 남들이 '어렵다, 어렵다, 나오지 말았으면 좋겠다'고 하는데 내가 '나가겠다, 바꾸겠다'는 입장이었다면 군수 선거는 그 반대였다. 나는 전혀 염두에 두고 있지 않았는데, 돌연 주민들이 '당신이 나왔으면 좋겠다'고 한 것이다. 이런 게 민심인가 싶어 놀랍기도 했다.

그런데 이번 선거에서 어찌 보면 사소한 일이지만 집안 문제가 끼어들었다. 나신찬 후보가 종친이어서, 집안에서는 "나씨가 둘 나와서 어떻게 이기기를 바라겠나, 둘 다 망하는 짓"이라는 말들을 했던 것이다.

내가 변한 만큼 세상이 변한다

대선을 앞두고 바쁜 와중에 당시 노무현 대통령 후보가 서천으로 내려와 나의 선거 지원 유세를 해주었다.

우리 집안에서는 과거 자유당 시절에 나희집 씨라는 분이 국회의원을 한 적이 있었다. 그런데 그다음 선거에서 종친 후보가 둘 나오는 바람에 집안이 분열되었다. 만약 한 사람으로 단일화되었다면 둘 다 똑똑한 분들이라 국회의원을 한 번 더 했을 터인데 그만 둘 다 떨어지고 말았다. 집안의 뿌리 깊은 분열의 상처였다.

나신찬 씨는 두 번 군수 선거에 도전했던 경험이 있었다. 그런데 이번에 젊은 내가 군수 선거에 출마하니까, 그분 입장에서는 어떻게 보면 자기 영역에 내가 갑자기 뛰어드는 꼴이 되었다며 종친들께 요청했다.

"나는 이번이 마지막이다. 그러니까 이번엔 나소열이 양보하면 좋겠다."

그에 대해 나는 이렇게 응대했다.

첫 승리를 쟁취하다

"두 번씩 기회가 있었는데 안 되었다면 그건 가능성이 없다는 것이고, 이번에도 쉽지 않다는 이야기입니다. 그러니 젊은 제게 기회를 주십시오."

상황이 이렇다 보니 집안에서는 걱정이 많았다. 그러나 당이 엄연히 다르고 각기 자신들의 지지층을 대표하고 있는데 집안 문제라고 해서 개인적인 일 처리하듯 운신할 수는 없는 노릇이었다. 결국 판세에 따라 강약이 나뉠 것이므로, 그때 집안은 자연스럽게 강한 사람 밀어 주면 된다는 쪽으로 의견이 모아졌다.

그렇게 해서 4파전이 시작됐다. 내 경우는 돈도 없고 조직도 그렇게 강한 편이 아니었다. 하지만 선거 전에 다부지게 활동한 결과 입당원서를 6천 장쯤 받았을 정도로 상당히 새로운 조직을 정비해 두었다. 돈으로 움직이는 조직이 아니라 나와 연관 있는 사람들이 점조직으로 맺어진 것으로, 확연히 드러나지는 않을지라도 의외로 중요한 역할을 할 수 있는 조직이었다.

더군다나 나의 정치적 스승이자 후원회장이었던 노무현 후보가 민주당 대통령 후보로 경선에서 승리함으로써 나는 한껏 고무되었다. 평소에도 돈으로 돕지 못할망정 그 밖에 힘이 되는 일이라면 뭐든지 돕겠다고 말씀하셨던 것이다. 나는 한 가지 바람이 있었다. 지방선거가 임박할수록 지원 유세가 아쉬웠다.

하지만 문제가 있었다. 노무현 후보의 선거 유세 일정에 충청도 일정이 거의 다 빠져 버린 것이다. 대통령 후보로서 갈 곳은 엄청 많았지만, 전략 지역인 수도권과 고향인 김해·부산을 중심으로 한 경상도 쪽에

내가 변한 만큼 세상이 변한다

신경을 쓸 수밖에 없었기 때문에 정치적으로 승리하기 어렵다는 충청도 지역 유세는 일단 빠진 것이다. 그때까지 대통령 후보의 지원 유세를 학수고대하고 있던 나로서는 마른 하늘에 날벼락 같은 소식이었다.

이 때문에 나는 선거대책본부 사람들하고 치열한 논쟁을 벌였다. 그것도 여의치 않자 옛날부터 친하게 지냈던 염동연 새천년민주당 선거대책위원회 사무총장에게 전화를 했다.

"노무현 후보님 유세하러 서천에 꼭 오셔야 합니다. 후보께서 과거에 나한테 항상 약속한 게 있습니다. 나소열이 필요하면 몸으로 때워 준다고 하셨는데, 이럴 수가 있나요?"

그렇게 40분 넘게 전화통을 붙잡고 있었지만 그래도 설득할 수가 없었다. 할 수 없이 대선 후보 유세 일정을 짜는 팀에 안희정 씨가 있는 것을 알고 그에게 부탁했다. 그러자 그는 오히려 나한테 양해해 달라며 사정을 했다. 서천에 내려갔다 오면 하루가 깨진다, 그 시간에 수도권이나 가능성 있는 곳에 집중하는 것이 유세 팀으로서는 훨씬 효과적이라고 생각하는데, 서천만 배려해 달라는 것은 너무 무리가 아니냐는 것이었다.

어떻게 보면 유세를 기획하는 입장에서는 합리적 판단이었다. 나라고 그것을 이해 못할 리 없었지만 나로서는 워낙 절박했다. 그렇지만 실무적으로 아무리 관철시키려고 애써 봐도 되지 않았다.

이래 가지고는 안 되겠다 싶었다. 선거 와중이라 내가 올라갈 수도 없는 상황이었다. 그때 대선 후보와 직접 통화하려고 수행 비서를 했던 여택수 씨에게 전화를 해서 후보님 좀 바꿔 달라고 요청했다. 드디어 통화가 됐다.

"후보님, 유세 팀에서는 후보님께서 서천에 내려오실 수 없다고 합니다만, 이럴 수 있습니까. 과거에 약속도 하셨는데, 제게 가장 중요한 싸움에 우리 후보님이 안 오신다는 것은 있을 수 없는 일입니다."

그러자 후보께서 특유의 무뚝뚝하지만 믿음직한 어조로 짧게 대답했다.

"그래, 내 한번 내려가도록 하지."

이렇게 약속을 받은 나는 노 후보의 지시로 새롭게 잡힐 일정만 기다리고 있었다. 며칠 후 지방선거 투표일을 사흘 앞두고 후보 일정 중에 전라북도와 전라남도 유세가 하루 잡혀 있는데, 그중에서 일부 유세 일정을 빼고 서천을 아침 9시에 넣어 일요일 오전 9시부터 서천시장 근처에서 유세를 하는 것으로 일정을 조정해 놨다는 것을 알게 되었다. 다행이다 싶었다.

일요일 아침 9시에 유세를 한다는 것이 말이 그렇지, 일정으로는 최악인 것이 사실이다. 대개 유권자들이 교회나 성당을 가고, 아니면 늦잠을 자며 휴식을 취하는 경우가 많기 때문이다.

그래도 후보님이 서천에 온다는 사실만으로도 감지덕지해서 준비를 잘 하고 있었다. 결정이 유세 이틀 전에 나왔기 때문에 유세 광고 벽보를 인쇄해서 붙일 시간적 여유도 만만치 않았다. 그래도 벽보를 인쇄해서 붙이고 다른 유세 준비 모두를 하루 만에 할 수밖에 없었던 절박하고 긴박한 시간이었다. 그래도 뛸 듯이 기쁜 마음으로 했는데, 막판에 또 문제가 하나 생겼다.

유세 하루를 앞두고 전라남·북도 유세 일정이 모두 취소된 것이다. 전라도에서 공천 과정의 복잡함 때문에 지방선거 후보자들 사이에 불협화

내가 변한 만큼 세상이 변한다

음과 공천 갈등이 불거진 탓이었다. 어차피 무소속으로 나와도 나중에 당선되면 민주당으로 입당할 친민주당 인사들이 대부분이었으므로 공연히 대통령 후보가 양쪽 싸움에 끼어서 거들 필요가 없고, 유세를 하면 오히려 갈등을 노정시킬 수도 있으므로 대통령 후보가 안 가는 게 더 낫겠다는 판단을 내렸던 것이다.

현지에서도 오지 않았으면 하는 여론이 많았다. 그러자 선거대책본부도 이에 동의하고 일정을 모두 취소해 버렸다. 그런데 서천 일정은 그 일정 앞에 보너스로 딸랑 넣어 놓은 것이라 일정이 취소되면 어떻게 될지 알 수 없었다. 황당할 뿐이었다.

그 소식을 듣고 부랴부랴 서갑원 보좌관한테 전화했더니, 나를 안심시켰다.

"형님 일정은 후보님께서 꼭 살리라고 해서 살려 놨으니까 염려 마세요."

서천 일정도 취소되는 줄 알았는데 다행이었다. 내심 안도는 했지만 부담이 안 될 수 없었다. 서천 일정 하나를 위해 오셨다가 다시 또 올라가면 적어도 한나절은 깨지는데, 후보의 바쁜 일정을 생각하니 참으로 미안했다. 그래도 어쩔 수가 없었다.

이런 우여곡절 끝에 마침내 노무현 후보가 약속대로 그날 아침 일찍 오셔서 서천 읍내 해장국집에서 해장국을 한 그릇 드시고 재래시장을 한 바퀴 돌고 유세장으로 가서 9시부터 유세를 하기 시작했다.

그런데 재래시장을 함께 돌 때 서천시장 아주머니 아저씨들께서 대통령 후보보다 오히려 나를 더 반기는 모습을 보고는 노 후보께서 투덜댔다.

"아니 이럴 수가 있습니까? 적어도 나는 대통령 후보인데, 나보다 우리 군수 후보를 더 반가워하는 동네는 처음 봤네요."

그래서 모두들 한바탕 웃었다.

유세장은 재래시장 바로 옆이었다. 500명 이상의 군민들이 기다리고 있었다. 노사모 회원들도 눈에 띄었다. 일요일 아침 9시, 그 이른 시간에 와준 지지자들을 보자 힘이 났다. 노 후보께서도 좋아하고, 나도 참 다행이란 생각으로 유세를 시작했다. 노 후보께서 마이크를 잡고는 구수한 목소리로 연설을 시작했다.

"내가 여러분 서천 지도 바꿔 드리겠습니다. 우리 나소열 후보 꼭 군수 시켜 주십시오! 여기 나소열 후보, 제가 오랫동안 지켜봤지만, 우리 당에서 저 빼고 다음으로 가장 성실한 사람입니다. 나 후보 제대로 열심히 일할 사람이니까, 이번에 서천 일꾼으로 뽑아 주시면 내가 대통령이 되어서 서천을 확 바꾸는 데 노력하겠습니다. 서천 지도를 바꿔 드리겠습니다!"

선거가 끝나고 나중에 노 후보님 보좌진으로부터 전해들은 이야기에 따르면, 유세 끝내고 군산에서 비행기 편으로 상경하시던 노 후보께서 현지 분위기를 보고 "음, 이번에 나소열 되겠어!" 하고 말씀하셨다고 한다.

내가 변한 만큼 세상이 변한다

첫 승리를 쟁취하다

사실 그동안은 선거 판세로 보아 현 군수가 무난히 이길 것이라는 예측이 일반적이었다. 내가 다크호스로 떠오르긴 했지만 그래도 현 군수에게는 어려울 것이라고들 판단했다.

하지만 투표일이 가까워 오면서 나의 지지도가 가파르게 상승하기 시작했다. 나의 저력이 드디어 나타난 것이다.

"젊은 친구가 똑똑한 데 비해 나머지는 좀 구세대 인물들 아니야? 서천이 발전하려면 새로운 인물이 나와야 해. 젊고 능력 있는 친구들이 뭔가 새롭게 변화를 가져와야 해."

이러한 여론이 슬슬 부상하고 있었다. 그런 데다 노무현 대통령 후보는 내가 민주당 지구당위원장을 할 때 서천군 지구당 후원회장으로서 이 지역에 많이 오셨을 뿐만 아니라 강의도 해주시는 등 늘 관심을 보여주셨다. 그래서 많은 군민들이 이미 노무현 후보와 내가 특보 관계로 상당히 가까운 사이라는 것을 알고 있었다. 그런데 불에 기름을 붓듯 선거를 코앞에 둔 시점에서 후보께서 직접 와서 연설까지 해주니 후광 효과를 톡톡히 본 셈이다.

이처럼 선거일이 임박해서 내 지지율은 가파르게 상승하고 있었다. 반면 상대 진영은 이길 것으로 생각하고 방심해서 특별히 조직 가동이나 자금 동원을 하지 않았다. 그런 상황에서 갑작스런 변화가 생기니까 대처할 시간적 여유도 없었던 것 같다.

판세는 최종 투표에서 완전히 뒤집혔다. 불과 1200여 표 차이밖에 안 났지만, 기적과도 같은 일이 벌어진 것이다. 많은 사람들이 도저히 이길 수 없는 게임이라고 했다. 물론 나를 지지했던 사람들은 꽤 기대를 하긴 했다. 그래도 역부족이 아닐까 생각했는데, 내가 결국 승리한 것이다.

어떻게 보면 이 선거는 연세가 나보다 20세가량 많으신 세 분이 자신들의 지지층을 흡수하면서 표가 분산된 반면, 나는 개혁을 원하는 사람들의 단일 배후를 형성하면서 기적적인 승리를 만든 것으로 분석할 수 있다. 송선규 씨 같은 경우도 경선에 불복해서 무소속으로 출마했지만 그것이 오히려 나한테는 득이 되었을지 모른다. 이런 요소들이 복합적으로 작용한 승리여서 더욱 극적이었다.

이제까지 나를 도와줬던 당원들과 운동원들은 돈이나 이권으로 뭉쳐진 사이가 아니었다. 순수하게 내가 좋아서 애정을 가지고 헌신적으로 지지했던 분들이었다. 자신들의 시간과 돈을 들여 가면서 남들한테 눈총 받는 것을 마다하지 않고 독립운동 하듯 도왔던 그분들이 나보다 훨씬 더 기뻐하고 좋아했다.

내가 변한 만큼 세상이 변한다

나는 오히려 담담했다. 사실
나는 이제까지 선거에 졌을 때
도 담담했다. 그런데 승리하고
도 그런 상태로 있으니까, 취재
하던 몇몇 기자들이 이렇게 별
표정 변화가 없는 사람은 처음
본다고 하기까지 했다.

그날 밤, 선관위로부터 당선
증을 받았다. 연세가 많은 어머
니는 동네를 찾아다니면서 선
거운동 하시느라 애쓰시고 마
음고생도 심하셨다. 그런 죄스

많은 어머니들의 심금을 울린 선거 홍보물.

러운 마음 때문에 어머니께 가장 먼저 인사를 드리고, 다음 날 아버지 산
소에 가서 인사드렸다.

선거 과정에서 굉장한 히트작이 하나 있었다. 내가 어머니를 업고 가는
모습을 찍은 사진이 실린 홍보물이다. 그 옆에는 "제가 오랫동안 정치를
하면서 어머님이 마음고생이 심하셨을 텐데 죄송합니다. 장가도 못 가고
어머님 뵈올 면목이 없다"는 내용의 편지를 쓰는 모습이 있다.

이것이 많은 어머니들의 심금을 울린 것 같다. 유세장에서 "장가 좀
가게 군수 시켜 달라"고 했던 말이 같이 어우러지면서 '이번에는 나소열
을 찍어 주자'는 분위기가 은연중에 아주머니, 어머니, 특히 할머니 세대
에 많이 퍼진 듯하다. 내가 군수에 당선된 것은 선거에서 두 번 떨어진

것에 대한 동정표도 있지만, 장가를 보내야겠다는 모성애 표가 크게 작용하지 않았을까.

이런 감성적 호소와 더불어, 정책적으로 서천의 낙후한 현실과 지지부진한 장항산업단지에 대한 변화와 개혁을 염원하는 마음, 노무현 대통령 후보의 후광 등이 맞물리면서 기적적인 승리를 이끌어냈던 것 같다.

나는 무엇보다 그동안 일관되게 추구해 왔던 정치적 신념, 즉 돈 정치와 지역감정에 의존하는 정치를 타파하겠다는 신념을 실현했다는 통쾌함이 가장 컸다. 비록 군의원 후보, 도의원 후보 한 명 없이 나 혼자 뛴 선거였지만, 단순히 나 개인의 자족이 아니라 지금까지 정치적 동지들과 함께 추구한 가치를 실현한, 작지만 보람 있는 승리라는 점에 더 큰 의미가 있었다.

선거가 끝나고 5일장에 당선 인사를 하며 돌았다. 대부분 선거 결과가 뜻밖이라고 생각하는 듯했다. 전임 군수가 실제 시장을 옮기지는 않았지만 이전하기로 정책 결정을 해놓고 준비하고 있던 상황이었기 때문에 서천 재래시장 상인들과는 굉장히 대립적인 관계였음에도 선거는 내게 불리하다고 예상했던 것 같다. 반면 나한테는 매우 우호적이어서 인기가 좋았다.

서천 재래시장은 그런 갈등 요소가 있었다고 하지만 다른 시장은 여러 번 방문했기 때문에 친근하게 느껴졌다. 장날도 돌고, 낙선하고도 돌고, 명절 때에도 돌았던 터라 시장 상인들과는 아주 익숙한 사이였다. 정치 하면서 늘 명심하는 것이지만 바로 이런 '정성'이 결국 유권자들의 마음을 움직이게 하는 근본인 것 같다.

내가 변한 만큼 세상이 변한다

2002년 7월 1일 서천군수 당선 후 첫 출근한 날. 군정을 잘 이끌어가야 한다는 무거운 책무감을 느꼈다.

이제 지역의 소위 보수적인 지도자들, 대개 나이가 지긋하신 어른들은 어떤 마음이실까 헤아려 보았다. 그분들이 나를 신선한 변화로 긍정적으로 보시든, 아니면 가뜩이나 경험도 없는 젊은 친구가 지역에서 별로 인기도 없는 민주당으로 나와서 군정을 맡게 되니 부정적으로 보시든, 이제는 나소열이 책임지고 군정을 펴나가야 할 입장이었다.

군정 인수위와
'어메니티 서천' 선포

선거가 끝나자 바로 인수위원회를 꾸렸다. 친한 후배들이 인수위를 준비했는데 상당히 화려했다. 전국적 선거를 치렀던 팀들, 청와대 행정관, 비서관이 된 후배들, 이런 친구들과 지역민들도 몇 사람 결합해서 군 역사상 이렇게 호화찬란한 인수위를 꾸린 적이 없었을 정도였다. 능력 있는 인수위를 통해 업무파악을 하고 군정의 방향을 잡기 시작했다.

2002년 7월 1일부터 공식 집무에 들어갔다. 첫 간부회의에서 우스갯소리로 한마디 했다.

"제가 군수 될 거라고 생각하신 분이 계십니까?"

그랬더니 아무도 말을 하지 않았다. 밑에서는 나의 지지층이 제법 있었지만 적어도 간부들 중에서 나소열이 군수가 될 것으로 예상했던 사람은 없었던 것 같다. 민심도 대체로 새로운 친구가 젊고 똑똑하니까 뭔가 하겠지 하는 기대와 보수적인 사람들의 걱정이 반반씩인 것으로 나는 파악했다. 나중에 우리 공무원한테 들으니, 솔직히 행정 경험도 없는 젊은 군수가 과연 군 행정을 제대로 끌고 갈지 걱정이 앞섰다고 한다.

내가 정치권에는 있었지만 행정 경험이 없었던 것은 사실이다. 그렇기 때문에 사람들이 앞으로 이 조직을 어떻게 끌고 나갈 것인지, 정책을 집행해 나갈 것인지 우려한 것은 너무나 자연스런 현상이라 할 것이다.

이런 상황에서 서천군을 어떻게 만들어 가야 하나? 이제부터 참다운 고민이 필요한 때였다. 물론 나도 이런 우려를 예상하지 못했던 것은 아니다. 나는 선거 때는 분위기를 잡는 것이 중요하고, 선거가 끝난 뒤에는 조직 운영에서 주도권을 잡는 일이 무엇보다 중요하다고 보았다.

그런데 그렇게 하려면 보통은 네 편과 내 편 갈라서 일부 물 먹이고 일부는 발탁해서 친정 체제를 구축하는 것이 필요하다고 생각하는 경우가 많다. 그러나 나는 당시 그럴 만한 상황이 아니었다. 실장과 과장들 중에서 일부 내 편이 있었던 것도 아니고 아예 전무하다고 봐도 과언이 아니었다.

처음에 주변에서 조언하기를 모 실장은 전임 군수의 오른팔, 모 과장은 전임 군수의 왼팔이니 이 사람들을 물갈이하는 것이 어떻겠느냐고 했다. 나는 어차피 대다수 사람들이 정도 차이가 있을 뿐, 내 편이라 할 수 있는 사람들이 거의 없는 상황인 만큼 누구를 내치고 누구를 가까이 하는 것은 별 의미가 없다고 판단했다.

그래서 인사를 바로 하지 않고 6개월 동안 그들의 능력을 일단 검증해 보기로 했다. 대신 나는 업무를 면밀하게 파악해 나갔다. 군정의 뼈대

파악이 무엇보다 중요했다. 아울러 나의 공약을 어떻게 군 정책에 접목시킬 것인가가 핵심이었다. 공무원 조직의 틀을 어떻게 가져갈 것인가, 비전을 어떻게 만들어 갈 것인가, 이런 부분에 집중한 것이다.

그러자 개혁을 위한 핵심 요소가 차츰 뚜렷하게 잡혀 왔다. 우선 조직을 새롭게 변화시켜 탄력을 주기로 결정했다.

당시 기획감사실장은 13년 동안 재직하고 있었는데, 비교적 젊고 능력도 있었다. 하지만 나는 관료 조직의 전형적인 틀을 깨지 않고서는 서천군의 어떤 공무원도 자신의 관성과 관점, 구태를 바꾸기 쉽지 않겠다는 결론을 내렸다. 나는 기획감사실장에게 도청으로 가서 좀 더 안목을 키우고, 나중에 지역에 와서 봉사해 달라고 말했다.

군정과 도정의 인사 문제는 결코 단순하지 않은 역학 관계가 있다. 군에서는 자체 승진하는 4급 공무원은 기획감사실장 한 자리밖에 없다. 부군수는 같은 4급이지만 도에서 내려온다. 그런데 기획감사실장은 실무자의 정점에 있기 때문에 모든 정보·계획 등 군정의 주요 핵심 사안이 이분의 의도대로 조정된다.

전임 군수는 과거 민정당 사무국장·농지개량조합 조합장 등을 역임하면서 성품도 좋고, 조직 관리 역량도 아주 뛰어난 분이었다. 그런 장점 때문에 비록 세 번째에는 건강이 안 좋아서 어려움이 있었다지만, 그래도 군수를 두 번이나 했던 것이다. 그러니 전임 군수와 그분의 뜻을 받아 실무를 조정했던 기획감사실장, 이 두 분이 하던 방식 그대로 조직관리를 한다면 개혁은 말뿐인 개혁이 될 공산이 컸다. 이제 새롭게 변화된 조직이 움직여 갈 수 있도록 인사의 새 바람을 반드시 일으켜야 했다.

내가 변한 만큼 세상이 변한다

2002년 11월 열린 직장협의회(위)와 2003년 3월 서천군 공무원 직장협의회 개소식.

이 4급 실장을 도청으로 보낸다는 것은 사실상 거의 불가능한 일이었지만, 도지사·행정부지사·도의원들까지 움직여서 받아 달라고 협상을 하는 동시에 강한 압력을 넣었다. 만약 도에서 안 받아 주면 정년이 1년 정도밖에 안 남은 서천 출신 부군수를 정년 때까지 우리가 데리고 있고, 기획감사실장을 부군수로 올리고 자체적으로 승진시키겠다는 안을 내놓은 것이다. 그러자 타협안이 나와 도청으로부터 5급직 한 명을 우리가 받고, 대신 4급직을 보내는 것으로 다행히 결론이 났다.

이에 따라 숨통이 트이며 자치행정과장이 4급으로 승진했고, 이분의 정년도 얼마 안 남았으므로 후배들도 4급으로 승진할 수 있다는 기대가 굉장히 커졌다. 이러한 기대감이 주는 사기 진작 효과, 그리고 기존의 틀이 바뀌는 변화로 공무원 조직이 점점 새로운 활력을 찾아가는 게 확연히 드러났다.

'기획감사실장을 도청으로 보내는 것을 보면 군수가 간단한 양반이 아니야.'

군청 직원들은 아마도 그런 느낌을 받았을 것이다. 그만큼 그것은 거의 불가능한 인사였다.

일반적으로 기획감사실장은 전임 군수의 핵심 인력이기 때문에 일부 시·군에서는 군수가 당선되자마자 서로 맞바꾸자는 제안이 오간다. 전임 단체장의 핵심은 신임 단체장으로서는 부담스러운 사람들이기 때문이다.

그러나 나는 우리 지역 사람을 그렇게 생판 모르는 먼 지역으로 보낼 수는 없다며 실장 맞바꾸기를 거절했다. 우리 조직 전체로 봐서 가장 바람직한 선택이 무엇인가를 고민하다가 도청과 인사 교류하는 방법을

내 가 변 한 만 큼 세 상 이 변 한 다

택한 것이다.

이를 통해 조직의 새로운 변화를 이끌어냈다고는 하지만, 조직의 흐름만 바꿔서는 안 되기 때문에 군의 정책 비전을 만들어내기 위해 민간 연구소에 연구개발을 의뢰했다.

그런 취지로 선택한 연구소가 삼성경제연구소였다. 처음에는 우리 군의 규모가 작아서였는지 삼성경제연구소 측에서 거절했다. 그러나 지역의 긍정적 변화가 공신력 높은 기관의 중요한 책임이고 역할이 아니겠는가, 기업도 사회적 책임을 다해야 한다는 논리로 설득하여 삼성경제연구소를 끌어들였다. 삼성경제연구소에 지역발전 모델을 만들어 달라고 요청하고, 아주 젊고 역량 있는 직원 3명을 파견해 같이 서천의 비전을 만들어내도록 했다.

6개월 만인 2003년 7월, 마침내 서천군의 정책 비전이 완성되었다. 그리고 드디어 취임 후 1년 만에 '어메니티 서천' 선포식을 갖게 되었다. '서천 경제사회발전 5개년계획'이라는 정책 과제를 수립하고, 자연과 사람이 하나 되는 '어메니티 서천'이라는 이름의 비전을 선포하면서 본격적으로 지속가능한 모델을 만들기 위한 시동이 걸린 것이다.

어메니티amenity는 많은 뜻을 가진 단어인데, 대체로 인간의 쾌적한 삶과 그 조건들로 해석할 수 있다. 이에 대해서는 나중에 좀 더 다룰 것이다. 일단 우리는 어메니티를 '삶에 필요한 총체적 쾌적함'으로 정의 내리고 생명·자연·문화·환경·안전·복지 등을 아우르는 개념으로 설정했다. 그런 점에서 '어메니티 서천'은 가장 풍요로운 삶을 추구하는 미래 생태환경 도시를 지향한다고 할 수 있다.

2003년 6월 27일 새로운 정책 변화를 모색하며 고민한 끝에 마침내 완성된 '서천 경제사회발전 5개년계획' 보고회를 열었다.

내가 지역에 내려와 정치 활동을 하면서도 고민했던 것이 바로 서천의 낙후된 상황이었다. 오직 장항산업단지 개발이라는 하나의 과제에만 매달려 온 것이 이제까지 서천 군정의 현실이었다. '그것만 만들어지면 서천이 발전할 수 있겠다, 기업도 유치하고, 인구도 유입되고, 지역경제도 활성화될 것이다'라는 비전 아닌 비전에 기대를 걸며, 오직 장항산업단지 실현에만 13년 세월을 목빠지게 기다린 것이다.

그러나 이 계획이 지지부진하면서 서천의 다른 모든 발전 계획들은 무용지물이 되고 말았다.

만약 새로 군수가 된 나도 정책에 대한 근본적 반성 없이 무조건 장항

내 가 변 한 만 큼 세 상 이 변 한 다

산단에만 매달렸다면, 장항산단 사업은 고사하고 서천의 미래마저도 어쩌면 파국으로 치달았을지 모른다. 그런 식이라면 중앙정부에서 장항산단을 백지로 돌린다고 했을 때, 다른 아무런 대책과 대안도 없이 그저 싸워야 한다는 논리밖에 없었을 것이다. 극한 대립으로 그렇게 시간만 또 흘렀을 경우, 다음 수순은 중앙정부의 장항산단 포기와 우리 서천의 분노 외에는 아무것도 남는 게 없었을 것이다.

나는 이것을 가장 우려했다. 그것은 서천군과 군민 모두 아무런 타협도, 대안도, 희망도 없이 그냥 끝모를 공황 상태로 빠져드는 가장 심각하고 무서운 시나리오였다.

사람은 다 떠나고
철새들만 머무는
친환경 생태 도시

"갯벌 매립만 하지 말라고 할 게 아니라 해양 환경을
온전히 복원할 수 있는 대책을 중앙정부에
같이 촉구해 주시기 바랍니다. "

도대체 기준이 무엇입니까?

장항산단과 관련한 논쟁의 배경은 이렇다. 1988년 노태우 정권은 '군산 장항 산업단지 개발 기본계획안'을 제시한다. 그 규모가 무려 4080만여 평으로 금강을 사이에 두고 남쪽 군산 해변 지역과 북쪽 장항 해변 지역을 매립해서 대단위 산업단지를 조성, 지역경제를 획기적으로 활성화시킨다는 청사진이었다. 88올림픽만큼이나 화려한 전망이었다.

그러나 단 1년 만에 규모는 대폭 줄어 군산 쪽이 477만 평, 장항 쪽이 470만 평으로 조정되었다. 그런데 이후 군산 쪽은 오히려 면적을 다소 넓혀 가며 활발하게 개발이 추진되어 2006년 말 준공하기에 이르렀다. 공단 분양률도 30%를 넘었다.

문제는 장항 쪽이었다. 군산과 달리 장항 쪽은 감감무소식이었다. 그나마 16년 동안 규모를 조금씩 축소하더니 2005년에는 장항 쪽 개발

내가 변한 만큼 세상이 변한다

계획을 일방적으로 변경해서 374만 평으로 축소했다. 이조차 계획뿐이었고 착공은 불투명한 상태였다. 이것은 정부의 공신력 문제 이전에 서천 주민들을 안하무인으로 우롱하는 처사가 아닐 수 없었다. 이로 인해 군산과의 상대적 박탈감은 갈수록 심화되고 있었다.

게다가 장항산단 사업 지정 이후 17년 동안 서천 지역은 이 사업을 할당받았다는 이유로 여타의 다른 국가사업을 배정받지 못하는 역차별까지 받았다. 즉 허울 때문에 실속을 다 놓친 셈이었다. 군산 쪽 매립 개발의 영향으로 그 좋던 어장마저 긴 시간 동안 모두 황폐화되어 지역경제는 나락으로 떨어지고 말았다.

사정이 이러한데도 중앙정부는 약속을 지키지 않고 늘 미루기만 했다. 예산이 부족하다, 공단 조성 뒤 분양 전망이 불투명하다 등의 이유를 달아 배후 도시 규모가 큰 군산 쪽 공단을 먼저 개발하고 장항공단을 착공하자는 설명이었다. 그래서 공단 지정 5년 후에야 비로소 어업권 보상이 시작되고, 1999년에 산업단지 진입로 3개 가운데 하나가 완공되었다.

그런데 환경영향평가 단계에서 다시 제동이 걸렸다. 환경 재앙을 막으려면 사업을 중단해야 한다는 주장이 나오기 시작했다. 그러나 이미 금강하구 둑을 막아 해류 변화가 초래된 지 십수 년이 지나 장항지구는 토사가 쌓여 갯벌은 이미 죽은 상태나 다름없었다.

해양수산부가 한국해양연구원에 의뢰해 1999년부터 6년간 실시한 전국 갯벌 69곳에 대한 생태조사 결과에서도 장항 갯벌은 보전 순위가 61위로 최하위였다. 이것이 현실이었다. 또 서천군으로서도 철새 도래지는 장항산단에서 10킬로미터나 떨어진 금강 상류나 유부도에 있기 때문에

장항산업단지 예정지에서. 서천은 장항산단 사업 지정 후 17년 동안 이 사업을 할당받았다는 이유로 다른 국가사업을 배정받지 못하는 역차별까지 당했다.

생태 보전의 초점을 합리적으로 조정할 필요가 있었다. 실제 서천은 이미 야생동물보호구역을 1000만 평 규모로 지정하는 등, 철저한 대안을 마련한 상태였다.

그런데도 이 모든 노력과 전망을 백지화하고 그저 군산과의 차별을 운명으로 받아들이라는 식의 처사는 도저히 받아들일 수 없었다. 서천 주민들은 바닷가에서 닦다가 만 산업도로를 바라보며 한숨을 쉬었다. 며칠 뒤 거행한다던 착공식 행사가 돌연 취소되는 어이없는 일들을 그 끊어진 도로 주변을 오가며 수도 없이 떠올려야 했다. 사람들은 이제 서천은 전망이 없다며 하나 둘 떠나갔다.

인간이란 희망이 보이면 비참할 정도의 고생도 마다하지 않는다. 그러

내가 변한 만큼 세상이 변한다

나 웬만큼 견딜 만한 여건이라도 상대적으로 자신이 차별받고 있고, 또 갈수록 나빠질 수밖에 없다는 생각이 들면 절망하게 된다. 그것은 참을 수 없는 상황인 것이다. 서천 주민들은 17년의 인내 뒤에도 전혀 변함없는 현실을 더 이상 납득하지 못했다. 마침내 부모가 어린 자녀를 학교에 보내지 않으면서까지 정부에 항의하는 상황이 벌어지고야 말았다. 나는 군수로서 이 사태를 엄중하게 받아들였다.

요컨대 문민정부가 들어서기도 전에 계획한 뒤, 군산 쪽만 진행해 오던 사업이 갯벌 매립에 대한 각계의 이견으로 전망이 불투명해진 것이다. 참여정부의 지속가능발전위원회와 국무총리실, 그리고 청와대의 환경보존론자들이 연합해서 갯벌 매립에 반대하는 입장을 취했다. 따라서 갯벌 매립이 필수인 장항산단은 할 수 없다고 주장했다.

이에 대해 나는 현실을 정확하게 인식하는 것이 우선이라고 주장했다. 북측도류제와 북방파제는 군산의 외항을 보호하기 위해서 장항 지역 갯벌에 만든 대규모 시설인데, 이것 때문에 장항 지역뿐만 아니라 마서 지역까지 갯벌에 토사가 이미 상당량 퇴적되어 갯벌이 다 죽어 가고 있는 형편이었다. 그래서 "지금 장항 앞바다의 갯벌은 심각한 상태다. 당신들이 와서 봐라. 갯벌이 다 죽어 가고 있는데 갯벌을 보존한다는 게 말이 되느냐. 현실을 똑바로 직시하라"고 말했다. 그러면 그분들은 "거기 갯벌 아주 좋다, 그러니 갯벌을 보존해야 한다"는 논리만 되풀이했다. 해양수산부와 환경부까지 갯벌 보호를 외치고 나섰다.

결국 '지금 장항 앞바다의 갯벌은 과연 좋은가, 아니면 나쁜가? 산 것인가, 아니면 죽은 것인가? 도대체 기준이 무엇인가?', 이것이 문제였다.

우리가 관찰한 바로는 갯벌에 토사가 퇴적되면서 갯벌이 숨을 못 쉬고 있었다. 그로 인해 옛날에 그 많던 조개가 다 사라지고 없었다. 우리는 조개도 없는 갯벌을 어떻게 살아 있는 갯벌이라고 하느냐고 따졌다.

그러나 환경단체 등은 갯벌 속에 갯지렁이를 비롯해 많은 미생물들이 살고 있기 때문에 건강하다고 주장했다. 첨예한 논쟁이 벌어졌다.

나는 우리 어민들에게는 갯지렁이도 중요하지만 무엇보다 조개, 즉 패류가 사느냐 못 사느냐가 그들의 생계와 직결되어 있다는 점을 강조했다. "미생물이 산다고 해서 건강한 갯벌이라면 너무 억지 아니냐. 그런 논리로 장항산단을 포기하라고 하려면 북측도류제와 방파제를 철거해서 우리 어민들이 바다를 활용할 수 있도록 해양 환경을 복원시켜 놓고 나서 강제하는 것이 타당하다. 그렇지 않고 생계 대책은 전혀 없이 갯벌 매립이 안 된다는 것은 논리적으로 맞지 않다. 한때는 서천 장항산업단지를 전제로 북측도류제와 방파제를 쌓고, 그 시설 때문에 토사가 퇴적되어 서천 장항의 갯벌들이 다 죽어 가는데, 아무런 개선 방안도 없이 장항산단이 안 된다는 것은 모순이다"라고 주장하면서 명쾌하게 해달라고 요구했다.

그러나 중앙정부는 방파제 철거란 있을 수 없다는 입장이었다. 군산항을 보호하기 위해 수천억을 들여서 축조한 시설이었기 때문이다. 군산산업단지를 살리기 위해서는 군산의 외항이 제 역할을 해야 하는데, 항로 안전을 위해 토사 유입 방지용으로 북측도류제와 방파제를 쌓았던 것이다.

사실 이 같은 축조는 원래 장항산단이 그쪽에 조성되는 것을 전제로 한 것이었다. 그런데 장항산단을 조성하지 않겠다는 것은 결국 계획 전체가 틀어진 것이 아니고 무엇인가. 나는 양쪽이 상생할 수 있는 길은 이미

내가 변한 만큼 세상이 변한다

토사 퇴적으로 장항 앞바다가 죽고 생태계가 변했으므로 차라리 애초의 약속대로 매립해서 장항산업단지를 매듭지으라는 것이었다.

매립 예정지는 원래 2740만 평이었으나 계획이 차츰 축소돼서 마지막에는 374만 평 매립 계획만 남았다. 그나마 이마저도 매립 못하게 되어 우리는 일방적으로 손해를 보고 있는 반면, 군산은 산업단지도 하고 외항도 보호받는 도류제와 방파제가 그대로 존치함으로써 행정적으로 너무나 불공평했다. 나는 아무리 합리적으로 생각하고 또 생각해 보아도 우리가 왜 군산의 인질이 되어 일방적으로 희생해야 하는지 이해할 수가 없었다. 이 같은 불합리를 어떻게 우리 서천 군민에게 설명할 수 있을까.

처음부터 우리가 해달라고 한 계획도 아니었다. 중앙부처에서 장기 개발계획으로 입안하고 마땅히 그 계획에 따라 사업이 진척될 것이라는 기대를 중앙정부·군산·서천 장항 모두 공유했기 때문에 북측도류제와 방파제를 미리 쌓았던 것이다.

그렇다면 예상했던 대로 그쪽은 갯벌이 아니라 산업단지와 제반 시설로 바뀌는 것이 맞지 않은가. 이런 배경을 모두 무시하고 중앙정부에서 아무 대안도 없이 무조건 안 된다고 하는 것은 모순이 아니고 무엇인가? 나만 아니라 상식을 가진 사람이라면 그 누구도 납득하지 못할 일이었다.

그래도 정부는 묵묵부답이었다. 나는 강경투쟁을 선언했다. 중앙부처와 총리실, 청와대로 수도 없이 올라가서 우리의 요구를 관철시키려고 노력했지만 찬반만 분분하지, 의사전달조차 되지 않았다. 게다가 환경운동연합 대표와 사무총장 등이 와서 "산업단지를 왜 하려고 하는가? 그 건강한 갯벌을 매립해서 어쩌자는 것이냐"며 반대 입장을 전달했다.

금강하구에 몰려든 철새들. 서천은 젊은 사람들은 떠나고 철새들만 찾아오는 곳이 되었다.

사람은 다 떠나고 철새들만 머무는 친환경 생태 도시

그럴 때마다 나는 환경보호를 위해 헌신하는 단체와 운동가들에게 이렇게 이야기했다. "우리도 중앙정부에 갯벌을 살릴 수 있는 근본 대책을 내놔라, 그러면 산업단지를 포기하겠다고 누차 말했지만 아무런 대안도 내놓지 않고 있다. 여러분도 우리한테 힘을 실어 주셔야 한다. 갯벌 매립만 하지 말라고 할 게 아니라 해양 환경을 온전히 복원할 수 있는 대책을 중앙정부에 같이 촉구해 주시기 바란다."

그러나 내 뜻을 이해하지 못했는지 그들은 계속 하지 말라는 말만 되풀이했다. 나중에는 하도 답답해서 정중하게 힘주어 말했다.

"그러면 우리가 산업단지를 포기할 터이니, 여러분은 제 제안을 받아 주십시오. 우리나라 환경운동가를 비롯해서 환경을 사랑하는 사람들이 철새도 많이 오는 우리 서천의 이 아름다운 자연환경을 지키라며 갯벌 매립을 이렇듯 반대하시니까, 그렇다면 좋습니다. 제 제안은, 환경을 사랑하는 분들 3만 명 정도 우리 서천으로 오셔서 환경 지키고 환경 연구 하면서 함께 사신다면, 우리 갯벌 매립하지 않고 친환경 어메니티 서천 더욱 아름답게 발전시키면서 다함께 행복하게 살 수 있을 것 같습니다.

일자리도 제대로 없고, 지역의 여러 가지 어려움 때문에 젊은 사람들 은 다 떠나고 철새들만 찾아오는 이 서천군이 자연환경을 지킨다고 합시 다. 사람들이 다 떠난 도시가 건강한 도시라고 보지 않습니다. 건강하려 면 사람들이 모여 살아야 하는 것 아닙니까. 환경을 진짜 사랑하는 여러 분이야말로 서천에서 같이 산다면 구태여 산업단지 발전 전략이 필요없 다고 생각합니다. 대한민국의 환경운동가들은 왜 대도시에서 거의 사십 니까? 이 환경 좋은 농촌 지켜 가면서 사시면 좋지 않습니까. 대도시 환 경이 나빠서 그쪽 나쁜 환경을 바꿔 내려고 거기서 사시는 건가요? 아니 면 환경은 나쁘지만 문화·교육 등의 혜택을 받으려고 거기서 사시나요?

저는 솔직히 궁금합니다. 저도 환경을 사랑합니다. 환경정책을 미래 서천의 대안 정책으로 선포한 군수입니다. 저는 우리 환경운동에 관심도 많고, 그래서 여러 가지 반성도 해보았습니다. 저는 솔직히 우리 소중한 대한민국 환경운동가 여러분이 히피보다도 못하다고 생각합니다. 히피 들은 환경을 지키겠다면서 시골에 가서 정성을 쏟으며 삽니다. 실천하는 것이지요. 그러한 노력들을 합니다.”

내 말을 듣는 분들은 어안이벙벙한 표정들이었다. 나로서는 이것이 제안이자, 비판이자, 절규였다.

정치도 마찬가지다. 참다운 정치를 하려면 진짜 필요한 곳, 무능과 편견이 판을 치는 곳, 사람들이 희망을 잃어 가는 곳에 가서 가치를 역설

내가 변한 만큼 세상이 변한다

하여 건강한 사회로 바꿔 가야 하는 것이다. 이제까지 여당이든 야당이든 많은 정치인들이 그저 당선되기 좋은 대도시에서 공천이나 잘 받아 쉽게 이기고 쉽게 누리려고만 해오지 않았는가. 진정한 의미에서 정치개혁이란 무엇인가, 아무 실천도 하지 않고 입으로만 개혁을 얘기하면서 실제로는 다른 것들에 흠뻑 취해 있는 것은 아닌가.

"앞으로 서천은 강력한 투쟁을 할 것입니다. 환경단체에서도 서천을 이해하고 좀 도와주세요!"

나는 그렇게 당부했다.

중앙정부 안에서도 서로 다른 두 입장이 대립하고 있었다. 장항산단은 어업보상비도 1724억 원 정도 되고 호안도로 공사비도 570억 원이 확보된 상태로 그동안 쭉 투자가 이루어져 왔고, 정책의 신뢰성 문제도 있으니 계속 진행해야 한다는 건설교통부와 토지공사 쪽 입장이 있는 반면, 설령 정책에 흠결이 가는 한이 있더라도 참여정부의 환경정책이라는 큰 틀 속에서 정책의 대전환 결단을 내리자는 해양수산부·환경부·국무총리실 쪽 입장이 맞서고 있었다. 청와대 내에서도 찬반양론으로 갈렸다. KBS〈환경스페셜〉등 여러 매체에서도 이 문제를 다루었다.

마침내 나는 대통령 독대를 신청했다. 독대가 받아들여졌다. 나는 바로 대통령을 찾아뵙고 보고를 드렸다. 노무현 대통령이 내 보고를 다 듣고는 말씀하셨다.

"내가 총리한테 들은 보고와 좀 다르구만."

곧이어 대통령은 내가 있는 바로 그 자리에서 지시했다.

"총리께 전화 좀 해서 대주시오."

거의 퇴근 무렵이었는데, 전화 연결이 되었다.

"지금 나소열 서천군수가 장항산단과 관련해서 보고를 했는데, 총리의 보고 내용과 서로 다른 것 같군요. 해서 현장을 확인하지 않고는 안 될 것 같습니다. 이번 주 일요일에 장항에 총리하고 나하고 함께 가봅시다."

그러자 총리가 "저는 못 내려간다"고 답하는 것 같았다.

이것은 대통령의 배려였을 것이다. 대통령이 총리와 함께 움직이는 것은 의전상 어려운 일이기도 하지만 관례적으로도 있을 수 없는 일이다. 대통령이 이를 모를 리 없었다. 아마도 '현장 확인은 총리 쪽을 못 믿어서도 아니고 내 독선도 아니다. 나 군수는 내 사람이지만 이렇게 절차를 밟는다'는 뜻이었을 것이다. 이에 대해 총리는 '못 간다'는 말로 동의와 양해를 표한 것이다. 이렇듯 나라를 이끄는 조직의 관계망이라는 것은 결코 단순하지 않다. 이 복잡한 시스템을 가장 합리적이고 효율적인 의사결정 구조로 개혁하자는 것이 참여정부의 과제 중 하나였다.

그런 점에서도 장항산단 갯벌 매립 문제는 섬세한 조율이 필요했다. 그만큼 중앙정부도 새만금 사업과 더불어 이 문제를 중대하게 생각했다. 그러니 대통령도 빨리 대안을 모색해야겠다고 생각하시던 터에 내가 워낙 심각하게 상황을 보고드리니, 본인이 직접 확인하지 않고는 안 되겠다, 군수는 부정적으로 이야기하고, 정부에서 올라오는 보고는 갯벌 보존 쪽이니 이 혼란을 명쾌하게 정리할 필요가 있었을 것이다. 대통령으로서는 나소열 군수도 신뢰하는 사람이고, 또 총리 등 정책 제안자들도 신뢰하므로 직접 가서 확인하는 수밖에 없었다.

노무현 대통령은 그 자리에서 바로 비서관에게 그 주 서천 방문 준비를 지시했다. 그렇게 해서 일요일 비공식 방문이 전격적으로 잡혔다. 본디 대통령의 비공식 방문은 비밀리에 진행되어야 한다고 해서 나는 주변에 아무 얘기도 못했다.

청와대에서 보고를 마치고 나오니 마침 김상희 지속가능발전위원장으로부터 전화가 왔다. 김 위원장은 시민단체 출신으로 개인적으로는 공주사대부고 선배였다. 정책적으로 의견이 달라 허물없이 티격태격 다투기도 하는 사이인데, 내가 대통령 뵌 것을 어떻게 알고는 만나자고 한 것이었다. 아마도 총리실하고 연락이 닿은 듯했다.

김상희 위원장을 만나니 대뜸 "도대체 어떻게 된 거냐?"고 묻길래 사실대로 대답했다.

"나는 현장 상황을 그대로 보고했습니다. 총리실에서 너무 낙관적으로 보고했기 때문에 우리들과 입장이 다른 것 같은데요, 나는 솔직하게 지역에 대해 우리 입장을 그대로 다 말씀드렸어요."

이렇게만 얘기하고 다른 말은 일절 하지 않았다. 비공식 방문이 만약 언론에 유출되면 다 취소해야 한다기에 지역에 내려와서도 대통령 방문에 대해 이야기를 꺼낼 수 없었다. 다만 우리 공무원들에게는 한 번 걸러서 말했다.

"이번 주 일요일에 정부의 고위 인사께서 서천의 장항산단 문제 때문에 특별히 방문하니까 준비를 철저히 하세요. 보고자료, 현장점검 등 만전을 기해야 합니다."

공무원들도 설마 대통령이 오리라고는 전혀 예상하지 못하는 눈치였다.

그다음 날은 천안에 행사가 있었다. 이동 중에 이호철 국정상황실장으로부터 전화가 왔다. "이번 주 대통령의 서천 방문을 모든 참모들이 반대했다, 가장 쟁점이 되고 있는 장항산단 예정지를 방문해서 대통령이 현장을 확인한다고 하지만 그것에 대해서 어떤 답을 준다는 게 현실적으로 어렵다, 부정적이든 긍정적이든 모두 대통령에게 엄청난 부담이 되기 때문에 참모들은 모두 반대하는 입장이고, 간다면 대통령께서 직접 가실 게 아니라 다른 인사가 가서 확인하는 게 낫다고 건의를 했다. 그런데 그렇게 모든 참모들이 반대했는데도 대통령 말씀이 '이것은 내가 나소열 군수와 약속한 사안이다. 나 군수가 양해해 주지 않는다면 나는 가야 된다'고 하셨다는 것이다. 그러면서 이런 상황에서 대통령께 너무 큰 부담이 되니, 나 군수가 조금 양해해 달라. 그러면 대통령 대신 청와대 정책실장이나 고위 인사가 확인하고 나중에 보고해서 처리하도록 하면 어떻겠는가?" 하는 내용이었다.

이동 중인 차 안인 데다 비서한테도 얘기하지 않았는데 전화로 답하는 것이 어려워 생각해 보고 다시 전화드리겠다고 한 후, 한 시간가량 고민을 했다. '과연 어떻게 해야 할까?' 고민 끝에 나는 전화해서 말했다.

"결국 오셔야 하겠습니다."

대통령이 오시면 산업단지를 하든 대안을 찾든, 어떤 모멘트가 생길 테지만 대통령이 오시지 않으면 자칫 이슈가 중심에서 사라질 수 있었다. 어렵지만 대통령이 직접 오셔야 탄력을 받을 수 있었다. 만일 다른 사람이 와서 본다면 집중력과 탄력성이 현저히 떨어질 것이다. 대통령께 부담이 되는 일이지만 그것만이 이 문제를 효과적으로 해결할 수 있는

내 가 변 한 만 큼 세 상 이 변 한 다

방책이었다. 보좌관 출신으로 예전부터 잘 알고 있었던 이호철 실장에게 미안했지만 어쩔 수 없었다. 이 실장은 알겠다며 전화를 끊었다.

일요일 오전 대통령께서 영부인과 함께 참모들을 대동하고 열차로 서천에 내려오셨다. 이동 중인 열차 안에서 지속가능발전위원장을 비롯해 청와대 수석과 관련 부처 공무원 등 참모들과 갯벌 매립 문제에 대한 토론이 벌어졌다고 한다.

점심을 금강하구 둑 근처에 있는 횟집에서 하시고 갯벌 현장으로 다 함께 이동했다. 대통령께서는 장화를 신고 직접 갯벌로 들어가서 여러 곳을 살펴보았다. 실제로 거기 드러난 바다 한복판에서 잠깐 토론도 벌어졌다. 그리고 나서 이렇게 말씀하셨다.

"서천군민들 입장을 이해한다, 이해하겠다."

군산시는 되고 서천군은 안 된다는 서천군민들의 상실감, 우리는 삽도 한번 못 떠봤는데 안 된다고 하더라. 갯벌도 물론 완전히 죽었다고 할 수는 없지만 상당부분 정상이 아닌 상태였다. 갯벌에 직접 발이 빠지면서 현장을 확인하니, 서천군민들의 입장을 이해하겠다는 말씀이셨는데, 상경 열차에서 또 토론이 벌어졌다고 한다.

나는 기대를 했다. 이제는 '장항산단을 해줘야 한다'와 '대안사업을 해야 한다'로 의견이 팽팽하게 맞섰다. 대안을 준비하는 지속위 · 해수부 · 환경부 팀들이 긴박하게 움직였다. 그러나 아무리 기다려도 별다른 내용이 나오지 않았다.

12월까지 기다리다가 도저히 참을 수 없어 다시 총리실을 찾아갔다. 그런데 이것이 무슨 말인가? 대안을 내놓을 생각은 없고, 대신 집행 못하고 2년 회기가 지난 예산은 법적으로 고스란히 반납하게 되어 있다며 예산을 반납하라는 것이었다.

나는 마침내 분통이 터졌다. 어쩌면 이것은 총리실과 환경부 등이 우리를 압박하는 수단이었는지도 모르지만, 그쪽에서 그 카드를 쓴다고 하더라도 우리가 받을 수 있는 카드는 하나도 없었다. 대안도 없이 예산도 못 쓰게 하겠다면 우리로서도 어떻게 할 방도가 없었다. 그동안 이 일을 두고 우리 군민들과 내가 어떤 과정을 겪었는데, 모조리 물거품이 될 판이었다.

단식 농성

장항산단은 늦어도 2005년 말이나 2006년 초에는 착공해야 내가 그동안 수백 번 중앙정부에 건의하고 발품 판 것을 군민들에게 확실하게 보고드리고 공약을 증명할 수 있었다.

그러나 현실은 호안도로 예산액 570억을 확보해 착공식 준비도 거의 해놓았지만 끝내 착공식도 하지 못하고 2006년 지방선거를 맞이하게 되었다. 그래도 군민들께서 그동안 나소열 군수가 어찌 되었든 열심히 움직인 것을 평가하셔서 다시 민선 4기 2006년 군수 선거에서 재선되었다.

당선되고 나서 얼마 지나지 않아, 마침 새만금사업에 대한 행정소송이 타당성 있다는 대법원 합법 결정이 나왔다. 이 때문에 장항산단 사업 방향도 완전히 바뀌게 되었다.

참여정부에서는 지속가능발전 모델로서 환경이 중요한 화두 중 하나였다. 그런데 대법원에서까지 합헌 결정이 나오니, 환경단체를 중심으

2006년 단식농성에 앞서 정부의 장항산단 문제 해결을 촉구하는 집회에서 연설을 하고 있는 나 군수.

로 시민단체들이 보수 계층과 정부 수뇌부들을 반환경주의자로 모는 일이 벌어졌다. 이로 인해 참여정부에 대한 민심 이반 현상마저 나타났다.

상황이 이렇다 보니 장항산단 부지마저 매립한다면 환경정책, 참여정부의 국정철학이 무너진다며 한명숙 총리, 김상희 지속가능발전위원장, 환경부 장관, 청와대 내 친환경주의자들이 장항산단을 포기하자고 강력히 주장했다. 수없는 찬반 격론 끝에 대통령께서 직접 확인하기 위해 비공식적으로 현장을 답사하기까지 했다.

논란은 "군산 측 외항을 위해 만들어진 북측도류제와 방파제 때문에 우리 서천 지역의 수산 생태 환경이 죽어 가니, 그것을 폭파시켜 주면 장항산단을 깨끗이 포기하겠다"와 "그것은 안 된다"로 팽팽히 맞선 채 그칠 줄 몰랐다.

그러자 국무총리실과 지속가능발전위원회가 중심이 되어 대안이랍시고 내놓았는데, 검토가 필요 없을 만큼 대안 같지도 않은 대안이었다. 가령 자연사박물관, 에덴 프로젝트, 수목원을 만들면 어떠냐는 것이었다.

나는 바로 항의했다. "이 정부는 왜 말로만 하느냐? 예산도 없고 내용도 없는 대안을 어떻게 받으라고 하느냐"며 일언지하에 거절했다. 그야말로 진정성이 보이지 않았던 것이다. 물론 그쪽에서도 나름대로 대안에 대한 자료 수집을 통해 군민들을 설득하려고 여러 시도를 하긴 했다. 나는 현실성이 없는 대안이 나올까 봐 그것이 제일 걱정이었다. 장항산단 한다고 천 몇 백억이 넘는 어업보상이 이루어졌는데도 사업을 접자는 판인데, 거기에 턱없이 못 미치는 사업이 이루어진다는 보장은 아무것도 없었다.

나는 그 대안은 현실성이 없다고 판단했다. 또 우리가 정말 열심히 뛰어다녀서 호안도로 예산 570억을 확보하고 토지공사에 일임한 상태로 2년이 다 되어 가는 시점에서 아무 명분도 약속도 없이 법적 절차 하나만을 내세우며 예산을 반납하라니 그럴 수 없었다(정부가 지방정부에 내려준 예산의 경우 1년은 명시 이월시켜 가능하지만 2년이 지나면 반납해야 한다고 한다).

나는 국무총리실 김영주 국무조정실장과 여러 부처 실·과장들이 있는 자리에서 예산 반납 없이 대안 검토는 할 수 있지만 반납하면서 대안 검토는 있을 수 없다고 선언했다. 김영주 실장도 안 된다며 완강히 거부했다. 나는 소파에 주저앉아 한 시간가량 버텼다.

"여기서 이러시면 안 됩니다. 공무집행방해입니다."

누군가 그렇게 말했다. 가만히 생각해 보니 국정 방해도 그렇고, 농성 효과도 그렇고 해서 국무조정실장실을 나왔다. 그리고 곧바로 복도 한 자리를 점거해서 그대로 자리 깔고 주저앉았다. 그 몇 시간 동안 "청사에서 나가 주셔야 합니다. 공무집행방해에 해당됩니다. 정 하시려면 나가서 하시라"는 등 온갖 말을 들었다. 그러면 나는 "이 엄동설한에 어떻게 나가냐? 못 나가겠다"고 맞받았다. 그러는 동안 차츰 기자들이 모여 공중파 방송에 뉴스로 나가게 되었다.

나는 농성 효과 등을 고려해 텐트가 완성됐다는 연락을 받고 중앙청사 후문에서 단식농성을 하기 시작했다. 그때가 11월 29일 오후였다. 그때부터 12월 8일 저녁까지 처음에는 물과 소금만을 섭취했다. 5일쯤 지나 충청도 내 사안이라 당시 자민련 심대평·정진석 의원 등이 격려 방문을 왔다. 그때 정진석 의원이 전해질을 보충해야 단식을 오래할 수 있다며 이온 음료를 소개해 주어 조금씩 마시기 시작했다. 친구들이 홍삼

내가 변한 만큼 세상이 변한다

음료를 마셔 보라고 가져왔지만, 본질이 퇴색될까 봐 거절했다.

다행히 반대편에 현대빌딩이 있어서 화장실 문제는 거기서 해결했고, 새벽에 인근 목욕탕에서 씻었다. 그것도 하지 말고 버틸까 했지만, 찾아오는 이들과 협상자들 때문에 용모를 단정히 할 수밖에 없었다.

처음 하는 단식 투쟁이라 경험이 없어 논쟁하며 진을 다 빼다 보니 5일쯤 후엔 힘들어서 필담으로밖에 의사전달을 할 수 없었다. 이완구 충남도지사를 비롯해 방문객이 끊이지 않아 힘을 아끼려고 제한적인 면담과 필담만 했다. 몸무게를 재보니 72kg에서 64kg까지 빠졌다. 가족들 걱정이 많았을 텐데 아내도 아이들 때문에 자주 오지 못했다. 그러나 무엇보다 연로하신 어머니께서 이 소식을 아시는 것이 가장 마음에 걸렸다.

농성장에 우리 군청 총무과장이 와 있었는데, 내가 너무 기진맥진해 있으니까 보건소에서 오신 의사와 함께 맥박과 혈압을 체크했다. 의사는 "너무 위험하다, 무리하면 안 된다"며 단식을 그만 하라고 권했다.

그러다가 11일째 되는 날, 마침내 온몸의 힘이 다 빠져 더 이상 버티기가 어려웠다. 나는 이대로는 안 되겠다 싶어서 고민하다가 비서에게 오렌지주스를 가져오라고 했다. 오렌지주스를 마시면 에너지가 생겨 좀 더 버틸 수 있을 것 같아서였다. 미음 같은 것을 먹으면 더 좋겠지만 그것은 반칙을 하는 짓이니, 단식 자체가 의미 없어지는 일로 하나마나였다. 그렇다고 몰래 먹는 것은 아무리 배가 고파도 체면 문제이기도 하거니와 주변에 온통 경찰들이 쫙 깔린 상태에서 들키기라도 하면 망신살 제대로 뻗치고 지금까지의 고생이 모조리 물거품이 될 수도 있었다.

그래서 좀 더 버티려고 오렌지주스를 한 잔 마셨는데, 곧바로 머리가

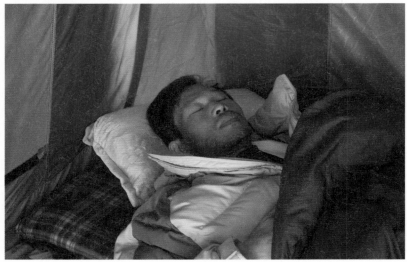

2006년 11월 29일, 장항산업단지 문제 해결을 촉구하며 중앙청사 후문에서 시작한 단식농성 첫날. 아래는
단식 11일째 탈진 상태에 빠져 누워 있는 모습.

핑 울리고 눈앞이 어두워지면서 사방이 빙글빙글 돌더니 기우뚱 쓰러지고 말았다. 의식을 완전히 잃은 것은 아니었지만 거의 가물가물한 상태였다. 주변에 있던 사람들이 기겁하여 소리쳤다. 총무과장이 너무 위험하다며 곧바로 병원으로 후송했다. 처음에는 서울대병원으로 가려다가 너무 복잡할 것 같아 평소 다니던 영동세브란스병원으로 갔다.

응급실에서 의사에게 단식했다고 하니까, 종합검사를 하고 면밀히 지켜봐야 한다기에 입원했다. 무리해서 갑작스럽게 한 단식이어서 회복하려면 그만큼 어렵다며, 자칫 음식이 소화되지 않아 잘못되면 큰일난다고 처음에는 링거만 놓아 주었다. 그렇게 해서 병원에 누워 있게 되었지만 그 와중에도 중앙정부와의 협상이 어떻게 되느냐가 나의 최대 관심사였다.

단식할 때에도 중앙부처나 총리실에서 몇 가지 대안을 가지고 와서 단식을 풀어라, 우리가 이렇게 할 테니까, 하면서 설득하곤 했다. 청와대에서도 왔는데 문안차 비서관 몇 분만 왔지, 책임 있는 사람들은 오지 않았다. 비공식 방문까지 한 대통령께서 "뭔가 분명한 해결책을 내놔야 한다. 가든 부든. 가면 확실하게 원안대로 하고, 아니면 대안을 제시해서 설득하든 빨리 해결하라"는 지침을 주셨다는데, 청와대 사람들은 나를 방문하는 것을 약간 주저하는 것 같았다.

어차피 나는 "장항산업단지보다 더 좋은 대안이 있다면 검토해 볼 수 있다. 그러나 확실한 대안이 없다면 원안을 원한다"는 입장이었다. 지역에서는 여전히 수천 명이 투쟁하고 있었다. 그전에도 비상대책위원회를 구성해서 투쟁했지만, 내가 단식하니까 서천군민뿐만 아니라 충청남도 사회단체·도의원·국회의원까지 함께하는 충남 전체의 상황으로 번졌다.

여기에는 사실 묘한 정치적 역학 관계가 작용하고 있었다. 충청의 맹주라는 자민련은 가뜩이나 보수적인 정당인데, 이러한 이슈를 정부를 공격하는 기회로 삼을 수도 있었다. 그런 분들이 많이들 오셔서 취재기자들도 만나고 '거 봐라, 참여정부 도대체 뭐 하는 것이냐'라는 식으로 압력을 넣을 수 있었다.

나 또한 정파를 떠나서 그런 사람들의 목소리를 결집시켜서 중앙정부와 싸울 필요가 있었기에 이를 적절히 이용하고, 한나라당인 이완구 지사는 지사대로 은근히 내가 싸우는 것을 부추긴 측면도 있을 수 있다. 이완구 지사는 사실 나의 투쟁을 후방지원했다. 나는 어쨌든 지원할 수 있는 세력을 총결집해서 중앙정부와 각을 세우고 한판 붙어야 할 상황이었다. 그렇게 해서라도 뭔가 확실한 답을 얻지 않는다면 이 싸움이 마무리되지 않는다는 판단이 들었다. 그렇기 때문에 나를 돕는 사람들이라면 누구든지 같이 힘을 합치자는 전략이었다. 그 결과 충청남도 전체가 어떻게 보면 힘이 모아진 면이 있다.

그사이 중앙정부에서는 계속 협상안을 짰는데, 이 일은 주로 신철식 국무조정실 차장이 주관했다.

대안과 설득

신철식 국무조정실 차장은 환경부·해수부·지속위 관계자들에게 우선 대안을 제출하라고 해서 취합했다. 신 차장은 신현확 전 부총리의 아들인데 내가 그때까지 만나 본 관료들 중에서 가장 법리에 정통하고, 자기가 한 말에 대해 책임질 줄 아는 사람이었다. 그래서 나는 이분을 신뢰했다.

신 차장을 중심으로 대안을 둘러싸고 협상이 계속됐는데, 처음에는 거들떠보지도 않았지만 원안은 아예 해주지 않겠다니 할 수 없이 대안이라도 내놓고 이야기를 해야 했다. 하지만 대안이 신통치 않아서 그런 대안이라면 논할 필요도 없다고 했더니, 나중에 두 가지 안을 제시했다. 환경부의 국립생태원 안과 해수부의 국립해양생물자원관 안이었다.

처음에 해수부는 예산 투자를 하지 않을 것처럼 나왔다. 산업단지를 하려면 환경영향평가를 받아야 하는데, 해수부는 계속 보완 지시만 해왔다. 이제는 우리가 반발할 차례였다. 아니, 해수부가 트집은 다 잡아놓고 어떻게 이럴 수가 있는가, 지금 대안 사업을 내놓아야 할 판에 원안 사업 발목을 그렇게 잡았던 해수부가 대안 사업에 대해서도 아무 성의 표시를 하지 않는다는 게 말이 되느냐, 환경부는 해수부처럼 모질게 트집잡지는 않았어도, 그나마 생태원이라는 대형 프로젝트를 하겠다고 나서는데 해수부는 안 할 것처럼 빼는 태도는 뭐냐, 당신들이 반대는 다 해놓고 어떻게 이럴 수가 있는가, 이런 식으로 따지고 들었더니 해수부는 결국 해양생물자원관을 하겠다는 계획을 내놓았다.

도대체 규모는 얼마나 되고, 예산은 얼마나 들어갈 것이냐 했더니 하나는 3천 몇 백억, 하나는 천 몇 백억이었다. 이 정도 예산에 석·박사 등 전문인력만 해도 생태원이 350명, 해양생물자원관은 150명 정도 규모의 연구기관 겸 전시기관을 하겠다는 1차 안이 나왔다. 정부 안이 나왔으니만큼 현실적으로 가능성이 있는지를 전문가들에게 검토 의뢰했다.

"기존의 산업단지 대안으로 할 수 있는 정도의 안이 되겠느냐"고 어떤 전문가 교수에게 의뢰했더니 장항산단 비상대책위원회 위원장이 협박에 가까운 막말을 했다며 용역을 못 맡겠다고 포기했다.

그 후 여러 곳을 알아본 끝에 국토계획학회에 맡겼다. 그들이 검토 후 군청에 와서 발표하는데, 또 비상대책위를 중심으로 한바탕 소란이 벌어졌다. 산업단지 추진을 위한 비상대책위원회는 "검토 자체도 필요 없다, 무조건 하라"며 원안 고수만을 주장했다.

이 위원회도 처음에는 우리와 같이 호흡을 맞췄지만, 우리는 대안을 검토해 보자는 입장인 데 반해 그쪽은 이것을 아예 용납하지 않았다. 도

내가 변한 만큼 세상이 변한다

지사의 입장도 마찬가지였다. 나는 이분들과 정부 사이에 끼여 답답하기 짝이 없었다. 전문가 수십 명의 의견을 들어 본 결과, 80% 이상이 이 대안이 서천 발전에 도움이 된다는 쪽이었다.

그러나 지역에서는 장항산단에 대한 미련을 쉽게 버리지 못했다. 그렇게 옥신각신하는 와중에 환경부가 서천 지역 주요 인사들을 불러서 생태원에 대한 설명회를 가졌다. 이런 설명회조차 군수가 이미 원안을 팽개치고 대안을 받은 증거라고 오해들을 했다. 중앙부처에서는 자기들의 안이 모아졌으니 자기들이 직접 지역민들한테 의견을 내놓겠다고 했다. 국무총리실이 주관하고 환경부·해수부·건교부·기획예산처에서 모두 내려와서 설명회를 개최한다는 것이었다.

그전에 나는 비대위·군의원·도의원 등과 함께 총리실에서 또다시 협상을 했다. 그러나 도중에 우리는 자리를 박차고 나왔다. 이 두 가지 대안만 가지고는 경제적 효과가 없다, 내륙산단 즉 산업단지를 내륙에 어느 정도 만들어 달라고 요구했지만 거부당했던 것이다. 산단을 내륙에 만들면 분양가가 엄청나게 뛰어서 120만 원대로 오른다, 분양가가 너무 높아서 채산성이 없다며 토지공사가 못하겠다는 것이었다.

하지만 우리는 산업단지를 어느 정도 해주지 않으면 경제적 효과가 미비해서 대안 전체를 못 받겠다고 버텼다. 결국 신 차장이 중재에 나섰다. 우리가 요구한 100만 평 내륙산업단지 규모는 80만 평 정도로 조정하고, 토지공사에서 분양가 때문에 도저히 못하겠다고 하는 부분은 기획예산처에서 2천억 원 정도를 토지공사에 배당금을 유보시켜 도와주는 형태로 분양가를 120만 원대에서 50만 원대로 낮출 수 있도록 조정했다.

그래야 토지공사에서 분양할 수 있다는 것이었다.

결국 50만 원대면 경쟁력이 있다는 데 거의 합의가 이루어져 국립생태원·해양생물자원관·내륙산단, 이 세 가지 대안에다 지역환원사업 2천억 추가로 장항항 대체항 신설, 연안 정비 등 현안 사업을 합해 약 1조 2천억 원 규모의 대안 사업을 확정했다. 갑론을박을 계속했지만 나는 속으로 이 정도면 받을 만하다고 입장정리를 했다.

그러나 비대위 반대, 도지사 반대, 그리고 군 의회에서도 처음에는 생태원·해양생물자원관만 가지고는 안 되니 내륙산단을 하면 찬성하겠다던 의원들이 막상 관철되니까 비대위의 눈치를 보면서 입장을 번복했다.

나는 이상만 군의회 의장에게 "이번에 결정짓고 가야지, 다음 정부로 가서 과연 가능하겠는가"라고 물었다. 그러자 의장은 "사실 받고 싶지만 의원 일부가 반발하니까 못 받겠다"는 것이었다.

이때 마침 차기 대통령 후보들이 와서 장항산단 문제를 언급했다. 우리가 산업단지 원안대로 해달라고 했더니, 당시 유력했던 이명박 대통령 후보는 이런 식으로 말했다.

"그것은 경제성이 있어야죠. 경제성이 없으면 못 합니다."

실제 토지공사에서 경제성이 없어 매립을 못한다고 했던 것인데, 만약 이명박 후보가 대통령이 되면 산단은 고사하고 내륙산단도 쉽지 않을 터였다. 한편 박근혜 후보는 와서 이렇게 말했다.

"그것은 국민과의 약속이니까 원안대로 할 수 있도록 노력하겠습니다."

그러니 군민들은 갈팡질팡할 수밖에.

내가 변한 만큼 세상이 변한다

장항산업단지 조성사업에 대해 민주당 손학규 대표(위)와 한나라당 박근혜 대표(아래)에게 브리핑하고 있는 모습.

장항산업단지 조성사업에 대해 한나라당 이명박 대통령 후보에게 브리핑하고 있다.

결국 내가 나섰다. "유력한 이명박 후보 얘기하는 것 봐라. 다음 정부에 가면 누가 총대를 메고 해주겠냐. 자칫 잘못하면 붕 떠서 우리들만 그냥 개밥의 도토리 신세로 해봐야 되지도 않는 것 가지고 정부와 계속 투쟁할 수도 없지 않는가. 결국 절호의 찬스에 대안 사업도 못 받고 원안도 못 받고, 우리만 닭 쫓던 개 지붕 쳐다보는 꼴로 된통 당할 수 있다. 그러니 여기에서 결단을 내리자. 이미 나는 면밀하게 실현 가능성을 따져 보았다. 내가 중앙정부의 관료·전문가들한테 충분히 의견을 들어서 '이 계획이 과연 실행력이 있느냐' 검증을 해보니 '이 정도면 실행력이 충분하다'고 하더라. 그리고 신철식 차장도 내가 가장 염려했던 부분, 즉 '이제까지 정부가 약속을 어겨 왔는데 이 대안 사업에 대한 약속 실행을 어떻

내 가 변 한 만 큼 세 상 이 변 한 다

게 해줄 것이냐가 최대 관심거리다'라고 얘기했더니 '정부가 바뀌는 시기이므로 내년 예산을 확보해 주고 나머지는 중기 재정계획에 반영하면 이 예산은 순리대로 갈 수밖에 없다. 단지 걱정되는 것은 내륙산업단지 하나인데 이것도 분양가가 이 정도면 토지공사에서 충분히 현실성이 있기 때문에 할 것이다'라고 확인해 주었다. 그러니 여러분, 이제 결단을 내리자"고 설득했다. 이렇게 승부수를 던지고 의회를 적극적으로 설득한 끝에 의장을 비롯한 의회의 동의를 마침내 얻어낼 수 있었다.

비대위·도지사·도의원들의 반대를 무릅쓰고 류근찬 국회의원도 우리에게 힘을 실어 주고 응원해 주었다. 하지만 옥신각신은 여전했다. 비대위원들이 군수실에 와서 화분도 여러 번 깼고, 우리 집에 와서 어깃장도 놓았다.

이완구 지사와도 이 문제를 두고 자주 격론을 벌였는데, 어느 날은 40분 넘게 전화 통화를 했다. 도지사는 절대 대안을 받아서는 안 된다는 입장이었다. 대안의 실행력이 문제라는 것이었다.

"관료들의 속성상 다음 정부에서 실행력을 담보받을 수 없다. 다음 정부에서 누구도 책임을 안 질 텐데 제대로 추진되지 않으면 당신이나 나나 그 책임을 어떻게 질 것인가?"

이 말씀을 듣고 내가 이렇게 응답했다.

"이 지사님, 이렇게 반대하시면 나로서는 방법이 없습니다. 지사님께서 그러면 책임을 지십시오. 내가 권한을 넘기겠습니다. 공을 지사님께 넘기겠습니다."

그랬더니 지사가 오히려 나에게 되묻는다.

"내가 16개 시·군의 대표지, 서천군의 문제를 왜 책임져 줍니까?"

나는 단호하게 말했다.

"나는 서천군에 대해서 무한책임을 지는 군수입니다. 책임도 지지 않을 도지사께서 왜 이것을 반대하십니까. 무한책임을 지는 나와 군의회 의장이 이런 결정을 했다면 우리들한테 맡기고 놔두십시오. 지사님은 빠지십시오. 책임도 없는 지사님께서 왜 끝까지 반대를 하십니까?"

나는 그렇게 전화를 끊고 밀어붙였다. 드디어 결말이 난 것이다.

그런데 여기에는 사실 이러한 문제가 있다. 만약 이것이 계획대로 진행되지 않는다면 중앙정부와 나, 군의회 의장이 협약을 했기 때문에 대안 사업을 협약했던 나와 군의회가 정치적 책임을 질 수밖에 없었다. 내가 걱정했던 것은 정치적 책임은 정치인으로서 언제든지 져야 하는 숙명이기 때문에 지겠지만, 만약 계획대로 안 됐을 경우 군민에 대한 무한책임을 누가 지는가였다. 이 문제가 가장 두려웠다. 나의 정치적 진퇴, 정치적 책임, 이런 것은 어떻게 보면 나 혼자만의 문제일 수도 있지만, 군민들과의 약속이 이행되지 않았을 때 느끼게 될 상실감·좌절감을 어떻게 책임질 것인가. 그에 비하면 군수 당신이 약속을 안 지켰으니까 사퇴하시오, 당신 군수 자격 없소, 이런 추궁은 달게 받을 수 있었다.

약속은 자기들이 해놓고 수없이 번복하고, 또 다른 약속을 하고 또다시 어긴다면, 이런 믿음 없는 정치야말로 호환虎患보다도 무서운 것이다. 이런 현상을 그대로 껴안고 나가면 적어도 나의 전적인 책임에서 벗어날 수는 있다. 예를 들어 계속 원안을 고수하면 중앙정부에서 안 주고 다음 정부로 넘어가고, 또 넘어가고, 이 짓을 반복하고 있으면 중앙정부에서

내가 변한 만큼 세상이 변한다

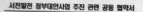

2007년 마침내 서천 발전 정부대안사업 협약이 체결되었다. 아래는 공동협약서 내용.

장항국가생태산업단지 조감도.

약속을 안 지켰기 때문에 어쩔 수 없다, 이런 핑계가 생긴다.

그러나 18년 동안 속이 시커멓게 탄 군민들이 또다시 몇 년간 더 속을 끓여야 된다면 그것은 군수로서 도피는 될지언정 결코 리더가 선택할 길은 아니다. 미래의 선택이란 어느 것이 올바른 결정일지 아무도 예측할 수 없을 뿐만 아니라, 누구든지 정책결정자에 대해 나쁜 쪽으로 비판할 수도 있다. 그러한 어려움을 무릅쓰고 결단을 내려야 하는 군수의 입장으로서는 참으로 고민스러웠다. 하지만 모든 가능성, 합리적 발전 모델, 대안과 원안, 서천군의 비전과 적합성 등 어느 것이 미래의 서천 발전에 도움이 될 것인가 깊이 고민한 끝에 그래도 대안을 받는 것이 현실적으로 옳다고 확신했다.

내가 변한 만큼 세상이 변한다

국립생태원과 국립해양생물자원관 조감도.

여민동락與民同樂의
마음으로

서천은 바다도 있고, 금강도 있고, 들과 산도 있다. 다 갖추고 있지만
결정적으로 특별하게 내세울 수 있는 핵심 자원을
고르기가 어렵다. 그렇다면 분산된 자원들을 어떻게 종합할 것인가.

결혼은 공약이었다

　　　　　　　되돌아보면 결단을 내릴 때 자신의 진심이 무엇인지
스스로 따져 보는 것에서부터 출발해서 사심 없이 공정하게 판단하는
것이 무엇보다 중요하다는 것을 깨닫게 된다. 서천 군정의 최대 현안 중
하나였던 장항산업단지와 그 대안 사업을 반드시 처리하겠다는 공약을
나름대로 충정을 다해 처리한 것과 더불어, 개인적 공약도 하나 지켰다.
개인적 공약이라는 것이 말이 안 될지도 모르지만 나의 상황이 그랬다.

　사람들이 모두 자기에게 어울리는 방식을 찾아 가장 아름답게 실현하
기 위해 노력하는 과정이 삶이라고 한다면, 선택이야말로 매 순간 가장
중요한 문제라 할 수 있다. 나는 정치인의 삶을 택했고, 그에 충실하려 노
력하며 살았다. 그러나 현실적으로 정당 활동은 정규 수입도 없는 건달
신세로 전락하기 쉬운 불안한 직업이다.

　특히 야당으로 뜻을 펼친다는 것은 가시밭길의 연속이었다. 과거에는

정치 탄압까지 이겨내야 했으니 오죽했겠는가. 민주주의가 계속 발전해 왔다고는 하지만, 여전히 충청남도에서 민주당 소속으로 정치를 한다는 것은 본인뿐만 아니라 가족 친지 모두에게 부담이었다.

그러니 결혼 생활을 영위하기에는 좋지 않은 조건을 감내해야 했다. 오죽하면 첫 지자체 선거에서 상대 후보들이 결혼도 못해 본 사람이 어찌 군 살림을 잘 할 수 있겠냐고 공격을 했을까. 그러나 나는 이것에 기죽지 않고, 만약 군수로 당선된다면 반드시 결혼해서 버젓이 가정을 꾸리겠노라고 공개적으로 약속했다.

막상 군정에 임했지만 고생은 마찬가지였다. 그러던 어느 날 고향 후배인 권기복 선생이 중매를 서겠다고 나섰다. 권 선생은 충남 홍성에서 학생들을 가르치고 있었는데, 충남 교사 연수에서 나와 아주 잘 어울릴 만한 선생님을 만났으니 잔말 말고 자기가 서는 중매에 응하라는 것이었다. 상대는 경북 울진에서 태어나 대구에서 교육받은 분으로 고려대 교육학과를 졸업하고 당시에는 대전에서 교사로 근무하고 있었다.

대전의 동학사 부근에서 소개받아 처음 만났는데 첫인상이 무척 좋았다. 사귈수록 순수하고 침착한 성품에 끌렸다. 2002년 초겨울에 만나 몇 달 후 결혼했다. 2003년 2월 16일 서천초등학교 강당에서 정대철 의원님 주례로 마침내 나는 장가를 가게 되었다. 이제까지 정치 하며 유아독존식으로 살다가 완전히 새로운 삶을 시작하게 된 것이다.

군청에 매이고, 출산과 육아로 정신없다 보니 생활리듬이 180도 바뀌었다. 안정되고 기쁨도 컸지만 책임감과 부자유도 엄존했다. 이런 체험을 통해서 가정생활을 잘 이끌고 나가는 가장의 역할이 얼마나 어렵고

2003년 2월 선거 유세 당시 주민들에게 약속한 결혼 공약을 실천했다.

힘든지 절감했다. 아이들이 아프면 나도 아프고 가족이 즐거워하면 나의
모든 근심도 사라지는 것을 보며 가족으로서의 일체감과 애정을 확인하
는 경험은 정말 소중했다.

그때까지 나는 막연하게 불교를 나의 종교려니 생각했지만, 그렇다고
열성적으로 활동한 것은 아니었다. 그런데 천주교 신자인 아내가 성당
에 갈 때마다(당시 아내는 장롱면허였다) 운전을 해주다 보니 나도 차츰 성당
에 나가게 되었다. 그러다가 하루는 퍼뜩 천주교를 내 종교로 받아들일
때가 되었음을 느꼈다.

딸을 연년생으로 두고, 2009년 2월에 늦둥이를 낳았다. 나는 평소
능력이 닿는 한 가정과 국가를 위해서 아이를 낳는 것이 좋다고 생각해

내 가 변 한 만 큼 세 상 이 변 한 다

왔다. 출산은 참으로 복된 일이었지만, 육아·교육 문제를 생각하면 정신이 번쩍 들었다. 지금처럼 출산과 육아를 모두 개인이 책임져야 한다면 그 어떤 정책도 효과를 볼 수 없을 것이다.

이렇듯 나는 내 가정을 꾸리면서 영유아의 보육부터 청소년의 교육과 어르신들의 노후 부양까지를 돌보아야 하는 복지정책이 얼마나 중요한지를 깨닫게 되었다. 그중에서도 자녀 교육비는 현재 우리나라 가계에서 가장 큰 부담이 되고 있다. 이대로 가다가는 교육을 통한 계층 이동이 아예 불가능한, 답답한 사회로 정체되고 말 것이다.

서천의 교육 환경과 정책

며칠 전 군내 유력한 분이 돌아가셨다. 유족들은 돌아가신 분의 뜻을 받들어 장학기금으로 수천만 원을 내놓았다. 이처럼 장학금은 지금도 꾸준히 모이고 있다.

나는 교육에 지대한 관심을 가지고 있다. 장학기금을 모으는 일은 군수가 되고부터 지속적으로 정성을 들여 온 사업이다. 대개 장학기금을 내는 분들은 알려지는 걸 별로 원치 않았다. 나도 그랬는데, 월급에서 얼마씩 '서천사랑장학회' 기금으로 낸 것이 보도가 되는 바람에 알려졌다.

우리는 교육을 통해 자신의 적성을 찾고 재능을 개발해 자유롭게 자신을 실현해 가는 삶을 살 수 있어야 하고, 사회는 개인에게 그것을 보장해 주어야 한다. 직업에 따라서 지나치게 부의 불평등이 있어서는 이런 사회를 만들어 나갈 수 없다.

이처럼 우리는 격차가 적은 사회를 만들어 가면서, 남보다 잘살아서

가 아니라 내 일에 대한 즐거움으로 가치와 보람을 찾아야 한다. 누구나 인간의 존엄성을 지킬 수 있는 수준 이상으로 사회안전망을 구축하고, 그러고도 일부 경쟁이 꼭 필요하다면 공정한 시스템 하에서 경쟁이 이루어지도록 해야 한다.

그러나 지금은 많은 사람들이 가난으로 인간의 존엄성을 지킬 수도 없고, 가족의 신성한 가치가 경제적 이유로 파괴되는 일이 다반사로 일어나고 있다. 모든 부모가 자식에게 최고 수준의 교육을 시키고 싶어하지만 이것이 오로지 경제력으로 결정된다면 많은 문제를 낳을 수밖에 없다. 막대한 돈으로 사교육을 시키고, 그것으로 소위 명문대학을 가고, 또 그 때문에 좋은 직업을 얻는다면 이런 사회는 불공평하고 합리적이지도 않다.

일정 정도 부모의 재산을 물려받는 것은 사유재산권 존중이라는 측면에서 어쩔 수 없다지만, 지나치게 부가 대물림되어서는 곤란하다. 부와 사회적 지위가 고스란히 대물림되기보다 개인의 능력과 적성에 맞게 직업을 선택하고, 개인의 성실성에 따라 사회적·경제적 명예를 얻는 것이 바람직하다. 그래야만 사회 격차가 해소될 수 있다.

일각에서 사회보장에 대해서 지나치게 공박하는 사람들이 있는데, 그런 태도는 인간을 너무 비관적으로 보는 것이다. 일하지 않고 빈둥빈둥 놀면서 행복을 느끼고 최고의 가치를 얻는다고 생각하는 사람은 거의 없다. 그렇게 생각하는 사람이 있다면 그야말로 비현실적이고 병적인 사람이라고 할 것이다. 사실 그렇게 사는 것도 말할 수 없는 고역이다. 적당한 직업을 가지고 적당한 일을 하면서 사회생활을 하고 가장으로서 책임

2003년 4월 서천사랑장학회 수여식(위). 아래는 2010년 복지정책평가 전국 1위를 한 서천군.

을 다하고 사회에 기여한다는 자부심으로 살고 싶지, 누가 최저생활 보
장되니까 막무가내로 놀기만 하겠는가. 때로 경쟁에서 탈락해 좌절을 겪
는 사람들조차 재활교육 등을 통해 사회로 다시 나갈 수 있게 배려하고
투자한다면, 놀고먹는 것으로 결코 만족하지 않을 것이다.

나는 기본적으로 인간에 대한 믿음이 있다. 일부 유럽 국가가 사회보
장제도 때문에 망한다는 주장들을 하지만, 사실 다른 사회·경제적 요인
이 더 크다고 보는 것이 올바른 분석일 것이다.

물론 우리나라는 서구 선진국처럼 세금을 많이 걷지도 않는데, 최저
생계비를 보장할 수는 없는 노릇이다. 그러나 우리 경제 상황에 맞게 차
차 사회보장제도를 확충해야 한다. 적어도 지금은 불평등을 심화시키는
쪽으로 진행되고 있다고 말할 수 있다. 이러한 불평등을 줄여 나가지 않
으면 사회통합이라든가 진정한 의미에서 생산성 증가, 그리고 우리나라
에 전반적으로 퍼져 있는 계층간의 적대감 등을 해소하는 데 많은 어려
움이 있을 것이다.

나도 한때는 특목고를 우리 군내에 유치하려고 했다. 앞으로 국립생태
원이나 국립해양생물자원관에 석·박사 인력이 500명 정도 상주하게 되
고, 장항생태산업단지(장항내륙산업단지)가 조성되면 기업·연구소 등이 들
어와 많은 인력이 상주하게 될 것이다. 여기 서천에서 그런 분들이 자녀
교육을 시키려면 만족할 만한 교육 여건이 갖춰져야 하지만 지금의 학
교 수준으로는 가족과 함께 이주할까 의문이 들었다. 그래서 특목고 유
치 제안을 정부에 낸 것이다.

교육에 대한 뭔가 특별한 대책 없이는 타지에서 오는 사람들이 서천에

상주하지 않을 가능성이 크다. 특히 인근에는 군산이라는, 여러모로 경쟁력 높은 지역이 있다. 자칫 잘못하면 가장의 직장이 서천임에도 서천 인구가 늘어나지 않고 교육여건이 상대적으로 좋다고 할 수 있는 군산 인구가 늘지도 모를 일이었다.

그래서 내 나름의 대안을 강력하게 주문했는데, 그때 참여정부의 교육정책은 특목고를 더 이상 내주지 않는 것이었다. 특목고가 참여정부의 교육철학과 맞지 않았던 것이다.

처음에 나는 학비가 비싸지 않지만 특수학교 기능을 하는 좋은 학교를 만들 목적으로 특목고를 유치하려고 했다. 그러나 지금 특목고의 현실은 이런 취지에서 많이 벗어나 있다. 외고의 경우도 외국어 교육을 전문으로 하는 게 아니라 입시교육, 수월성 교육에 치우침으로써 애초에 외국어 특성화 고등학교를 지향했던 목적이 사라지고, 단지 우수한 학생들을 받아서 좋은 대학에 입학시키는 데만 몰두하고 있다.

그러다 보니 사회적으로 많은 논란이 된 것처럼, 지금의 특목고도 비슷한 경우로 위험한 상황까지 왔다. 과도한 학비와 입시일변도 교육, 완전히 옛날 일류 고교를 편법으로 답습한 결과이다. 이렇다면 내가 원래부터 좋아하지 않던 방식, 즉 계급의 대물림식으로 교육이 재생산될 수도 있었다.

특목고 학비가 비싸지만 일반 고등학교에 가면 사교육비가 더 들 수도 있기 때문에 차라리 특목고가 낫다는 사람들도 있다. 현실이 그렇다면 일리 있는 주장이다. 문제는 사교육이다. 이것을 바로잡지 않으면 부를 가진 사람들이 교육 경쟁에서도 앞설 수밖에 없다. 그런 점에서 가난한 사람들은 교육에 대한 부담이 가중될 수밖에 없다. 이러한 문제를 해결하기 위해서는 수월성 교육에 대한 전면적인 검토가 필요하다. 그렇다고 현실적으로 수월성 교육을 완전히 무시할 수도 없다. 현재의 교육제도가 그렇게 강요하고 있는 상황에서 학부모들에게 그걸 부정하라고 하면 대책이 될 수 없기 때문이다.

이러한 현실을 모두 고려해서 나는 서천의 교육을 두 가지 방식으로 접근했다. 하나는 기존의 학교들을 좋은 학교로 만드는 방안이다. 이를 위해 기숙형 공립고를 만들기로 하고 중앙정부의 지원을 약속받았다. 특히 시설투자에 적극적인 도움을 요청하고 협약을 맺었다. 그 결과 지금은 고등학교에 기숙사도 많이 갖춰졌고, 중학교도 가령 동강중학교의 경우 지난 몇 년간 노력해서 기숙사를 유치하여 국제교환학생을 교류하는 학교로 유명해졌다.

다른 하나는 수월성을 높이는 방안이었다. 이를 위해 우리가 투자했던 것이 '인재스쿨'이다. 과거에는 관내 중학생 상위 10% 학생의 70~80%가 외지로 빠져나갔다. 관내 고등학교들을 믿지 못한 탓이다. 우수한 학생들이 외지로 빠져나가는 서천이라면 누가 서천에 교육받으러 오겠는가. 앞으로 이 지역에 올 젊은 인력이라든가 외부에서 오는 회사원들이 만족하고 안심하려면 뭔가 믿을 수 있는 방안이 필요했다.

그래서 도입한 제도가 바로 인재스쿨이다. 서울의 유명 강사들을 모셔와 교육하도록 한 것이다. 특히 방학 때면 우수한 강의를 저렴한 수강료로 서천 관내에서 들을 수 있도록 지원했다. 벌써 7년가량 됐는데, 결과는 상위 10% 학생이 과거 70% 이상 빠져나갔다면 지금은 반대로 70%

2004년 9월 1일 동강중학교 인바운드 학생 입교식(위)과 2004년 2월 건양대 유치 보고회(아래).

이상이 관내 학교로 진학하게 되었다. 우수한 학생들이 빠져나가지 않도록 하는 측면에서는 성공했다고 볼 수 있다. 아울러 이제 고등학교에도 기숙사가 있으므로 우수한 학생들에게는 인센티브로 기숙사비도 지원하고 있다.

그런데 사실 이러한 정책이 나의 교육철학하고 맞는 것은 아니다. 나는 모든 학생들이 자기 능력을 마음껏 발휘할 수 있도록 도와주는 자아발견과 창의성 중심 교육이 이루어지길 바란다. 하지만 관내에서 쓴 교육정책은 우수한 학생들에게 특별한 교육을 시키는 것 같아서 마음이 편치 않았다.

과연 나는 대다수 학생들에게 어떻게 해야 할 것인가? 그러한 고민 때문에 중앙정부로부터 예산을 지원받고 지자체도 같이 대응 투자를 해서 방과 후 학교를 통한 수준별 교육을 하는가 하면, 어렸을 때부터 학습계획을 스스로 짜서 하는 자기주도학습을 하도록 투자를 하고 있다.

수월성 교육을 대신할 대안 교육을 고민하던 중, 하루는 한겨레연구소에서 한 가지 제안을 해왔다. 자신들이 핀란드식 교육 프로그램을 제공할 테니 서천에서 한번 운영해 보자는 것이었다. 핀란드식 교육의 골자는 교육 주체들의 창의성과 다양성 발견이라 할 수 있었다.

평상시 나의 생각도 그랬다. 지금 홈스쿨도 하고 서천에 대안학교도 있는데, 이런 방식을 좀 더 적극적으로 도입해 수월성 교육과 다른 새로운 교육방식으로 서로 경쟁하는 것이 좋지 않을까 생각하고 있었다. 그런데 마침 그러한 제안이 오니 불감청고소원이 아닐 수 없었다.

나는 그 정도의 새로운 교육을 시도하려면 확고한 의식이 있지 않으면 어렵다고 보고 전교초 선생님들을 통해 특화된 학교를 만들어 가면 어떨까 하는 고민도 했다. 하지만 이런 교육 실험은 첫 단계부터 쉽지 않았다. 일단 그러한 교육을 받아들일 만한 교장선생님들을 찾기가 어려웠다. 교육청도 부정적이었다.

왜 그러는지 살펴보니 교육현장에서 전교조 선생님들에 대한 선입견이 굉장했다. 나는 뭔가 새로운 가치를 지향하지 않으면 새로운 교육이 나올 수 없으므로 전교조의 교육철학을 공유한 사람들의 그룹이 필요하다고 생각했지만, 아무래도 교육감이나 교육장들은 좀 보수적이다 보니 어려운 듯했다.

어떤 직업이든 자기 적성에 맞는 직업을 선택하면 그에 합당한 대우를 해주어야 한다. 서구 교육 선진국들은 전공이나 학벌에 따른 격차가 그렇게 크지 않다 보니 구태여 대학을 가지 않고 기술만 잘 익혀도 경제적으로 크게 어렵지 않을뿐더러 사회적 지위를 얻는데도 크게 차별받지 않는다. 우리처럼 대학을 나오지 않으면 선도 안 들어오고, 나중에 승진하는 데도 엄청난 불이익이 따르고, 특히 명문대 SKY가 아니면 성공하기 힘들다는 인식은 찾아볼 수 없다.

따라서 대학 제도를 정비해야만 한다. 지금과 같은 불변의 대학 서열화를 없애고, 지방 대학을 균형 있게 육성해야 한다. 또한 너도 나도 의대나 법대를 원하는 풍조를 없애기 위해서는 그 같은 흐름을 막을 수 있는 정책이 필요하다. 과거에는 제한된 인원이 법조인이나 의사가 되었으므로 희소성도 있고 권위를 지키려는 속성이 치열했지만, 앞으로 계속 양산되다 보면 경쟁도 되고 과거처럼 특권층으로 인식되지 않을 터라

내가 변한 만큼 세상이 변한다

자연스레 지향하는 가치들이 다양하게 분산될 것이다.

이와 병행해서 학부모와 기성세대가 인문학적 소양을 길러 나가는 노력이 필요하다. 우리가 도대체 사는 목적이 무엇인가, 그런 것을 음미할 수 있는 자리, 토론의 장, 도서관 운영 등이 활성화되어야 한다.

현재 교육청에서 운영하는 도서관이 하나 있고, 군에서 운영하는 도서관, 마을 도서관도 몇 개 있지만 더 확충하려고 한다.

나는 마을에서 도서관이 하나의 문화 집합소가 되도록 만들고 싶다. 가서 책을 보는 것뿐만 아니라 교류의 장이자 공론화의 장, 그리고 가족들이 나들이할 수 있는 곳으로. 일종의 문화소풍을 갈 수 있는 곳으로 만드는 것이다.

이를 위해 과거와 다른 규모의 도서관을 지으려고 한다. 그렇게 해야 사람들이 책을 읽고 토론하고, 사회적 문제에 관심을 갖고 참여하는 문화가 조성될 것이다. 이 일을 중앙정부가 정책으로 추진한다면 파급력이 훨씬 클 것이다.

돈과 경쟁의 풍조

지난 몇 년간을 돌아보면 참으로 안타깝다는 생각이
든다. 우리가 돈벌기 위해서 사는 것인지, 아니면 물질적·정서적·문화적
으로 좀 더 여유로운 생활을 하기 위해서 돈이 필요한 것인지 알 수가
없다. 본말이 전도된 게 아닌지 깊이 반성해야 한다. 우리 사회가 너무 물
질적이고, 지나치게 이기적이고, 돈을 위해서는 무엇이든 희생해도 좋다
는 즉물적 사회가 되고 있는 것 같아서 안타깝다.

물질만능주의라는 말이 1970년대에 유행했다. 이는 당시 풍조를 비
판하는 용어였다. 이제 살 만큼 사니까 계속 '잘살아 보세'만 외치지 말
고 인간답게 올바르게 의미 있는 삶을 살자, 이렇게 성숙한 시민사회로
진화해 가는 모습이 엿보였다. 그런데 지난 이명박 정권에 반영된 민심
을 보면 돈 좀 벌게 해달라, 부자 되게 해달라는 심보가 담겨 있었다는
사실을 부정할 수 없다.

내가 변한 만큼 세상이 변한다

나는 요즘 정치나 행정을 보면서 돈의 위력이 돈에 대한 의식을 다시 만들어 가고 있다는 생각이 든다. 냉정하게 반성해 보면 우리의 정책도 산업자본을 위한 정책이 노골화되는 측면이 있음을 깨닫는다. 예를 들어 MB 정부 들어와서 변화된 풍조가 TV 드라마에 가장 노골적으로 드러나고 있음을 알 수 있다. 재벌이 안 낀 드라마가 거의 없다. 재벌 아들, 재벌 딸들이 드라마에 반드시 등장한다. 그리고 재벌 아들이나 딸을 통해서 사회적 신분 상승을 꿈꾸는 인물이 양념처럼 반드시 등장한다.

이런 구도에 여러 가지 사랑 이야기를 덧씌운 재미에 빠져서 사람들은 자신들도 모르게 소위 돈에 대한 의존성이 더 심화되고, 돈을 가진 사람들에게 선택받아 같이 행복해진다는 환상에 사로잡히는 일종의 세뇌를 당한다.

나는 이 정도로 오늘날의 현상을 우려하고 있다. 이러한 것들이 드라마만의 현상만이 아니라 실제로 정책을 살펴보면 상당 부분이 기업 자본을 위한 정책들로 일관되어 있다. 놀라울 정도로 많고 밀도 또한 높다. 경제를 살린다는 미명 아래 소수의 이익을 대변하는 것이다.

정책의 본령은 공익 추구이다. 대다수 국민에게 보탬이 되어야 한다. 그런데 오히려 기업을 살리기 위해서 이 본질을 뛰어넘는 기준이 되고만 것이다.

물론 현실을 이해하지 못하는 바는 아니다. 예를 들어 우리나라의 도로정책을 보자. 나는 과거에 건설교통부 장관 등 분야 정책 결정자들에게 정책 토론 기회에 이런 말을 한 적이 있다.

"우리나라 도로는 사람을 위한 도로가 아닙니다. 차를 위한 도로예요,

뭔가 잘못됐습니다, 시골길에 인도는 없고 차도만 4차선으로 쫙쫙 빼주는데 이것이 어떻게 그 지역의 사람들과 문화가 서로 만나도록 하는 도로겠어요? 물론 고속도로나 일부 도로의 경우 이해를 하지만, 모든 도로를 차를 위한 도로, 이런 개념으로 만들고 있어요. 이것은 근본적인 문제입니다."

조금 각도를 달리하면 이런 면도 있다. 우리나라에서는 석유가 한 방울도 나지 않기 때문에 사실 철로를 더 확장해야 한다. 그런데 고속도로에는 계속 투자하면서 철로에 대한 투자는 상대적으로 약하다. 대중교통을 확충한다는 차원에서도 철로에 투자해서 철도 교통을 늘려야 한다. 자동차보다는 철로가 석유 소비 면에서 훨씬 더 효율적이다. 에너지 자원이 없는 곳에서는 철로를 이용하는 것이 이산화탄소도 줄일 수 있고, 경비도 줄일 수 있는 좋은 방안이다.

나는 일찍이 장항선을 KTX 아니면 틸팅 열차로 깔 것을 주장했다. 지금 장항선 열차는 새마을호나 무궁화호인데, 용산에서 서천까지 세 시간 넘게 걸린다. 이에 비해 자동차는 두 시간 반이면 올 수 있다. 이러니 사람들이 열차를 많이 이용하지 않는다. 시간도 많이 걸릴뿐더러 역에서 내려 택시나 버스를 또 타야 하기 때문이다.

그러나 나는 열차 시간을 두 시간으로 단축한다면 열차 손님들이 많아질 것이라고 했다. 장항선은 지금 복선화 작업을 하고 있지만, 아직까지는 복선화 작업에 투자도 하지 않았다. 그러나 정말 효과적인 것은 열차 시간을 단축하고, 연계교통 시스템을 잘 만들어서 차가 없더라도 불편하지 않게 만드는 것이다.

내가 변한 만큼 세상이 변한다

그런데 대한민국은 차를 사도록 유도한다. 그래서 결국 차를 사는 것이 훨씬 편리한 인프라 사회가 되었다. 물론 자동차 산업 육성이라는 목표는 있었다. 자동차 산업은 중진국에서 선진국으로 가는 데 가장 중요한 산업이다. 워낙 파급효과가 크기 때문에 이 산업을 육성하기 위해서 초기 부족한 기술 경쟁력을 위해 내수 촉진 정책을 쓴 것이다. 외국은 주차장이 없으면 자동차를 살 수 없지만 우리나라는 주차장이 없어도 자동차를 살 수 있다. 이것은 내수시장을 확대하기 위한 전략의 하나였다.

그런데 내수용은 비쌀 뿐만 아니라 강판 두께가 수출용과 다르다. 자동차 산업을 보호하고 경쟁력을 강화하기 위해서 이제까지 우리나라 국민들이 희생해 온 것이다.

그러나 이제는 세계 자동차 시장에서 명함을 내밀 정도로 우리나라 자동차 산업이 커진 만큼 정책을 바꿔야 한다. 우리나라 경제의 불균형을 잡는 것이 더 중요한 과제로 떠오른 것이다.

이를 위해서는 우리들의 의식을 먼저 바꿔야 한다. 대중교통을 활성화하고, 가까운 거리는 걸어서 다니고, 웬만한 곳은 자전거 타고 다니는 문화를 만들어야 한다. 에너지 자원도 별로 없는 나라에서 한 500미터 가는데도 자동차를 탄다는 게 말이 되는가. 물론 자전거 타기는 도로 사정상 위험하고 불편하다는 점은 있다.

이러한 것들을 어떻게 바꿔 나가고, 어떤 정책을 선택할 것인가가 결정적으로 중요하다. 진실로 다수의 국민을 위한 정책이 필요하다. 물론 현실에서 급진적으로 바꿔 나가기는 어렵다. 연착륙을 해야 하는데, 그러려면 확실한 기준과 정책에 대한 소신이 반드시 필요하다.

우리나라 주택경제도 마찬가지다. 이제까지 자본주의가 계속 발전해 왔지만 미국의 파생상품 사태를 보면 금융자본가들의 장난질로 파국이 올 수도 있음이 입증되었다. 사실 자본주의적 생산은 노동자가 자신의 노동을 통해 가치를 만들어내는 과정으로, 과거에는 은행에서 여신을 얻어 산업자본화하고 그것을 산업경제에 투자해서 거기에서 나온 생산성의 대가로 이자를 지불했는데, 이제는 이자라는 것이 별 의미 없는 세상이 되었다.

선진국은 제로 금리에 가깝다. 파생상품은 말 그대로 금융자본이 투자자들한테 수익을 줘야 하는데 다른 방식으로 투자해 봤자 나올 것이 별로 없으니 파생상품이라는 방식을 짜낸 것이라고 봐야 한다. 가령 집값을 상승시켜 수익을 낸다든가 하다가 결국 집값 하락으로 일거에 폭탄을 맞은 셈인데, 이러한 상황에서 허상을 창조한 것이다.

대한민국도 언제든지 부동산 거품이 꺼질 수 있다. 거품이 꺼지는 순간 진짜 엄청난 경제위기가 올 것이다. 그런데도 그 위기가 무서워 누구도 부동산 위기를 진정시킬 결단을 못 내리고 있다. 내 때에만 문제가 없도록 하자, 이런 생각들을 하는 것이라고 본다.

물론 정책이라는 것이 옳다고 하더라도 혁신적으로 개혁하기는 어렵다. 그러나 적어도 이것이 잘못된 정책이다, 더 이상 끌고 가서는 안 되겠다고 생각되면 주저없이 연착륙할 수 있는 정책에 단계별 변화를 제시하고, 그것을 국민들이 수용할 수 있도록 설득해야 한다. 그런데도 누구도 브레이크 없는 차를 정지시키거나 속도를 줄일 생각을 감히 하지 못하고 있으니 심각한 일이 아닐 수 없다.

내가 변한 만큼 세상이 변한다

혁신은 의지의 문제도 있지만, 기술 변화에 의해 떠밀리는 측면도 있다. 산업혁명이 그랬고, 네트워크 혁신도 분명 사회를 혁신시키는 폭탄으로 작용할 수 있다. 컴퓨터 산업이 가져온 사회 변화가 돈의 운용을 바꿔서 실체가 없는데 부를 창출해 낸 예가 그것이다. 그러므로 정책의 포인트는 그러한 기술혁신을 파국으로 몰고 가는 기폭제로 만들 것이 아니라, 새로운 사이버 공간이 새로운 사회 평등이라든가 새로운 자아실현으로 나아가는 기폭제로 작용하는 데 맞춰져야 한다.

기술이 가지고 있는 장점도 있지만, 기술이 잘못 쓰일 때 대혼란이 발생할 가능성은 얼마든지 있다. 해킹으로 인해 전산시스템이 마비되고, 금융거래 질서가 어지러워질 수 있다. 이것이 대규모로 일어날 때는 엄청난 혼란이 발생할 것이다.

따라서 이러한 문제들을 어떻게 통제할 것인가가 앞으로 굉장히 중요한 과제라 할 수 있다. 기술과 돈이 끊임없이 영향력을 미치는 것은 당연하지만, 그러한 영향력이 지나치게 커져 행정과 정책의 본질을 위협하는 것이 문제다.

여민동락의 마음으로

지자체 행정을 책임지게 됐을 때, 미래 발전 정책을 연구하고 고심한 끝에 '어메니티 서천'을 표방하자 어메니티라는 단어가 어렵다, 영어를 왜 쓰느냐 등 논란이 한동안 있었다. 어메니티의 뜻은 사랑스러움, 쾌적함, 풍요로움, 친절함 등 70여 가지나 된다. 알맞은 우리말을 찾아보려 많이 애썼지만 딱 한 단어로 표현하기가 어려웠다. 어메니티는 유엔이 정한 개념으로, 인간이 살아가는 데 필요한 종합적인 쾌적함, 인간이 살아가기에 가장 좋은 쾌적함이라고 풀이할 수 있다.

나는 연구팀과 함께 서천의 '경제사회발전 5개년계획'을 짜고 100가지가 넘는 과제들을 만들어냈다. 그 과정에서 서천의 종합적인 비전을 한마디로 압축해서 표현할 수 있는 슬로건을 찾았다. 여러 가지 안 중에서 '어메니티 서천'을 택했던 것은 당시 서천이 새로운 변화를 요구하고 있고, 그런 민심을 반영하는 문구여야 한다는 생각 때문이었다. 민주당

내가 변한 만큼 세상이 변한다

이 별로 인기가 없던 서천에서 젊은 사람을 군수로 뽑아 줄 정도로 군민들은 신선하게 바뀌기를 원했다.

당시 서천은 장항산업단지만 되면 서천이 확 바뀔 것이라는 기대감 속에서 13년이나 계속 참으면서 견뎌 왔다. 그러나 그토록 오래 목매달고 기다려 온 결과는 이렇다 하게 되는 것도 없고 안 되는 것도 없는 모호한 정체 속에 빠져 있었다. 장항산업단지 계획이 지지부진해짐에 따라 다른 백제권 개발계획, 내포문화권 개발계획에서도 제외되는 현실을 보고 우리 서천군민들은 폭발하기 직전이었다.

따라서 획기적인 돌파구를 마련하지 않으면 나에게 기회를 준 군민들 열망에 부응하지 못할 수 있었다. 이런 막중한 책임감 아래 '서천 경제사회발전 5개년계획'이 삼성경제연구소와의 공동 연구로 나왔던 것이다.

그때 우리들이 종합적으로 검토해서 찾은 것은 서천의 장점이었다. 서천은 바다도 있고, 금강도 있고, 들과 산도 있다. 다 갖추고 있지만 결정적으로 특별하게 내세울 수 있는 핵심 자원을 고르기가 어렵다. 그렇다면 분산된 자원들을 어떻게 종합할 것인가, 그리고 시너지를 낼 것인가가 중요했다. 많은 고민과 토론 끝에 우리의 장점은 오히려 우리가 낙후된 상태로 있다는 사실이 아닐까 생각해 보았다. 단점을 장점으로 바꿔 보자는 착상, 즉 역발상이었다.

참여정부의 중요한 명제 중 하나는 '21세기 지속가능한 발전'이었다. 당시 세계적으로도 지속가능한 발전이라는 화두가 유행하고 있었기 때문에 많은 사람들이 그 부분에 공감했다.

한편 환경의 중요성을 인정하면서도 발전을 무시해서는 안 된다는

2008년 2월 제7회 세계 습지의 날 행사가 서천에서 열렸다. 아래는 서천 어메니티 복지마을 개관식.

경계의 목소리도 많았다. 특히 지역에서는 반대하는 여론도 있었다. "환경보다도 발전이 중요하지 않냐. 지금 우리가 찬밥 더운밥 가릴 때인가. 인구 늘리고 경제 활성화시킬 수 있다면 어떤 기업체라도 끌고 와야 한다. 난개발 무서워해서 무슨 일을 하나?"

그러나 내 생각은 조금 달랐다. 우리가 기업체를 유치하고 싶다고 해도 그리 만만한 일이 아니고, 또 유치하더라도 제대로 된 기업을 해야지 부실기업은 나중에 오히려 부담이 될 수 있었다. 그런 점에서 기업에 필요한 인력과 그들의 주거 환경이 갖춰져야 하고, 적정한 비용의 부지도 공급해야 했으므로 개별 입지보다는 집단 입지를 하는 게 바람직했다. 따라서 아직 유효한 기존의 장항산업단지 정책을 우리의 주요 과제로 추진하는 것이 좋다고 생각했다.

다만 서천의 나머지 지역이 낙후됐는데, 이는 역으로 말하면 자연환경이 잘 보존되어 있다는 뜻이기 때문에 이를 잘만 활용하면 새로운 가치를 창조할 수 있었다. 과거에는 농촌이 중소도시가 되고 중소도시가 대도시가 되는 단선적 도시화가 그 지역의 발전인 양 인식되었지만, 21세기 지역발전 모델은 그렇지 않을 것이다. 이제는 다양한 지역공동체의 가치가 존재해야 하고 그런 다양성은 대한민국을 더 의미 있게 할 것이다.

그런 점에서 우리가 중소도시나 대도시를 따라가서는 절대 그들을 앞지를 수 없다. 우리가 가지고 있는 자원을 특화해서 서천만의 독창적인 발전을 추구하는 것이 중장기적으로 더 큰 의미가 있을 것이다.

이러한 판단 아래 어메니티 개념을 과감하게 도입하여, 우리의 환경을 보존하면서 동시에 지역 개발을 조화롭게 추진하겠다는 뜻을 담은

'어메니티 서천'을 미래 전략으로 정했던 것이다.

시골에서도 환경의 중요성에 대해 많은 분들이 공감하고 있었기 때문에 처음에는 '어메니티'라는 단어를 어색해하고 낯설어했지만 계속 홍보하고 목표의식을 확고하게 세우고 추진해 나가자, 어메니티의 뜻을 완전히 이해하지는 못하지만 상당부분 어메니티에 대한 인식을 가지기 시작했다.

참여정부도 '지속가능발전위원회'를 만들어 이러한 가치와 전략을 실현해 나가고 있었다. 나는 그 시절 농촌진흥청 석·박사 수백 명을 대상으로 강의를 두 차례 했다. 그 정도로 '어메니티 서천'은 참여정부에서도 아주 각광받은 정책이었다. 중앙정부에서 높이 평가하고 적극 지원한 정책으로, 나중에는 농촌진흥청에서 어메니티 관련 사업들을 실제로 시행하기도 했다. 그 일환으로 전국적 공모 사업을 실시했는데, 그 혜택을 우리도 본 적이 있다.

우리는 이 정책을 실현하기 위해 꾸준히 노력했다. 그러다가 이명박 정부가 출범했다. 이명박 정부는 토건을 중시해서 처음에는 걱정했는데 이명박 정부조차 정책 목표를 녹색성장이라고 내걸었다. 그러다 보니 우리가 일찍이 '어메니티 서천'을 내세운 것이 선진적인 안목으로 평가받았다. 이것은 또 다른 역설이라 할 수 있다. 토건을 중시하는 이명박 정부도 환경을 무시할 수 없어 녹색성장을 내세우다 보니 오히려 우리 정책을 지지하게 되었던 것이다.

美/感/快/青
어메니티 판교 노인 건강교실

녹색축산사료 채취 현장(위). 아래는 어메니티 판교 노인 건강교실.

나소열의 정치비평

정책은 양면성이 있다. 또 입장에 따라서 달라진다.
나는 농촌에 사는 군수다. 우리 서천군을 대변하는 군수의 입장과
대통령의 입장은 다를 수밖에 없다.

실용정부와 참여정부

나는 4대강 사업에 대해서 처음부터 잘못됐다고 강력히 주장했다. 4대강 사업의 특징 중 하나가 한꺼번에 몰아쳐서 한다는 것인데, 전문가들 사이에서도 이 토목공사가 환경에 끼치는 영향에 대하여 이견이 많았던 상태에서 자칫 확실하지도 않은 일을 일거에 밀어붙였다가 환경에 치명적인 훼손을 가하면 그때는 어쩔 것인가? 한번 훼손되면 돌이키기 어려운 만큼 미래 자원을 정말 소중하게 생각하고, 공사하더라도 충분히 연구하여 시행착오를 막아야 했다.

20조 원이 넘는 막대한 자금을 4대 강에 몽땅 투입한다는 이 정책은 너무나 위험부담이 컸다. 꼭 필요하다면 가장 문제가 되는 강을 선택해서 시범적으로 운영한 다음, 그 결과를 검토하고 문제점을 보완해 가면서 단계적으로 추진하는 것이 적절했다.

특히 내가 지적했던 것은 4대강 사업의 핵심이 빠져 있다는 것이었다.

금강하구역의 효율적 관리를 위한 대토론회.

4대강 사업의 핵심은 수질개선이다. 4대강 사업을 하면서 수변 관광을 활성화시키겠다는 목표를 세웠는데, 그러려면 수질이 2급수는 돼야 한다. 그런데 금강은 이미 3급수도 아니고 4~5급 수준이었다.

따라서 수질개선을 먼저 해야 되는데, 이를 위해서는 금강에 맞는 특수한 방식을 택해야 했다. 나는 금강의 부분적인 해수 유통을 주장했다. 그러면 수질개선에 결정적 기여를 할 수 있다. 2급수, 적어도 3급수를 유지하려면 해수 유통을 하지 않으면 안 된다.

1989년에 축조된 금강하구 둑은 홍수 예방, 농업용수와 공업용수 공급, 전라도와 충청도를 잇는 도로망 확충으로 관광이 활성화되었다는 긍정적인 측면이 있지만, 서천에 치명타를 안겼다는 부정적 측면이 있었다. 둑이 축조되고 금강하구에 토사가 퇴적되면서 그 옛날 번성했던 국제무

역항 장항이 기능을 상실하게 된 것이다. 이로 인해 장항 인구는 3만 5천 명에서 1만 5천 명으로 감소하고, 장항 경제는 침체에 빠졌다. 서천 경제에 장항 항만이 굉장히 중요한 역할을 했는데, 장항항이 침체되다 보니 서천의 활력이 전반적으로 떨어진 것이다.

또한 바닷물과 민물이 만나는 곳에 기수역이 형성되어 장어·참게·우어 등이 많이 산란하고 연안어업이 활성화됐는데 그것도 다 무너지는 바람에 어민들의 수입이 줄어들었다. 또 결정적으로 수질이 나빠지면서 3급수에서 할 수 있는 친환경 농업이 불가능해졌다.

친환경 농업은 세계적 추세로, 앞으로 더 발전할 것이다. 우리도 이 추세에 편승하기 위해서는 수질개선을 해야 하는데, 그러기 위해서는 금강의 부분 해수유통이 필요했다. 이것이 나의 제안이었다. 이것은 우리가 계속 고민을 해왔던 주제라 많은 연구가 축적되어 있었다. 전문가들과의 토론을 통해서도 이 방법이 가장 효과적이라는 결론을 내린 상태였다.

나는 부분 해수 유통이 안 된다면 4대강 사업에 반대하는 입장이었다. 중앙정부에서 국토해양부가 주관하여 해수유통에 반대하는 군산시와 전라북도, 농어촌공사를 비롯해 그것을 역설하고 있는 서천군·충청남도·환경부 등이 서울에 모여 회의를 했다. 결국 우리들의 강력한 주장이 받아들여져 연구 용역을 실시하기로 했다.

종합적인 연구 용역을 실시하게 되었기 때문에, 나는 일단 4대강 사업에 대한 적극적 반대를 유보하고 지켜보기로 했다. 그런데 용역 결과가 나오기도 전에 뭐가 그렇게 급한지 한쪽에서는 벌써 4대강 사업을 추진하고 있었다. 의아하게 생각하고 있는데, 아니나 다를까 용역 결과도

내가 변한 만큼 세상이 변한다

어처구니없었다. 서천군의 입장은 이해하지만 예산도 많이 들고 방법이 만만치 않다, 예산에 비해 실효성이 크지 않은 것 같다는 부정적 결론이 나오면서 부분 해수유통 방식을 더 이상 재고하지 않고 끝내려 했다.

우리는 강력히 반발했다. 지금도 이 문제는 중앙정부·군산시·전라북도와 계속 논쟁 중이다. 물론 우리는 일관된 입장을 견지하고 있다.

지난 대선 전에 우리는 이 부분 해수유통 문제를 관철시키려고 했다. 우리 혼자 하는 것보다는 낙동강과 영산강도 동일한 문제를 안고 있기 때문에 그쪽과 연합해 국회에서 토론회도 가졌다. 서천에서는 국제학술세미나도 열었고, 그 밖에도 다양한 방식으로 계속 중앙정부와 협상을 진행 중이다. 이처럼 4대강 사업과 관련한 문제들은 여전히 결론난 것이 없다. 논쟁은 끝난 것이 아니다.

한 예로 금강 제방을 따라 자전거 도로를 만드는 사업이 있다. 그런데 이 자전거 길을 두고도 중앙정부와 꽤나 오랫동안 옥신각신해야 했다. 중앙정부에서는 자전거 길을 시멘트로 깔자고 했다. 관리하기가 편하다는 것이었다.

그러나 어메니티 개념을 중시하고 있는 나는 "우리 금강에는 신성리 갈대밭이라는 관광지도 있고, 철새 도래지와 금강 조류생태전시관 등 그야말로 명품 관광지가 많은데, 이곳과 시멘트 자전거 길, 심지어 아스팔트 자전거 길을 배치한다는 것은 장기적으로 봐서 서천의 컨셉트와 맞지 않다"며 마사토 길로 하자고 제안했다.

이런 자전거 길은 장단점이 있다. 마사토 자전거 길은 관리하기 어렵다는 지적은 분명히 맞는 말이다. 그러나 왜 자전거 길만 생각하는가?

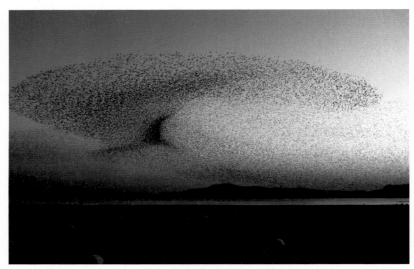

서천은 철새 도래지로도 유명하다. 가장오리 떼의 군무가 장관이다. 아래는 안희정 충남도지사와 신성리 갈대밭을 둘러보고 있는 모습.

금강 제방에서 사람들이 걸을 수도 있고, 맨발로 마라톤도 하고, 자전거도 탈 수가 있다. 왜 꼭 아스팔트를 깔아서 자전거만 다녀야 하는지 알수가 없었다. 많은 사람들이 올레길을 걷듯 산책할 수도 있으려면 흙길이 낫겠다는 생각이었다.

서천에 내려오신 정종환 국토부 장관은 흙길이 관리하기 어렵지 않을까 우려했다. 나는 그 점에는 동의한다고 말씀드렸다.

"그러나 서천은 생태도시의 개념에 맞지 않는 것은 되도록 덜 하고 싶습니다."

"나중에 후회하지 않겠어요?"

"우리들은 정체성을 찾아가고 싶습니다."

"고민을 좀 해봅시다."

정 장관은 고개를 끄덕이며 그렇게 말씀하고 올라가셨다.

그다음 부임한 권도엽 장관도 오셨는데, 서천의 특색을 살려 가고 싶다고 했더니 소신대로 하라며 마사토 길을 승인해 주셨다.

처음에 장관과 자치단체장의 생각이 다르니까 국토관리청 직원들하고 우리 실무자들이 가운데에서 어려움을 많이 겪었다. 그래서 장관이 직접 내려오셨던 것이다.

이 선택은 일장일단이 있었다. 나는 어느 것이 옳다 그르다는 입장이 아니었다. 단지 어떤 장점을 취할 것인가라는 선택의 문제, 서천은 어떤 특색을 갖는 고장이어야 하는가는 정체성의 문제였다. 일방적으로 나만 옳다고 생각하지는 않는다. 나와 마찬가지로 그분들도 똑같은 입장에서 그런 고민을 했을 것이다. 그렇기 때문에 내가 너무 아집을 부린 것은 아니었는지, 늘 되돌아본다. 내가 추진한 정책 중에 잘못된 결정이 또 있을 수 있다. 내가 미처 생각지 못한 부분도 있을 수 있다. 항상 겸허하게 반성한다면 발전이 있을 것으로 생각한다.

장항산업단지와 같은 대안 사업도 결국 군수가 책임질 수밖에 없다. 유지관리도 결국 군수가 해야 한다. 서천에 있는 하천·제방 등 모든 것에 대한 1차 관리 책임이 군수에게 있을 텐데, 늘 책임지겠다는 마음으로 신중하고 겸허한 자세로 정성을 다해서 선택하고 추진해야 한다.

정책은 양면성이 있다. 또 입장에 따라서 달라진다. 나는 농촌에 사는 군수다. 우리 서천군을 대변하는 군수의 입장과 대통령의 입장은 다를 수밖에 없다. 그렇기 때문에 나는 FTA에 반대한다. 지금 농촌은 그렇잖아도 경쟁력이 없고, 인구는 감소하고, 교육·문화 수준이 피폐해서 살기가 어렵다. 대한민국의 경쟁력을 높여 경제를 살리자는 논리지만, 실제 농업은 경쟁력을 높이는 것이 아니라 일방적으로 희생될 것이 뻔하다. 대신 자동차·전자산업의 경쟁력은 강화될지도 모르겠다.

그렇다면 농업이 볼 수밖에 없는 피해를 보상해 주거나 경쟁력을 길러 주어야 하는데, 그러한 구체적인 정책도 없이 FTA를 추진하는 것은 우리로서는 치명적이기 때문에 FTA에 반대할 수밖에 없는 것이다.

물론 대통령은 또 다른 편까지 아울러 전체를 조망해야 하는 입장이므로 이해할 수는 있다. 그럼에도 불구하고 현재의 세계경제 시스템에서 과연 FTA 협약을 어떤 내용으로 끌어내야 우리에게 더 득이 될 수 있을까를 면밀하게 저울질했어야 한다고 본다. 바로 이 점에서 실책이 많았고 구체적인 농업 후속 조치도 충분하지 않았기 때문에 반대했던 것이다.

쌀개방에 반대하고 식량주권을 수호하기 위한 9·10 서천군 농민대회.

이라크 파병 문제도 마찬가지다. 당시 미국이 이라크를 상대로 일으킨 전쟁을 돌이켜보면 근거 없는 정보를 기초로 공격했을 뿐만 아니라, 쓸데없이 엄청난 예산을 낭비했다는 평가를 받고 있는 지금 시점에서 보면 잘못은 더욱 명백하다. 그때에도 과연 그 전쟁에 우리가 개입해야만 하느냐를 놓고 판단했을 때, 나는 분명히 반대였다.

그럼에도 노무현 정부는 비전투병을 파병했다. 그렇다면 노무현 대통령의 고민은 무엇이었을까? 내가 대통령이라면 과연 그것을 거부할 수 있었을까? 나는 노무현 대통령이 자기 한 개인으로서는 절대 파병하고 싶지 않았을 것이라고 믿는다.

그럼에도 어쩔 수 없이 했다면 그 이유는 무엇이었을까? 결국은 국익에 대한 판단이었을 테지만, 우리는 정확한 정보가 없으므로 그것이 대통령의 몫이었던 것만은 분명하다. 만일 내가 대통령이었더라도 미국과의 관계에 대하여 상당히 깊은 고민을 했을 것이다. 비전투원 파병마저도 거부할 만큼 미국과의 관계는 간단치 않다. 거부했을 때 닥칠 여러 가지 불이익을 무시할 수 있을까? 그런 무책임한 만용이 대통령이라는 자리에 허용되는 걸까?

하지만 치명적인 것은 한미FTA나 이라크 파병 등을 통해서 노무현 정부는 자신에게 가장 중요한 기반이 허물어지는 정치적 자해를 감내해야만 했다는 사실이다. 그것이 나는 노무현 대통령의 고뇌였다고 본다.

소위 국가의 이익을 지켜야 하는 대통령 노무현과 자기 정체성과 철학을 담지하고 있는 정치인 노무현 사이에서 판단과 선택의 딜레마를 겪지 않을 수 없었을 것이라는 생각을 한다. 결과적으로 자기 정체성보다 국익 우선으로 가다 보니, 자신의 지지 기반 상당부분을 잃어버리고 오히려 자기를 반대했던 세력의 지원을 얻게 되는 모순이 발생하기도 했다. 여기서 노무현 대통령의 정치적 버팀목들이 심각하게 무너졌다.

남북관계 개선이든, FTA를 통한 선진국 도약이든, 국가경쟁력 확보이든, 정책을 힘있게 추진하기 위해서는 정치적 안정이 무엇보다 중요했다. 노무현 정부 초기의 4대 입법 같은 경우도 대체입법하려고 했다.

그러나 야당의 강력한 반발로 제대로 추진되지 못했다. 정치에서는 실행해 내지 못한 전략은 곧 실패한 전략이 되고, 실패한 전략은 결국 그 전략을 실행해 내지 못한 사람에게 엄청난 타격을 입힌다.

또한 대연정을 너무 쉽게 생각하지 않았는가 하는 아쉬움을 끝내 떨칠

내가 변한 만큼 세상이 변한다

수가 없다. 자충수를 둔 셈이었다. 너무 순진했고 전술적으로도 세련되지 못했다. 덧셈 정치가 더 현실적이었을 수도 있다. 열린우리당 창당을 하면서 기본적으로 구민주당 세력도 제대로 포용하지 못했다.

이런 맥락이라면 김대중 대통령이 훨씬 더 현실적인 측면이 있었다. 새정치국민회의 더하기 자민련 세력으로 일종의 연정을 통해 집권하고, 정국을 끌고 갔다.

그러나 노무현 시대의 열린우리당은 통합보다는 오히려 분열하였다. 물론 해서는 안 될 짓까지 할 정도로 노무현 후보를 흔들었던 후보단일화 세력에 대한 불신은 있었겠지만, 그럼에도 정치적 통합이 필요했다면 아무리 감정적으로는 서운했을지라도 과거 같은 조직에 몸담았던 구민주당 세력을 더욱더 끌어당기고, 보수세력들과 일부 연대해 정국을 돌파하는 전략이 오히려 맞지 않았을까 생각한다.

남북문제

정치적 통합의 가치와 전략을 논하다 보면 궁극적으로 통일 문제를 생각하지 않을 수 없게 된다. 이 시대 대한민국 정치인의 숙명적 과제이기 때문이다.

남북문제는 그 목표에 따라 정책 선택이 달라진다. 정말 통일이 목표라면 모든 국민이 통일이 가능한 방식으로 노력해야 한다. 그러나 통일을 원하지 않는다면 우리들만 잘 먹고 잘 사는 방식으로 가야 한다. 결국 진실성의 문제가 출발점이다.

남북 통일을 진실로 원한다면 우선 통일할 수 있는 조건을 만들어야 한다. 첫째, 북이든 남이든 어느 누구도 일방적으로 군사력을 동원해서 강제로 통일하지 않겠다는 원칙이 서야 한다. 둘째, 적대적 통일을 배제한다는 대전제 아래 상호 접근할 수 있는 기반을 만들어야 한다. 이 두 가지가 통일의 기본 조건이다.

내가 변한 만큼 세상이 변한다

지금 남북 평화통일을 위한 조건을 돌이켜보았을 때 가장 큰 문제는 남과 북의 이질성이다. 이념적으로도, 경제적으로도, 문화적으로도 이질성이 너무 크다. 이것은 통일의 원칙과 기반 모두를 위태롭게 하는 근본적 차이다.

　　따라서 이 차이를 어떻게 하면 줄여 나갈 것인지 방법을 찾아야 한다. 통일의 이득은 남북이 서로 대치한 상황으로 군사력을 증강해서 소모적으로 가는 대신 그 비용을 남북 산업에 투입하고 복지에 투입한다면 긍정적인 효과가 상상할 수 없을 만큼 막대하리라는 것이 거의 모든 전문가들의 공통된 예측이다.

　　남북을 합하면 인구도 8천만 가까이 되고, 여러 가지 상호 보완적인 장점을 누릴 수 있다. 북한의 저렴한 인건비와 양질의 노동력, 풍부한 천연자원, 남한의 최첨단 기술과 세계 10대 교역국으로서 쌓아온 산업 노하우, 평화 한반도가 갖는 지정학적 특징, 평화통일이 인류에게 선물할 수 있는 역사적 가치, 이러한 요소들이 결합한다면 그야말로 엄청난 시너지 효과를 낼 수 있다. 요컨대 서로에 대한 이념적 적대감을 줄이고, 남북 공히 번영·상생하는 방식을 택해야 한다. 이 방식을 이행하기 위한 실천 방안은 이미 서 있다.

　　개성공단과 같은 상호 협력 투자를 통해서 우리 기업들도 이득을 얻고 북한도 이를 통해 경제성장을 해야 한다. 이런 시스템을 다양하게 안착시키다 보면 교류가 활발해지면서 자연스럽게 북한 체제가 남한의 자유시장경제 체제와 섞이고, 북한 사람들의 인식도 바뀔 것이다. 북한도 경제적으로 성장하면 자신감도 갖게 될 것이다.

지금처럼 평화통일의 원칙과 조건이 흔들리고 있는 상황이라면 이런 청사진을 실현할 수 없다. 북한이 핵과 미사일로 긴장을 고조시키는 것은 미국과의 직접 협상을 통해 체제 안정을 보장받고 경제적 지원을 받아냄으로써 북한에 대한 봉쇄정책을 돌파하겠다는 벼랑 끝 전술로 이해해야 한다.

그런데도 우리가 평화통일 원칙까지 흔들어 가면서 북한을 몰아붙이면 그들로서는 선택권이 사라지고 만다. 어쩔 수 없이 마지막 대항 수단밖에 남지 않게 된다. 북한을 고립시키거나 봉쇄하는 것만이 능사가 아니다. 일거에 쓸어 버린다는 소위 전쟁론은 통일 조건에도 반할 뿐만 아니라 한반도에 치명적이다. 한민족만 피해를 입는다. 미국과 일본은 특수를 누릴 것이고 중국과 소련도 이렇다 할 피해가 별로 없겠지만, 한반도는 영토 대비 화약고 규모를 감안하면 거의 재기불능의 쑥대밭이 될 것이 명약관화하다.

이명박 정부 들어와서 외교·안보·통일 분야의 가장 큰 문제점은 북한을 굴복시켜 개방하지 않을 수 없도록 하자는 원칙을 세웠다는 것이다. 이것도 원칙이라면 원칙이라고 할 수 있을지도 모른다. 그러나 이것은 지혜롭지 못한 원칙이었다.

이명박 정부는 어려움에 처한 북한이 남한의 지원을 받기 위해 애걸복걸하는 모습을 보일 정도로 자존심도 다 팽개치기를 원했던 것 같다. 마치 재벌과 하청업체 사이에 요즘 유행하는 말로 소위 '갑을 관계'처럼 말이다. 나는 이런 사고방식은 판단 착오라고 본다. 그래도 하나의 국가를 이루고 있는 정권의 자존심, 나름의 정체성을 유지하기 위한 마지막

내가 변한 만큼 세상이 변한다

보루를 너무 과소평가한 것이다. 북한을 하나의 정부로 인정한다면 그들의 정체성과 자존심을 인정하면서 한민족 통일을 위한 조건에 맞는 정책들을 좀 더 적극적으로 개발할 필요가 있다.

나는 우리가 선택 카드를 정확하게 인식하는 것이 중요하다고 본다. 북한 정권이 무너졌을 때를 대비해 흡수통일을 준비해야 한다고 주장하는 사람들이 꽤 있었다. 나는 이런 분들의 인식이 너무 안일하고 실제로 실천도 못할 일에 환상을 가졌던 것이 아닌가 의아하다.

만약 북한 정권이 무너진다면 인구 2500만의 북한 사람들을 받아들여 같이 살기를 원할 국민들은 그렇게 많지 않다고 본다. 북한 붕괴에 의한 흡수통일은 남한 경제도 폭삭 주저앉힐지도 모른다는 두려움과 북한의 이질적인 생각들을 조금도 거르지 않고 받아들였을 때 이 사회에 나타날 불안감·이질감·적대감 등을 감당할 수 없는 상황이 될 것이다. 현재 우리 국민이 이 같은 상황을 수용할 만한 포용력과 자신감이 있느냐에 대해서 나는 회의적이다. 현실이 이러할진대 북한 정권이 무너지면 흡수통일한다는 주장은 실체도 없고 현실성도 없는 선전용일 뿐이다. 이처럼 덜 숙성된 견해에 대해서 매우 우려하고 있다.

오히려 북한이 무너질 경우 가장 심각한 문제는 중국의 북한 흡수 가능성이다. 중국은 일찍이 고구려 역사를 자기네 것으로 만들기 위한 동북공정을 치밀하게 준비해 왔다. 중국은 다방면에서 북한을 포용할 만한 규모를 갖추고 있지만 우리나라는 아직 그만한 힘과 여유를 갖고 있지 못하다. 자칫 북한 정권이 무너진다면 중국으로 편입되거나 친중국 정권이 들어설 위험이 도사리고 있다.

따라서 통일을 위해서는 북한 경제력을 어느 정도 높이고 상호 교류를 통해 이질감을 최대한 극복하는 것이 우선이다. 지금 중국 정도의 수준만 되어도 남북한 통일에 대해서 진진하게 고민해 볼 수 있을 것이다.

　현실적인 접근 전략도 중요하다. 그리고 우리의 목표가 무엇인지에 대해서 솔직하게 합의하고, 북한과의 교류 협력이 일방적인 퍼주기가 아니라 장기적으로 통일을 준비하기 위한 투자라는 인식을 다시 한 번 확고히 할 필요가 있다.

내가 변한 만큼 세상이 변한다

진보와 보수

요즘 인터넷 공간 댓글들을 보면 좌빨 · 수구꼴통 따위의 자극적인 말들이 난무하고 있다. 사상의 문제에 대해서, 특히 남북 문제와 관련해서는 자칫 잘못하면 객관적으로 균형 잡힌 말을 할 수 없는 분위기로 몰아가는 일들이 많다.

그래서 이야기를 하다가, 특히 단체장으로서 두려울 때도 있다. 시골에서 살다 보면 그러한 맹목적 갈등이 존재한다는 것을 확인하곤 한다.

한번은 이런 일이 있었다. 행사장에 나가 연설을 하려는데, 앞선 순서로 소위 재향군인회 대전·충남 회장 한 분이 공식 행사 자리에서 일갈하고 나섰다.

"우리는 이제껏 민주당 좌파 정권 10년을 겪었소!"

나는 의아했다. 공식 행사장에서 저런 말을 해도 되는 것일까? 과연 민주당을 좌파로 부를 수 있을까? 순서가 되었을 때, 나는 한마디 해줬다.

2004년 9월 '핵 없는 세상'을 외치며 군산 핵폐기장 유치에 반대하며 집회하고 있다.

"저도 민주당 출신인데, 민주당이 무슨 좌파입니까? 공식적인 자리에서 어떻게 그런 말씀을 하실 수 있습니까?"

과연 민주당이 좌파면 김대중·노무현 정권이 좌파 정권이었다는 주장일까? 그렇다면 우리나라가 좌파 국가, 그들이 소위 빨갱이라고 하는 그런 빨갱이 국가가 됐던 적이 있었던가? 자신들의 모임에서야 그런 표현을 쓴다 해도 공개적인 자리에서, 더군다나 민주당 자치단체장이 있는 자리에서 그렇게 얘기하는 것은 예의를 논하기 전에 정말 황당한 일이었다.

우리 사회는 편견에 사로잡혀 사람들을 그 안에 가두고 실체를 제대로 보지 못하게 하는 일이 너무 많다. 좌우 사상 자체가 나쁜 것이 아니라 그 속에 어떤 속성이나 요소에 문제가 있어서 그것이 나쁜 영향을 끼칠 수는 있을 것이다. 모든 사람이 장단점을 다 갖고 있듯이 이념과 체제도 일장일단이 있다.

오히려 '지금 우리나라의 시대적·지정학적 의미는 어떠하고, 어떤 체제가 그 의미에 더 부합하겠는가?' 이런 고민들을 하는 것이 중요하다. 절대선이니 절대악이니 하는 것은 끊임없이 변화하는 시대에는 결코 맞지 않는 경직된 논리다.

나는 정치학을 연구한 만큼 우리 동시대 역사를 분석할 수 있다. 정직한 시각으로 봐서 남북한을 비교하면 1970년대 초까지는 북한 시스템이 우월한 측면이 있었다. 특히 경제적 문제를 무시할 수 없다. 그런데 1970년대 초를 지나면서 경제가 역전되기 시작했다. 강한 통제 속에서도 남한은 경제성장을 계속했고, 국민들은 차츰 여유를 갖기 시작했다. 이것은 당시 통계에도 반영되어 있다. 북한 시스템은 더욱 경직되어

갔지만 우리는 달랐다.

지금은 경제적으로도 남한이 비교할 수 없을 만큼 발전했고, 자유와 민주주의 가치를 강조하는 측면에서도 시스템의 우열을 논할 필요가 없을 만큼 승부가 이미 갈렸다. 1970년대 초반까지만 해도 북한은 자기 정권의 정통성과 경제발전을 자랑할 수 있었겠지만, 지금은 국민의 풍요와 자유를 보장한다는 기본적인 정치 역량에서 실패했음이 드러났다.

이렇듯 권력의 정당성이나 정통성도 결국은 변화한다. 한번 앞섰으니 변함없이 영구히 앞선 절대권력이 된다는 것은 환상이다. 이런 논리는 맞지 않다. 진화할 수도 있고 퇴보할 수도 있다는 자각이야말로 그 공동체가 생존하기 위한 가장 기본적인 태도다. 한 시대의 민중을 경제적으로나 정신적으로 풍요롭게 해줄 수 없다면 그 시스템은 뭔가 문제가 있는 것이다.

그런 관점에서 '사회주의 체제가 좋은가, 자유민주주의 체제가 좋은가?'라는 극단의 이분법보다는 진짜 이 시대의 문제가 무엇이고 그 문제를 해결해 줄 수 있는 방안이 무엇인지에 대해서 자유롭게 선택하고 합의를 도출해 낼 수 있는 과정과 시스템이 중요하다고 하겠다.

경제 민주주의를 받아들였다 해서 우리나라가 갑자기 사회민주주의 체제가 되는 것도 아니다. 공산주의 체제가 되는 건 더더욱 아니다. 지금 중국이 자본주의 경제 시스템을 도입했다고 해서 자유민주주의 체제라고 볼 사람이 과연 몇 명이나 될 것인가.

그러나 지금 중국은 자본주의 시스템을 도입해서 경제성장을 이루었고, 그것이 사회주의 정치제제를 강화시키는 데 굉장히 큰 역할을 한

내가 변한 만큼 세상이 변한다

것은 사실이다. 물론 지금의 중국이 사회주의 체제라고 하지만 그것이 진정 사회주의 체제인지 자본주의 체제인지 헷갈릴 정도로 너무나 많이 변했다.

나는 북한에도 결국 이런 변화가 오도록 유도해야 한다고 믿는다. 그리하여 마침내 북한이 경제성장을 이루고 남한과 자유롭게 왕래하고 교류할 때, 오랜 세월 우리가 혐오하고 두려워했던 공산주의 독재 체제로 남아 있을 수는 도저히 없을 것이라고 생각한다.

이처럼 자명한 이치에도 불구하고 지금 현실은 어떤가?

일부 보수주의자들은 북한 체제가 무너지면 흡수통일해야 한다면서도 막상 탈북자 몇십만 명, 아니 몇만 명만 남쪽으로 내려오더라도 도저히 감당할 수 없어 나라가 뒤집힐 것이라고 생각한다. 불편한 진실이 아닐 수 없다.

따라서 이런 이중적 태도보다는 차라리 경제 지원을 통해 북한 체제에 자본주의 시스템을 결합시키고 경제성장과 자유로운 교류, 개방을 유도함으로써 사상적으로도 우리와 근접하게 만들어 자연스럽게 한민족의 동질감을 회복하고 새로운 공동체를 합의해 내면서 통일로 가는 것이 좋지 않을까.

일부의 주장대로 이러한 방법이 그저 퍼주기라면, 지금처럼 도저히 합의할 수 없는 시스템과 이질적인 이념 체계를 신봉하고 있는 남북한을 도대체 어떤 방법으로 통일하겠다고 장담하는 건지 이해할 수 없다. 솔직히 말하면 이것은 통일을 준비하겠다는 것이 아니라 반통일을 지속하겠다는 속내에 다름 아니다.

만약 북한 정권이 이 상태로 무너진다면, 남한에까지 그 파국의 해일이 덮칠지도 모른다. 이에 휩쓸리지 않고 파국을 피할 수 있는 길은 북한이 고스란히 중국에 흡수 병합되거나 북한이 있던 자리에 친중 괴뢰정권이 들어서는 두 가지 길밖에 없다.

이렇게 된다면 우리 민족으로서는 크나큰 좌절이고 손실이다. 반통일을 지속하겠다는 것이야말로 북한과 우리가 함께 한민족 통일 국가로 나아가자는 시대적 과업을 파기하고, 오히려 북한을 중국과 가까워지게 함으로써 만주는 물론 북한 강역마저 흡수하려는 중국의 동북공정에 보탬을 주는 발상이다.

따라서 통일에 대해서도 국민의 뜻을 한데로 모으기 위해서는 정직한 여론 수렴이 필요하다. 하지만 최근 일부 언론을 제외한 대부분의 방송, 특히 공중파 방송과 종편 채널은 일방적으로 여당 쪽 보수층의 목소리를 내보내고 있다. 이것을 개선해서 공정하고 균형 잡힌 담론을 형성하지 않는다면 우리에게 밝은 미래는 없다.

하지만 현실적으로 공중파 방송의 경우, 공영방송이라고는 하지만 정부의 눈치를 보지 않을 수 없고, 일반 종편 채널과 민영 방송은 광고주나 경영진의 요구로부터 완전히 독립된 시각을 갖기가 쉽지 않다.

오늘날의 방송 불균형, 언론 불균형은 몹시 우려되는 지경에 와 있다. 최근 대안 매체로 SNS 등이 등장하며 방송의 위력이 줄어들었다고는 하지만, 아직도 신문이나 방송의 영향력은 막대하기 때문에 균형 있는 보도를 하고 그 이면을 파헤쳐 진실을 알 수 있는 심층 보도들이 절실히 요구된다.

내 가 변 한 만 큼 세 상 이 변 한 다

물론 언론이 막무가내로 나갈 수만은 없을 것이다. 편향성이 도를 넘으면 강력한 반작용을 불러올 수 있고, 일방의 영향력이라는 것도 분명 한계가 있을 수밖에 없다. 자유민주주의 체제를 놀랍도록 끈기 있게 추구해 온 우리로서는 이러한 도전을 어떻게 극복하느냐가 과제로 놓여 있다.

지난 대선에서도 이 문제가 극명하게 드러난 사건이 있었다. 국가정보원이 여론 조작에 관여했다는 첩보를 놓고 야당과 여당이 격렬하게 공방을 벌였지만, 사실 관계를 파헤치려는 어떤 합리적 방식도 찾아볼 수 없었다는 점에 주목해야 한다. 시대에 역행하는 행태가 아닐 수 없다.

이것은 선거관리를 책임지고 있던 이명박 정권에 문제가 있다고 볼 수밖에 없다. 진실을 파헤치는 것 자체는 사실적으로 접근할 수 있도록 해 줘야 한다. 철두철미 진실을 파악한 다음, 밝혀진 사실에 따라 법적·정치적 판단을 하면 되는 것이다.

그런데도 사실 관계를 명백히 밝히는 것조차 못하게 한다면, 이것은 불평등하고 편향적일 뿐만 아니라 그런 금기 자체가 이미 정치적으로 계산된 것이다.

정치적 판단이나 가치 판단은 따로 할 수 있지만, 그 이전에 문제를 밝히는 것조차 정치적으로 해야 된다, 해서는 안 된다고 강압하는 것은 시민사회의 기본을 흔드는 중대한 반칙이 아닐 수 없다.

이런 현상 이면에는 우리 사회에 뿌리 깊은 이중성이 도사리고 있다. 특히 정치인들은 이중 잣대를 가지고 있다. 보수적 정치인들뿐만 아니라 그들을 지원하는 보수 언론 또한 이 이중 잣대를 능수능란하게 사용한다. 이 잣대에 따르면 민주당 의원들이나 민주당 출신 공직자들에게 적용하는 기준과 새누리당 의원이나 그 당 출신에게 적용하는 기준이 다르다.

민주당도 여당이었을 때와 야당일 때 태도가 다른 측면이 있긴 하다. 그러나 오늘날의 여당인 새누리당은 그 다름의 진폭이 지나치게 크다. 국민들도 이런 일이 반복되면 뻔한 일을 두고도 헷갈리게 된다.

소위 개혁을 하려는 진보적 정치인들은 조금만 잘못해도 준엄하게 비판받고 매도당하는 반면, 보수주의자를 자처하는 지금의 여당 사람들이 동일한 잘못을 하면 상대적으로 너그럽다. '그 사람들은 원래 그런 것들에 대해 별로 개혁하려고 시도하지 않았다. 그러니 그들에게 굳이 책임을 물을 이유가 무엇인가?' 이런 식이다.

이들이 착각하고 있는 것은 기준이 상대적일 수 있다는 생각이다. 그러나 기준은 동일해야 한다. 그리고 객관적이어야 한다.

개혁적인 사람들의 기준은 이제 얼마만큼 높아졌다고 할 수 있다. 부패 문제도 그렇고, 민주 가치의 실현도 그렇고, 제도 혁신 의지 또한 그렇다. 하지만 보수적인 사람들의 기준은 다르다. 그들의 부패 기준이 다를 뿐만 아니라, 그 기준이 믿을 수 없을 만큼 저열하다. '좀 썩었다고 대수냐? 잘 굴러가면 그만이지.' 이런 식이라면 진보주의자와 보수주의자의 부패에 관한 기준은 운니지차雲泥之差 : 구름과 진흙의 차이라는 뜻으로, 서로의 차이가 매우 심함라 할 것이다. 대한민국이라는 하나의 공동체에서 이런 일들이 버젓이 벌어지고 있다.

재판을 할 때 하나의 동일한 기준을 가지고 재판을 해야 하는데, 한 부류는 자신들만의 기준을 가지고 재판을 한다. 다른 부류는 또 그들만의 준거를 가지고 있다. 그렇게 되면 난센스다. 결국 재판이 이루어질 수

내가 변한 만큼 세상이 변한다

없다.

대체로 개혁적인 사람들은 상대적으로 덜 개혁적인 사람보다 더 개혁적이고 싶어한다. 말하자면 기준이 더 엄격한데, 그 기준에 대한 적용을 오직 개혁적인 사람들에게만 적용하라는 요구다. '너희들이 만든 기준이니 너희만 써라. 그것은 너희 책임이지 우리와는 무관하다'는 것이다.

재판의 기준을 적용하는 것은 판사다. 그런데 판사가 재판을 받는 사람이 제시하는 기준에 맞춰서 재판을 해도 될까? 그런 식으로 편의를 봐주는 판사는 자격이 없는 것 아닌가.

그럼에도 그런 일들이 재판정에서 실제 벌어지고 있다. 재벌을 재판할 때는 재벌 기준에 맞춰 하고, 일반 서민을 재판할 때는 서민 기준에 맞춰 재판한다. 개혁적인 사람들을 재판할 때는 그들이 내세우는 기준에 따라 재판하고, 보수적인 사람들을 재판할 때는 그들이 내세우는 기준을 존중한다. '무전유죄 유전무죄'라는 말이 왜 나오게 된 것일까. 현재 우리 사회에서 이러한 일들이 수시로 벌어지고 있기 때문이다.

'너는 네 입으로 고도의 양심적인 네 기준을 적용하겠다고 약속했으니까 그 기준에 따라 평가받고 비판받아야 된다. 네 말에 대해서 책임을 져야 한다. 하지만 나는 원래 도둑놈 심보였고, 그런 입장을 견지하고 있었으므로 조금 염치없는 짓을 한다고 해도 전혀 죄가 되지 않는다.'

정말 황당한 논리가 아닐 수 없다. 도둑이 자기 사는 식으로 심판 받겠다면, 또 그렇게 양해해 줘야 한다면 그 사회는 어떤 사회인가? 정상적인 시민사회라 할 수 있는가? 그저 혼란 그 자체가 아닌가.

스포츠에서조차 어떤 경기를 늘 동일한 기준에서 평가하기가 쉬운 일이 아니다. 하지만 심판이 선수들의 행동을 동일한 기준에서 판단해야지, 선수들 각자 기준에 맞게 따로따로 적용하는 것은 결코 공정한 심판이 아니다. 자의적인 심판일 뿐이다.

아무리 언론이 왜곡하더라도 사회문제를 정확히 성찰·분석하고 그것을 해결할 수 있는 대안을 제시함으로써 사람들을 모으고 설득해야 한다. 이것이 정도正道다.

그런데 지금은 야당이든 여타 신흥 세력이든 확고한 원칙을 가지고 함께 연합해서 나가지 못하고 있다. 그도 안 된다면 각자 설득력 있는 대안을 가지고 국민들을 지속적으로 설득해야 하는데, 민주당은 민주당대로 갈팡질팡하는 모습을 보이고 있다. 나아가 당내의 다양한 세력들이 서로 모순에 찬 목소리를 내면서 민주당의 뜻과 정책에 혼란을 야기하고 있다. 이것은 물론 상대의 강한 공격에 적절하게 대응하지 못했기 때문에 겪는 현상이기도 하다.

하지만 그걸 극복해 낼 수 있는 내재적 힘을 만들어내지 못하면 언제까지고 이길 수 없다. 이것은 정당에 부과되는 당위다. 때때로 이건 좀 지나치다, 반칙이 아니냐고 느낄 만한 공격이 들어온다고 해도 오히려 상대 당의 문제가 무엇인지 정당하게 지적해 주면서 우리 당의 내적 문제를 해결해 가야 한다. 가령 야당 내 분열이라든가 여당의 공격으로 논리가 왔다 갔다 한다면 야당을 지지하려던 일반 국민들은 더 믿지 못하게 된다.

일관성을 가지고 지속적으로 여당의 잘못된 점을 비판함으로써 국민이 문제를 인식하도록 만들어야 동지가 되어 그 잘못을 공격해 주는데 야당이 갈피를 잡지 못하면 동지가 되었던 분들조차 '저들은 도대체 뭐

 내가 변한 만큼 세상이 변한다

하는 것인가?' 하면서 힘을 실어 주지 못한다. 여당에 대해 뭔가 미심쩍어하면서도 야당도 다르지 않다고 보아 방관하거나 양비론 쪽으로 가게 된다.

또한 치열하게 논쟁하는 것은 괜찮지만 그 과정이 제대로 정리되지 않아 결론이 수시로 바뀌는 것으로 비춰져 이 사람 얘기 다르고 저 사람 얘기 다른 것 같다고 느끼면 국민들은 신뢰하지 못한다. 결론이 났으면 현실 정책이 많은 사람들에게 공감을 줄 수 있어야 한다. 이것이 중요하다. 공감은 힘을 주고, 그 힘으로 정책은 더 큰 의미를 갖게 되기 때문이다.

소신 있게 실천하지 못하면 상대로부터 공격이 들어온다. 설령 정책 수정이 다소 불가피하더라도 대다수 사람들에게 보탬이 된다고 국민들이 생각하면, 우리에게 가해지는 공격은 오히려 도움이 된다.

어떤 정책이 상대방의 흑색선전이나 비판의 영향을 받는가, 그렇지 않은가는 정책의 적실성 문제가 크다. 옳은 일이라고 생각되면 흑색선전의 영향력도 한계가 있다. 그것이 통하지 않을 때 이를 공격에 이용하는 쪽은 자신들의 신뢰성에 치명타를 입을 수 있기 때문에 치밀하게 공격 논리를 다시 세울 수밖에 없다. 따라서 서로의 수 싸움은 민심을 사이에 두고 정책과 비판과 대안으로 격돌하는 것이다.

이것은 일종의 게임이다. 공정한 규칙으로 돌아가는 시스템이 되어야 한다. 나는 이것이 게임이라고 해서 사람들이 언제나 자신의 이기심만을 충족하기 위해 뭉치진 않는다고 믿는다. 우리가 진실한 대안 정책을 만들어내고 민심을 얻어 간다면 국민들도 우리에게 분명 기회를 줄 것이다. 역사라는 것이 이러한 싸움의 연속이었고, 치열한 여러 논리들의 정책 투쟁이 결국 정치가 아니겠는가?

보수주의 논리라고 해서 100퍼센트 나쁘거나 좋을 수 없듯이 진보적인 논리도 그렇다. 둘 다 나름의 일리가 있는데 어느 것이 더 현실성이 뛰어난가, 더 지지를 받는가가 중요하다.

특히 정치적 입장을 두고 우리 사회가 버리지 못하고 있는 구태의연한 일도양단식 사고방식을 극복해야 한다. 이런 비판과 모색이 다양하고 깊이 있게 사회 각 분야에서 진행되어야만 지금 우리나라의 진보와 보수 양측이 보여주는 악순환의 비효율 구도를 선순환하는 시스템으로 만들어 나갈 수 있다. 이것은 우리 정치를 더욱 효율적이고 역동적인 과정으로 만들어 나가기 위해서 반드시 필요한 과제다.

나아가 앞날의 사회 시스템을 구상해 본다면, 나는 민주당이 사회민주주의적 정당을 지향해야 한다는 입장이다. 그리고 거기에 리버럴리스트들이 일부 합류해야 한다고 본다.

그렇다면 새누리당은 과연 어떤 정체성을 가져야 할까? 새누리당의 지금 성격은 극우적 색채에 보수 성향이 결합해 있다. 그들은 건강한 보수, 중도보수라는 말도 하지만 과연 남북이 분단되어 있는 현실에서 새누리당이 진정한 리버럴 정당이 될 수 있을까 좀 의문스럽다. 그쪽으로 강화할 가능성은 있을지도 모른다.

하지만 민주당은 리버럴리스트들을 좀 받아들이면서 사회민주적 기조로 남북한 통일에 대비한 정치 이데올로기와 정책들을 만들어내는 중심 세력이 되어야 한다. 남북한 통일 모델이 과연 어떤 것이어야 하는가를 고민해 보면 사민주의 모델이 가장 합리적인 대안이라고 생각한다.

내가 변한 만큼 세상이 변한다

이것을 좌파라고 할 수는 없다. 우리가 말하는 좌파와 서구에서 말하는 좌파는 전혀 다르다. 그러나 사민주의 좌파라면 일부 편견을 가진 사람들이 또 빨갱이 운운할지도 모르니 참 문제이긴 하다. 이런 편견은 대안을 모색하려는 진지한 노력마저 위축시킬 수 있고, 잘못하다가는 문화 파시즘적 태도가 횡행하게 만들 수도 있다.

소위 똘레랑스가 전혀 없는 이런 일방주의적 풍조를 만연시킨 데는 지난 5년간 이명박 정부의 공이 지대하다. 또한 '돈이 최고다'라는 의식을 키운 공도 비판받아야만 한다. 삶의 가치가 오직 돈인 것처럼 생각할 만큼 사람들 의식이 둔해진 것이다. 이명박 정부 최대 해악은 이것이다. 돈을 벌기 위해서는 수단과 방법을 가리지 않는다. 굳이 이름을 붙이자면 그는 시대에 맞지 않는 중상주의적 정책자였다. 하지만 정치나 행정은 분명 돈 이상의 가치가 있는 것이다.

사람들은 이런 태도에 신물을 냈지만 결국 정권이 안 바뀌었다는 사실은 또 한 번 우리 사회의 이중적인 모습을 그대로 보여준 것이라 할 수 있다.

네가 필요한 곳에
너를 던져라

언젠가 감사원에서 "가장 나쁜 공무원은 돈도 안 받고
일도 하지 않는 공무원"이라고 한 적이 있다. 그런 사람들이
돈 받고 일 해주는 사람보다 더 나쁘다는 말이었다.

2006년 지방선거

참여정부의 공적이라면 권력 분립과 깨끗한 정치를 실현하면서 괄목할 정도로 민주화를 진전시켰다는 점이다. 언론·정보기관·검찰 등 사정기관을 모두 제자리로 돌려놓았다. 정치도 제왕적 대통령 시절에서 벗어나 정국 불안정이라는 대가를 지불하면서까지 여의도가 대통령의 영향권에서 벗어나도록 만들었다. 정치 민주주의의 교과서처럼 운영된 권력이었지만 역설적으로 이렇게 정상화된 권력은 정국 운영의 주도권을 상실할 지경으로 치달았다. 민주주의라는 것이 견제와 균형 원리의 묘를 찾아가는 것인데, 우리가 과거에 워낙 권위주의 통치에 익숙해져 있었기 때문일 것이다.

2006년 지방선거는 전국적으로 여당인 열린우리당의 참패였다. 한미FTA와 이라크 파병 문제로 지지층 이반이 시작되더니 부동산 가격 폭등, 정국불안, 언론의 지속적인 공격 등이 그 원인이었다.

내가 변한 만큼 세상이 변한다

여당이 이렇듯 몰리고 있었지만 세 명의 후보가 격돌한 서천에서는 내가 거의 더블 스코어 차이로 재선에 성공했다. 득표율은 50% 정도로 안정적이었다. 조금 색다른 일은 내가 도청으로 보냈던 기획감사실장이 도의 공보관을 하고 있었는데, 그가 한나라당으로 출마한 것이다. 나는 그분이 다음에 부군수로 와서 우리 지역에서 다른 역할을 맡아 주길 바랐는데, 그때 어떤 일이 있었는지는 모르지만 아무튼 야당 후보로 나왔다.

2002년 첫 번째 선거에서는 사실 나에 대한 검증이 이루어지지 않았다. 젊고 똑똑하다는 이미지 하나 말고는 민주당, 노총각, 검증 안 된 공직 경험 등 다 불리한 조건이었다. 그때 선거는 우리 군민들이 너무 어려운 상황 속에 있는 서천군을 이끌 새로운 대안으로 나를 선택한 측면이 있다. 즉, 기존 인물에 대한 불신 때문에 나에게 기대를 건 덕에 기적적인 승리로 이어졌던 것이다.

그러나 막상 군정을 맡긴 4년 동안 나는 군민들의 숙원 사업이었던 장항산업단지를 비롯해 산적한 현안들을 풀기 위해 수백 차례 중앙정부를 찾아다니면서 예산을 확보하고 가시화해 일을 실제로 진전시키는 추진력을 보였다. 또한 정치 신념이기도 한 깨끗한 정치를 위해 투명 행정을 제도화하고, 편파성을 불식시키기 위해 노력했다. '어메니티 서천'을 중심으로 새로운 군정의 비전을 정하면서 공무원들도 좀 더 역동적으로 움직이게 되었다. 열정을 가지고 일하면서 원칙을 지키다 보니 사람들이 차츰 내 뜻을 이해하고 신뢰해 주었던 것 같다.

원래 첫 번째 당선이 어렵고 두 번째는 커다란 잘못이 없으면 된다는 이야기가 있는데, 군민들께서 미력하지만 열심히 일하는 내 모습을 보고 재신임해 주신 것으로 생각한다.

사실 노무현 정권에서 깨끗한 정치를 제도적으로 구현하지 않았다면 나와 같은 사람이 정치를 하기란 상당히 어려웠을 것이다. 그런 점에서 참 고맙게 생각한다.

실제로 두 번째 선거 전에 일부에서 첫 번째 선거는 돈을 안 써도 가능하지만 군수가 된 상태에서는 돈을 안 쓰고는 어렵다는 말을 했다. 하지만 나는 돈을 쓸 수 있는 상황도 아니고, 돈을 써가면서 이 힘든 군수 일을 하고 싶지 않았다. 솔직히 그런 생각으로 정치를 해왔다. 내가 깨끗한 군정, 투명한 군정을 해온 것을 군민들로부터 제대로 평가받는 것이 중요하지 재선은 둘째 문제였다.

설령 내가 돈을 쓰겠다고 하더라도 내가 가지고 있는 것은 한계가 있어 어디선가 끌어와야 한다. 그렇다면 남의 돈을 빌리든가 이권에 개입해야 하는데, 나에겐 그런 일은 절대로 하지 않는다는 원칙이 있었다.

결과적으로 그러한 나의 원칙은 군민들로부터 인정을 받았다. 유권자들도 돈보다 더 중요한 것을 느끼면 소위 돈 정치를 극복할 수 있다는 것을 보여준 셈이다. 과거에는 돈의 위력이 정말 컸다. 밥이라도 사주면 고맙다며 표심에 영향을 주었다. 옛날 선거에서는 흔한 일이었다.

그러나 참여정부 들어와 이런 관행은 상당부분 정화되었다. 그 이후 조금 풀어지는 경향이 있지만 그래도 옛날처럼 노골적으로 쓰지는 않아서 다행이다.

나는 선거에서 이겼을 때나 졌을 때나 참 담담했다. 패했을 때에는 마음속에 아픔이 있었지만 늘 과정을 중시하자는 인생관 때문인지 떨어

내 가 변 한 만 큼 세 상 이 변 한 다

지면 더 열심히 하는 것이고, 당선되면 실제 일을 더 잘 해야겠다는 부담감 때문에 마냥 기뻐할 수도 없었다. 재선되고 나서도 마찬가지였다. 나는 다시 시장으로 나가 당선 인사를 하고 돌아다녔다. 모두들 굉장히 좋아하셨다. 하지만 시장 상인들이 모두 다 나를 지지만 하신 것은 아니다.

2002년 선거에서는 사실 시장 상인들이 전임 군수를 싫어하고 나에게 기대했던 측면이 있었다. 전임 군수가 시장을 옮기기로 결정하고 땅까지 사놓았기 때문이다. 그러니 나를 뽑아 시장을 옮기지 않을 수 있다면 좋겠다는 기대를 했던 것 같다.

그러나 막상 군정을 맡고 보니 도저히 시장을 옮기지 않을 방법이 없었다. 이미 땅을 매입하고 자재까지 발주해 놓은 상태였다. 기존 부지의 협소함, 주차장 문제 등, 고민 끝에 도저히 옮기지 않을 수 없다는 생각으로 결단을 내리고 재래시장 상인들을 상대로 설득에 들어갔다.

하지만 잘 받아들여지지 않았다. 일부 상인들은 거의 몇 달 동안 시위를 했고, 시장 주변 상인들까지도 가세했다. 시장이 옮겨가면 유동인구가 줄고 주변 상권에까지 영향이 있으므로 모든 분들이 뭉쳐서 이전 반대 시위를 연일 했던 것이다.

또 하나의 이슈는 대중버스 회사인 서부교통의 파업이었다. 경영 부실로 인해 서부교통 경영자 측과 노동조합 사이에 갈등이 불거졌는데, 노동자들이 파업하면서 그 회사를 군에서 인수하여 공영제를 해달라고 요구했다.

나는 공영제 자체는 어렵고 노사 관계를 잘 조정해서 경영 합리화를 꾀하는 방안을 택했다. 하지만 갈등이 워낙 심해서 조정이 잘 되지 않았

서천군수 후보자 초청 공개토론회(위). 서부교통 파업 후 끈질긴 노력 끝에 2007년 5월 대화합 협력의 새로운 출발을 다짐하는 노사정 공동실천 결의 선포식이 열렸다.

다. 그러자 일부 노동자들이 공영제 요구를 안 받아 주는 나를 무척 섭섭하게 생각했다. 그리하여 선거 때 버스에 플래카드를 붙이고 "나 군수는 노동자를 돌보지 않는다, 나 군수 때문에 버스 서비스가 형편없다"고 홍보하고 다녔다. 파업 때 운행도 거부하여 주민 여론도 안 좋았다.

이런 어려움도 있었지만 모든 일이 100퍼센트 매끄러울 수만은 없는 법. 최선을 다하고 정성을 모으다 보면 불편부당한 행정 결과로 오는 개인의 어려움이나 나의 부족함에서 온 여러 실수도 유권자들로부터 결국 이해받는다는 경험을 했다. '나'와 '내 밖'의 소통이라는 나의 오랜 철학적 사색을 현실에서 새삼 확인하는 경우가 바로 이럴 때다.

나와 내 밖과의 소통

나에게 존재하는 모든 것은 나의 안과 나의 밖의 만남이다. 그래서 나는 우주의 끝이 나 자신이라고 생각한다. 우주의 끝에 내가 있기에 내 쪽에서 본다면 나는 우주를 품을 수 있다. 내가 없으면 내가 없는 우주만 있을 것이고, 우주가 없으면 내가 어찌 존재할 수 있겠는가. 우주는 나로 말미암아 체험되기에 나는 우주를 내 식으로 살아가게 한다. 이렇듯 우주의 변화가 나와 전적으로 연결되어 있으므로 나의 외계가 변화하면 내가 변화하고, 내가 변화하면 나의 외계는 변한다.

따라서 끊임없는 소통이야말로 존재하는 것이다. 사람 사는 세상의 이치도 이 연장선상에 있다.

우주는 나의 안과 나의 밖의 총합이므로, 결국 '우주'의 끝은 '나'라는 결론이 나온다. 그 경계에 형상으로 있는 것을 굳이 말한다면 나의 몸일 것이다. 이런 상대성 관계에서 인식론적 한계 때문에 흔히 작은 것이

내가 변한 만큼 세상이 변한다

큰 것을 품을 수 없다고 하는데, 나는 작은 것이 큰 것을 품을 수 있다고 생각한다. 상대성 이론에서도 가령 내가 오늘 출발했는데 어제 도착하는 상황이 가능하듯이, 시간을 초월해서 움직인다는 이치는 상대적인 개념 속에서 작은 것이 큰 것을 품을 수 있다는 이치와 통한다. 이 사상을 확장하면 통하지 않을 이치가 없다. 가령 환경을 생각해도 그렇다.

내가 건강하게 살려면 나의 안과 밖, 즉 우주 전체가 깨끗해야 한다. 나의 안과 밖이 끊임없이 교류하고 소통하기 때문이다. 이는 건강한 공기, 건강한 토양, 건강한 먹거리, 건강한 사상, 건강한 사람들과의 교류를 통해서만 가능하다. 이 교류 속에 오염이 없을 때 비로소 건강해질 수 있다. 반대 방향도 마찬가지다. 내가 건강해야 남들한테 에너지를 줄 수 있고, 좋을 일을 할 수 있다. 따라서 내가 중요한 만큼 나의 밖인 이 세계도 대단히 중요하다. 정치적 문제도 이러한 이치로 풀어야 한다.

사람들은 교류를 통해 서로 수렴해 간다. 결혼이라는 것도 결국 서로 같이 있음으로써 서로의 부족한 점을 보완하며 즐거움을 누리는 것이 아닐까. 서로의 만남이 긍정적인 에너지를 발생시켜야 한다.

그런데 지금의 남북관계를 보면 긍정적인 에너지가 아닌 부정적이고 적대적이며 배타적인 에너지를 뿜어내는 형국이다. 통일이 되려면 긍정적인 에너지가 형성되어야 한다. 이 긍정적인 에너지가 타인에게 필요한 것들을 주고, 서로 공존하고 서로 살리기 위해 실천하도록 만든다. 이것이 바로 사랑이다.

그런 의미에서 우리가 살아가는 이 터전에 사랑이 반드시 필요하다. 나를 사랑하는 것이 나의 안만을 사랑하는 것으로 흔히 착각하는데, 나는 우주의 안과 밖을 구성하고 있기 때문에 나의 안을 사랑하는 것과 나의 밖을 사랑하는 것은 동일한 문제가 된다. 내가 뱉은 증오의 말 한마디가 곧 자기 자신을 사랑하지 않는 첩경으로 돌아온다는 이치를 깨달아야 한다. 내 밖을 오염시키는 것이 곧 자기 안마당을 쑥대밭으로 만든다는 이치를 절실히 알아야 한다.

그러나 불행하게도 우리 정치는 이런 이치의 가장 부정적인 모습을 향해 치닫는 잘못을 저질렀다. 증오와 학대의 담론을 양산하고, 시기와 질투의 에너지를 마치 정의와 열정인 양 착각하게 만들어 온 국민이 부정적 에너지에 정신없이 휩쓸리도록 몰아갔다. 그리하여 마침내 이 땅에 정치적 살인이라는 비극을 연출하기에 이르렀다.

내가 변한 만큼 세상이 변한다

나의 정치적 스승, 노무현

　　　　내가 다시 서천군수로 당선되어 임한 군정 2기 초반은 노무현 정권 말기에 해당한다. 탄핵 뒤에 결집되었던 민심에 힘입어 원내 과반수 의석을 차지했던 여당의 힘이 차츰 무너지기 시작하던 정치적 위기 상황이 시작되던 때였다.

　대통령이 선거에 개입하는 말을 공공연히 한다는 이유에서 탄핵이 시작된다. 한나라당을 비롯해 민주당과 자민련까지 들고일어나 여기에 가세했다.

　그러나 명분이 약한 부당한 정치공세라고 보았던 국민들의 여론에 의해 탄핵은 무위로 돌아가고, 결과적으로 다음 선거에서 열린우리당이 총선에서 다수당을 점하게 된다. 대통령에게는 민심이라는 지원군이 있다는 것을 다시 한 번 확인할 수 있는 계기였다. 문제는 다수당이 된 열린우리당이 끝내 힘을 발휘하지 못했다는 사실이다.

당시 노 대통령은 자신이 옳다고 생각하는 정책과 소신을 말과 행동으로 당당하게 국민에게 드러내보이고 싶었던 것 같다. 그러다 보면 여당·야당·국민 모두 이해하고 공감하지 않을까 기대했는데, 의외로 야당의 반발이 너무나도 거셌다.

노 대통령은 탄핵까지는 예상하지 못했겠지만, 어떻게 보면 전술적 의미에서 전선을 두텁게 할 필요가 있다고 판단한 것 같다. 사회적 이슈를 해결하려면 전선을 두텁게 자기 쪽으로 가져옴으로써 그 고비를 넘어가는 게 중요하다. 그런 면에서 어떤 사회·정치·경제 문제들을 돌파할 때마다 그러한 고민을 했을 것이다.

하지만 탄핵은 노 대통령이 던진 승부수라기보다는 상대방이 반격한 것을 노 대통령이 국민의 지지와 보호를 받아 승리하는 것으로 마무리되었다. 개혁 입법을 발목 잡고 있던 야당은 공개적으로 열린우리당 편을 드는 대통령을 탄핵이라는 초강수로 치려 했지만 오히려 역풍을 맞아서 총선에서 참패하게 된다. 그런데 열린우리당이 이후 정국의 주도권을 완전히 장악하지 못하면서 또다시 반격의 기회를 맞게 된다.

이런 롤러코스트 정치 판세는 그야말로 아이러니였다. 사실 한미FTA나 이라크 파병 문제 등으로 노무현 정권은 자신의 지지 세력으로부터 호되게 비판을 당하지만, 오히려 야당 지지 세력들은 그에 찬성하는 일이 벌어진다. 그런가 하면 남북문제에 대해서는 야당에게 맹비판을 받았지만 여당 지지 세력들은 우호적이었다.

이렇듯 엇갈리는 상황이 반복되면서 소위 노 대통령의 정치적 기반은 쟁점에 따라 지지 세력이 뒤바뀌는 불안 층위를 갖게 된다. 즉, 노 대

내가 변한 만큼 세상이 변한다

통령의 정책을 끝까지 지지해 줄 수 있는 층이 대단히 얇아진 것이다.

여기에 경제 문제마저 녹록치 않아서 집값 폭등과 등록금 인상에 대해 야당의 공격을 받고, 수도 이전이 관습법 위반이라는 헌법재판소 결과까지 나오면서 치명적 타격을 입는다. 참여정부의 핵심 정책 중 하나였던 수도 이전 계획이 실패하면서 결국 행정중심복합도시로 내려앉은 것이다. 여러 공공기관들은 물론이고 입법부와 사법부도 옮겨가려던 지방분권 계획이 그만 좌절된 것이다.

그러나 서울의 정치·행정 기능을 제외한다고 해서 경제·문화의 공동화 현상을 우려하는 시각은 지나친 것이었다. 오히려 수도권 집값 폭등이나 수도권 편중 현상을 일부 완화시킬 수 있었을 것이다. 결국 최악의 판결이 난 것이다. 옮기려면 온전한 계획 그대로 옮겼어야 정책의 참다운 효과를 볼 수 있었다.

돌이켜보면 나는 수도 이전 반대파의 논리를 이해할 수가 없다. 한마디로 그들은 국가 기능이 나눠지기 때문에 비효율적이라고 주장했다. 그렇게 쪼개 놓은 것은 정작 본인들이라는 사실을 잊은 것이다. 원안은 청와대는 물론이고 국회까지 행정·입법·사법기관이 모두 이전해서 명실상부한 행정수도로 만드는 것이었다. 필요하면 외국 대사관도 옮겨 새로운 수도로서의 역할을 충분히 감당할 수 있도록 했다. 미국도 워싱턴은 행정수도 역할을 하고, 뉴욕은 전통적인 경제·문화 중심 국제도시로서의 역할을 충실하게 감당하고 있다. 그것이 여러 문제를 풀 수 있는 순리였는데, 대한민국은 안 된다는 논리 아래 일단 수도를 반쪽 내놓고, 다음은 그렇게 나누면 비효율적이기 때문에 내려가면 안 된다며 전면

백지화를 주장했던 것이다.

실제로 이명박 정권은 정부 부처마저 못 내려가게 하려다가 여론에 떠밀려서 할 수 없이 원안을 추진할 수밖에 없었다. 이런 굴욕은 자기들이 못 내려가도록 발목 잡아 놓고, 못 내려가서 비효율적이라고 공격하는 저급한 논리에서 비롯했다고 본다. 노무현 후보가 대통령의 공약 사항 중 하나로 수도 이전 계획을 내걸고 당선됐으면, 그 자체가 중요한 정치적 결정이고 국민도 승인해 줬다고 봐야 하는데 헌법재판소가 관습법을 내세워 위헌 판결을 내린 것은 대단히 아쉬운 일이었다.

지금이라도 늦지 않았으니, 나는 효율적인 행정수도로서의 기능을 하기 위해서는 원안대로 모두 옮기는 것이 순리라고 본다. 박근혜 대표가 당시에 국민과의 약속이라면서 수도 이전에 찬성한 일을 여전히 순수하게 해석하고 싶다. 박근혜 대통령의 스타일로 보았을 때 국민과 약속을 했으면 지키는 것이 정도다, 이러한 인식을 가지고 있었을 것이다.

만약 진짜 잘못된 결정이라면 바꿀 수도 있겠지만 현실적으로 정책이라는 것 자체가 일방적으로 다 잘못된 것일 수는 없다. 애초에 수도를 옮긴다고 할 때 국민들이 상당부분 동의해 준 것이므로 당시 박근혜 대표의 주장은 적절했다고 본다.

노 대통령은 많은 꿈을 가지고 있었다. 그중에서도 꼭 이루고자 했던 꿈이 깨끗한 정치 실현과 지역정치 극복, 두 가지였다. 수도 이전과 혁신도시 구상도 이런 정치개혁의 이상 아래 추진한 정책이었다. 헌법재판소의 판결이 이 꿈에 타격을 주었지만 전체 기조는 그대로 유지되었다.

문제는 제도 개혁이었다. 개혁을 두고 사회 곳곳에서 터져나오는 반발

내가 변한 만큼 세상이 변한다

로 인해 목표했던 시스템에서 점점 멀어져 간 것이다. 가령 정당명부식 비례대표제도와 같은 정치개혁은 여야의 다양한 정치협상을 통해 지역주의를 완화하고 통일에 대비해 효과적인 정치 구도를 만들자는 의도에서 나온 것이었다. 이를 추진하기 위해 대연정 제안도 나왔던 것으로 본다.

노 대통령은 참으로 사심이 없는 분이었다. 그렇기 때문에 그런 파격적인 제안도 할 수 있었던 것이다. 그러나 다른 정파의 인물들은 그들의 정략적 판단 때문에 이런 제안의 순수한 의미를 헤아리기 어려웠을지도 모른다.

우리 정치에서 가장 부족한 점은 상호 수용성이다. 지금도 끊임없이 정략적 차원에서 갈등이 혼재하고 있다. 사안별로도 구체적인 접근방식이 너무나 다르다. 북한을 바라보는 시각, 통일에 대한 접근 방식, 지역주의 극복, 돈 정치 해소, 여러 나라와의 자유무역협정 문제 등. 이 모든 사안에 대해 모두가 받아들일 수 있는 합리적인 수렴점을 찾아 타협할 수 있다고 보는 것은 정치를 너무 낙관적으로 보는 것인지도 모른다.

그래도 하는 데까지는 해야 한다. 그러기 위해서는 사전에 치밀한 준비가 필요하다. 대연정 구상만 하더라도 사전에 여야가 받아들일 수 있도록 핵심 세력 간에 서로 의사 타진을 충분히 하고, 공감대 형성이 가능한지 치밀하게 점검했어야 했다. 협상 진행 상황이 폭로되면 유야무야될 수도 있고 오해를 증폭시킬 수도 있으므로 보안에도 신중을 기하며 협상 주체들 간에 간접 타진을 지시했어야 했다. 이러한 과정이 정말로 제대로 이루어졌는지 의문이다.

내가 전문위원으로 참여했던 꼬마민주당은 국회의원 8석으로 그야말로 미니 정당이었다. 개혁정치라는 큰 뜻을 품었지만 현실정치는 철저하게 수에 의해 좌우되었다. 그리고 정치라는 것이 지역적 기반이든, 다수당이라는 기반이든, 이러한 확실한 기반 없이 개혁이란 가치 달랑 하나만 가지고 할 수는 없다. 현실정치에서는 아무리 좋은 개혁을 주장하더라도 다수파에게 철저하게 무시당할 수 있다. 몇 번 그런 좌절을 겪다 보면 지지하는 국민들도 무력감에 빠지게 십상이다. 더 심해지면 새 정치에 대한 희망을 아예 접을 수도 있다. 정치 불신을 지나 정치 포기에까지 이르러 지지 세력이고 뭐고 아예 희망 자체가 사라지는 무서운 일이 벌어지는 것이다.

현실정치에서 개혁과 혁신은 이만큼 어렵다. 정치권 밖에서 안철수 의원이 성장해 온 배경을 두고 많은 국민들이 기대와 지지를 보내 대통령 후보 물망에까지 올랐지만, 나는 안 의원이 국회에 가서 현실적인 소수자로서 법과 제도를 바꾸는 일이 얼마나 어려운지 체감하게 되리라 생각한다. 그러다 보면 실망감으로 다른 대안을 찾거나 지극히 현실적인 선택을 해가면서 변하게 된다. 결국 현실정치는 다수가 장악하게 된다.

냉정하게 한국 정치를 뒤돌아볼 때 개혁의 길목에서 나라의 명운이 좋았다고 표현할 수밖에 없는 경우가 많다. 김대중 대통령도 절대 독자적으로는 집권하지 못했을 것이고, 노무현 대통령도 사실 독자적 기반에 의해 집권한 것이 아니다. 소위 연합을 통해 어떻게든 뜻을 관철하려 했고, 그 의지가 운세를 타고 이루어졌던 것이다.

현실적으로 우리 개혁 세력은 아직 턱없이 약하다. 이 점을 냉정하게 직시해야 한다. 그래야만 돌파구가 열린다. 그 돌파구는 우리가 취약한

내가 변한 만큼 세상이 변한다

곳에 가서 우리의 힘을 기를 때 열린다. 경상도에 가서도 야당세가 선전할 수 있도록 해야 하고, 충청도·강원도에 가서도 야당세가 뿌리를 단단히 내려 뭔가 새로운 변화를 이끌어낼 수 있는 세력을 길러야만 한다.

선거구제 등 제도 개혁이 뒤따르면 탄력을 더 받을 수 있겠지만 우리들의 인식 자체가 바뀌는 것이 더 근본적인 과제다. 민주당을 개혁하려면 민주당 당원, 정치 지망생들이 진짜 필요한 곳에 가서 자기를 던지려는 열정과 의지가 있어야 한다. 그 지점에서 변화는 시작된다. 과거에 비하면 이 점에서 많이 좋아진 것은 사실이다.

과거 노무현 대통령이 했던 것처럼, 최근 김부겸·김영춘·장영달 전 의원 같은 분들이 경상도 지역으로 가서 지역주의를 극복하기 위해 노력하고 있다. 나는 이런 시도가 좀 더 일찍 시작되었으면 좋았을 거라고 생각한다. 지금이라도 늦지 않았으니 앞으로는 필요한 곳에 가서 사생결단의 의지로 장기적인 계획을 세우고 그 지역을 바꾸려는 노력들을 지속적으로 해야 한다.

현재는 야권의 힘 자체가 너무 약하다. 당 차원에서도 야당의 정책 기능이 여당에 비해 굉장히 약하다. 과거 꼬마민주당 시절 경험한 바로는 야당의 인적 파워가 너무나 취약했다. 당시 여당은 싱크탱크를 거의 장악하고 있었던 반면, 야당은 정책 생산 기능이 항상 뒤처졌다. 그나마 집권 10년 동안 정부 산하 기관과 연구소로부터 정책 기능을 지원받으며 어느 정도 생산해 냈지만, 다시 야당이 되면서 그러한 기능이 취약해졌다.

요즘은 훌륭한 민간 연구소도 있으므로 이들과 연계해서 정책 기능을 강화할 필요가 있다. 또한 독자적인 정책 개발, 당원 교육, 시민 교육에

2003년 7월 26일 지방자치 발전을 위한 자치분권전국연대 창립대회에서.

도 진력해야 한다. 이를 게을리하면 오늘날의 자본주의 흐름, 즉 산업자본의 선전과 공격을 쉽게 제어할 수 없다.

내가 변한 만큼 세상이 변한다

노무현 대통령의 귀향

노무현 대통령의 귀향은 나의 철학과도 일맥상통한다. 자신이 필요한 곳에 과감히 자신을 던지는 철학이다. 균형발전을 중시했던 노 대통령은 균형발전이 이루어지려면 지방을 변화시켜야 한다고 생각하셨다. 그래서 고향으로 내려가서 미래의 트렌드를 실현하려고 했다. 이를 위해 오리농법으로 친환경 농사를 짓는가 하면, 주변 하천의 쓰레기를 청소하면서 실개천 살리기 사업도 하셨다.

지금도 나는 휴가철에 들른 봉하 마을을 생생하게 기억한다. 아내와 아이들을 데리고 울진 처가에 갔던 나는 오는 길에 노 대통령을 뵙기 위해 전화를 드렸다. 저녁때 오라고 하셨다. 봉하에서 하룻밤 자고 다음 날 함께 등산이나 하고 아침 먹고 올라가라는 것이었다. 그래서 울진에서 출발해 봉하 숙소에 저녁 9시쯤 도착했다.

다음 날 아침 6시에 뒷산에 올라갔다. 노 대통령과 나는 평소 대통령

전원마을 페스티발에 참가해 서천의 산너울전원마을에 대한 설명을 듣는 노무현 대통령 내외.

께서 도시는 산책 코스를 따라 걸었다. 경호실장은 우리 뒤에 조금 처져서 따라왔다. 잠시 뒤 대통령께서 부엉이바위 쪽으로 안내했다. 우리는 마침 그곳에서 산책 중이던 선진규 회장님과 우연히 조우했다. 대통령께서는 자신의 선배인 그분에게 나를 소개해 주셨다.

노 대통령은 한 바퀴 돌면서 이곳을 어떻게 개발할 것인가를 말씀하셨다. 산세도 짚어 주고, 앞으로 여기는 어떻게 산책길을 만들고, 저쪽 하천과 평야는 어떻게 가꾸고, 친환경 농업을 어떻게 적용해서 발전시킬 것인가 등 한 시간가량 재미있게 이야기를 나누며 걸었다.

마지막에 형님 댁 앞으로 내려왔는데, 마침 노건평 씨가 나와 계시기에 인사를 했다. 그렇게 산책을 마치고 대통령 내외분하고 식사하고,

봉하를 떠나기 전 오전에 다시 아내와 아이들하고 대통령께 인사를 드리고 집으로 돌아왔다. 그때가 2008년 여름이었다.

그 후 노 대통령의 마지막 공식 일정이 바로 서천이었다. 노 대통령 재임 시절 전원마을 페스티벌과 시니어 콤플렉스 사업이 있었는데, 전원마을 페스티벌에서 우리 서천의 판교 등고리가 우수상을 받았다. 에너지 자립과 생태 환경을 구현한 마을로, 집을 짓기 전에 미리 입주자들 30명 정도가 한 달에 한 번 회합을 가지면서 어떤 마을을 만들어낼 것인가 3년간 고민하면서 만들었던 구상이었다.

시상 후 노 대통령께서 서천 부스에 오셔서 우리 마을에 상당히 관심을 보이셨다.

"앞으로 그 마을 한번 가보고 싶습니다."

그러자 마을 입주자들이 한목소리로 대통령을 초대했다.

"다음에 마을이 만들어지면 꼭 오십시오."

이에 대통령께서 꼭 가겠다고 약속하셨다. 시니어 콤플렉스 복지마을도 노 대통령 재임 시절 공모 사업에서 우리 서천을 비롯해 전국에서 4개 지역이 선정됐는데, 우리가 가장 먼저 모범적인 마을을 만들어서 그때는 이미 정상적으로 가동하고 있었다.

그래서 휴가 때 대통령께 재차 권했다.

"전원마을 보러 오시겠다고 약속하셨는데 한번 오셔야죠. 복지마을은 이미 잘 만들어져 있으니까 오십시오."

노 대통령께서는 이를 받아들여 그 후 논산에 들르셨다가 다음 날 서천에 오셨다. 복지마을은 우리 고향 어르신들이 많이 입주해 있었고,

2008년 11월 26일 약속대로 서천의 산너울전원마을을 방문한 노무현 전 대통령 내외. 그것이 나의 정치적 스승이었던 노 전 대통령과의 마지막 만남이었다.

전원마을은 한창 짓고 있었을 때였다. 대통령께서는 굉장히 궁금해하시며 어떻게 짓고 있는지 설명을 들으면서 질문도 많이 하셨다. 그때 강금원 회장 내외도 같이 오셔서 구경했다. 복지마을과 생태마을에 대한 노 대통령의 감회는 남달라 보였다. 그렇게 오셔서 기분 좋게 식사도 하시고 즐거운 시간을 보내다 돌아가셨다.

그리고 얼마 안 있어 수사 얘기가 나왔다. 그 후 특별한 일로 몇 번 뵙기도 했는데, 대통령 돌아가시기 3주 전쯤 이분이 어쩌면 돌아가실지도 모르겠다는 불길한 생각이 들었다. 직관이었다.

그래서 대통령을 한번 뵙고 싶은데 괜찮겠는지 여쭤 봐 달라고 문용욱 비서관한테 전화를 했다. 그러자 지금은 답변 준비하시느라 여유가

내가 변한 만큼 세상이 변한다

없으니 다음에 시간이 될 때 오면 좋겠다는 답이 왔다. 나중에 들은 바로는 그때 대통령께서는 아무하고도 만나지 않으셨다고 한다.

나는 노 대통령의 성격을 잘 안다. 정말 자존심이 엄청나게 강한 분으로 깨끗한 정치를 해내고야 말겠다는 신념으로 똘똘 뭉쳐 있었다. 그런 정치가에게 수치스런 덫을 자꾸 씌워 가면 도저히 참기 어렵지 않을까 우려되었다. 그래서 좀 힘도 내시고 지금 상황을 너무 수치스러운 쪽으로만 생각지 말라고 말씀드리고 싶었다.

그런데 나중에 문 비서관의 말을 들어 보니, 노 대통령은 그 순간에도 혹시 찾아오는 사람한테 피해를 줄까 봐 만남을 꺼렸다는 것이었다. 검찰 수사 대상에 오른 자신에게 찾아오는 사람조차 요주의 대상이 되어 결국 피해 보게 된다는 사실을 알고 있었던 것이다. 자신이 있기까지 주변에서 도왔던 많은 사람들에 대한 보호 본능이 작동하여 만남을 거절했다는 말이었다. 그렇다면 더욱더 뵐 수 있게 해주시지! 돌이켜볼수록 통탄할 일이다.

예로부터 적장을 사로잡았을 때 목을 베는 것은 그를 제대로 예우해 주는 것이요, 그를 욕보이며 수치스럽게 만드는 짓은 가장 치졸한 행위라고 했다. 일관된 정치 인생을 통해 그 누구보다 사심 없이 나라를 위해 봉사했고, 국익을 위해 모든 것을 바쳐 헌신했던 전임 대통령을 그 정치적 영향력이 껄끄럽다는 이유로 이를 잠재우기 위해 샅샅이 뒤져서 기어코 허점 하나를 들춰내서 그분을 시정 잡범으로 둔갑시켜 수치를 주는 짓, 이것은 인간적으로 볼 때도 그렇고 도덕적으로 볼 때도 너무나도 가증스러운 일이었다.

노 대통령의 비극 이후 안타까움의 정서가 폭발적으로 나타나긴 했지만, 그것을 어떻게 정책으로 승화시켜서 현실정치를 바꿔 나갈 것인가에 대해서는 의견만 분분했지 실제로 이를 효과적으로 끌고 갈 만한 정치적 집단이나 조직화된 힘은 없었다. 정당·시민단체 등 여러 세력들의 다양한 의견 표출은 있었지만 잘 협력해서 하나의 방향으로 끌고 가는 주도적 힘이 부족했던 것이 현실이었다.

야권은 물론이고 시민들도 이명박 정권 내내 무력감을 많이 느꼈다. 재계·언론·검찰·정보기관을 비롯한 모든 권력기관과 국회까지 여당이 장악하다 보니 그것을 돌파해 내지 못한 무력감이 컸다. 참으로 안타까운 일이다.

나는 이런 현상을 통해 이명박 정권의 일관성을 보았다. 전임 대통령에게 그렇듯 조잡한 인격모독을 통해 수치의 덫을 씌웠듯이, 시민운동이나 노동운동을 하는 분들에게도 가장 저열한 방법으로 대응했다. 과거에는 차라리 재판을 통해서 감옥에 보냈다. 그렇게 하면 일반 시민들이 우리들 때문에 고생했다, 민주투사다, 노동투사다, 이렇게 안쓰러워하고 나중에 빚을 갚으려 한다.

하지만 이 치졸한 방법을 쓰는 사람들은 자신들이 손해날 장사를 결코 하지 않는다. 대신 법으로 걸어서 손해배상을 청구한다. 과태료나 벌금을 물리는 방법으로 철저하게 돈으로 응징하는 것이다. 경제적 약자인 노동운동가나 시민운동가로서는 치명적인 위협이다. 차라리 감옥에 가면 담담할 텐데, 과태료나 벌금을 매기고, 내지 못할 경우 모든 재산을 압류하고 종국에는 모든 사회·경제 활동을 못하도록 틀어막는 것이

내가 변한 만큼 세상이 변한다

다. 잔인한 수법이 아닐 수 없다. 돈의 압박을 통해 사람을 이도 저도 못하게 하고, 본인은 물론 그 가족까지 비참한 상황으로 몰아가는 것이다.

나는 MB야말로 이 시대 돈의 본질을 가장 잘 꿰뚫고 있는 인물로, 인간에 대한 최소한의 품격과 품위조차 고려치 않는 심보를 지녔다고 생각한다. 환경재단 최열 전 대표도 횡령죄를 걸어 괴롭혔고, 박원순 서울시장도 마찬가지였다. 그는 결국 그 비열함을 참지 못하고 서울시장에 나섰던 것이다.

사람을 한번 쓰면 절대 안 버린다는 꽤나 낭만주의 영웅전 같은 이야기를 달고 다녔던 MB는 놀랍게도 정무부시장 출신인 정태근과 정두언 의원 같은 자기 측근들까지 사찰했다. 이것은 아무도 못 믿는다는 태도, 언제든지 누구라도 나의 적이 될 수 있다는 두려움의 인간관에 기초하고 있을 때라야 가능한 처신이다.

그러나 노무현 대통령은 그와는 정반대 스타일이다. 노 대통령은 동지들에게 믿음을 가지고 대했으며 인격을 존중했다. 심지어 스캔들이 난 부하에게도 물어 봐서 그가 아니라고 하면 그 소명을 액면 그대로 믿어 주었다. 나중에 사실이 아니어서 언론의 뭇매를 맞는 한이 있더라도 함께 일하는 사람의 말을 우선 존중해 주었다. 그렇게 신뢰에 바탕한 조직 문화가 정착되어야만 감시하고 추궁하고 처벌하는 전근대적 권력 문화에서 빨리 벗어날 수 있다고 믿고 몸소 실천했다. 그는 참으로 순수하고, 열정적이고, 악에 대해 분노할 줄 알고, 어려운 사람들에게 따뜻했던 분이다.

노무현이 말을 함부로 한다고 불평하는 사람들이 많았는데, 그는 덧칠한 말보다는 솔직한 구어체인 날것의 언어로 적절하게, 때로는 아주 예

리하게 표현할 줄 알았다. 품위 있는 말만 골라서 하는 사람들이 듣기에
는 다소 거칠지 모르지만, 인간적이고 순수한 마음을 중시한다면 또 다
른 맛을 충분히 느낄 수 있는 개성 있는 화법이었다.

　사실 말보다도 권력과 자본에 맞서는 그의 태도가 미움을 산 측면이
크다. 〈조선일보〉 같은 보수 언론이든, 정주영의 현대 같은 거대 재벌이
든, 아니면 전통적 상류사회의 터줏대감들이든, 노 대통령에게는 그들의
부당한 횡포에 대해서는 맞받아치며 분노할 줄 아는 용기 그리고 분노할
때 어떤 눈치도 보지 않는 배짱이 있었다. 그가 쏟아내는 분노를 고스란
히 맞아야 했던 기득권층으로서는 이 용기와 배짱이 무모하게 보였을지
도 모른다. 그렇기 때문에 천박하다고 매도하고 싶었을 것이다.

　대외관계에서 자신의 소신을 배짱 좋게 밀고 나가는 태도도 마찬가지
였다. 물론 미국과의 관계가 대단히 중요하기 때문에 국익을 위해 어쩔
수 없이 이라크 파병 결정을 내리기도 했지만, 과거 지나치게 미국 중심
으로 펼쳐졌던 외교정책에서 균형점을 우리 쪽으로 많이 옮겨놓은 것도
사실이다. 남북관계뿐만 아니더라도 중국이 우리의 제1 무역 파트너인
만큼 중국과의 관계개선이 미래의 관건이라고 해도 과언이 아닌 상황에
서 대미·대일 중심에서 균형외교를 한다는 것은 적절했다. 부시 미국 대
통령이 북한 적대 정책을 펴는 상황에서, 남북한의 평화통일 기반 구축
을 위해 김대중 정부의 햇볕정책을 이어받은 노 대통령의 입장은 타당했
다. 주도권을 미국에 넘겨주기보다 우리가 직접 주도권을 행사함으로써
남북관계에서뿐만 아니라 주변 열강들 사이에서도 균형자 역할을 자임
했다는 측면에서 나는 노무현 정권의 외교정책을 높이 평가한다.

　　　　　　　　내 가 　변 한 　만 큼 　세 상 이 　변 한 다

그러나 끝내 2009년 5월 23일이 왔다. 그날은 토요일이었지만 노인회 행사가 있어 출근을 했다. 축사를 하기 위해 막 나가려던 참에 TV에서 노무현 대통령 투신 서거라고 했던가, 투신이라고 했던가, 그런 자막이 나왔다. 나는 너무도 놀라 한동안 그 자리에 얼어붙은 듯 꼼짝도 할 수 없었다. 혼란스런 가운데도 이미 마음은 봉하로 달려가고 있는데, 몸은 노인회 행사장으로 가고 있었다. 축사를 하는데, 차마 참담한 마음을 드러내지는 못했지만 자꾸만 숙연해지는 마음을 감추기는 어려웠다.

집으로 돌아와서 봉하 갈 준비를 하고는 곧바로 노 대통령의 시신을 모신 병원으로 달려갔다. 영안실에는 문재인 실장을 비롯해 여러 사람이 이미 와 계셨다. 잠시 뒤 함께 대통령님을 모시고 봉하로 돌아와 장례 준비를 하고, 번갈아 문상객들을 맞았다.

『운명』이라는 책에서 문재인 의원이 썼듯이, 노무현 대통령은 국민들에 대한 죄송함과 정치권력에 대한 항의의 표시로 그 길을 택했을 것이다. 무자비한 정치적 핍박, 진짜 염치 없는 권력, 최소한의 예의도 갖출 줄 모르는 야만이 난무했다. 그러므로 직접적인 타살은 아닐지라도 정치 테러에 의해 희생되었다고 말할 수 있다.

박연차 회장이 노 대통령한테 뇌물을 줬다는 죄목으로 수사를 시작하자마자 아직 밝혀지지도 않은 피의 사실들이 언론을 통해 의도적으로 나돌고, 심지어 1억 원짜리 금시계 운운하며 저급한 추문들을 마구잡이로 유포했다. 전임 국가원수와 그 부인에 대한 인격모독을 작심하고 퍼부은 것이다. 나도 정확히 퇴임 전 또는 퇴임 후 실제로 돈을 받았는지, 안 받았는지는 모른다.

하지만 짐작하건대 대통령과 그 가족 친지가 이권을 두고 거래했을 리는 결코 없다. 퇴임하는 분에게 좀 더 품위 있게 사시라는 후의 차원에서 건넨 것으로 이해할 수도 있을 것이다. 설령 돈이 주어졌더라도 그런 성격과 규모라고 믿고 싶다.

그러나 '포괄적 뇌물'이라는 아주 독창적 이름으로 우리나라 의정 사상 가장 깨끗하게 정치를 해왔던 노 대통령에게 죄를 덧씌움으로써 가장 야비하고 가장 이중적인 인격을 가지고 엄청난 비리를 저지른 사람으로 매도했다. 나는 이 과정에서 노무현의 정치적 이상과 자존심, 그리고 그가 가지고 있던 모든 자산을 송두리째 허물어뜨리려는 끈질기고 치밀한 의도가 있었던 것으로 본다.

그럼에도 불구하고 대통령께서 당당하게 버티시길 바랐고, 또 많은 사람들이 이해해 줄 것이라고 믿었다. 하지만 쉬지 않고 전방위적으로 공격해 오자, 그는 결국 강력한 저항의 표시로 그렇게 가시지 않았나 싶다.

잃어버린 10년을 비판한다면서 "무능보다 부패가 낫다"는 막말을 아무 거리낌도 없이 논설문에 쓸 수 있는 저돌성이야말로 바로 한국 사회에서 막나가는 일부 세력들의 전통적 힘인지도 모르겠다. 그들은 이 잘난 부패의 힘을 반성은커녕 부끄러워할 줄도 모른다. 오히려 이런 뻔뻔한 부패의 힘은 물질만능주의를 꾸역꾸역 축적해 온 한국 사회에서 기막히게 잘 나가는 유능한 승자 독식의 원리로 군림하고 있다. 참으로 추하고 불행한 역설이다.

네가 필요한 곳에
너를 던져라

언젠가 감사원에서 "가장 나쁜 공무원은 돈도 안 받고 일도 하지 않는 공무원"이라고 한 적이 있다. 그런 사람들이 돈 받고 일해 주는 사람보다 더 나쁘다는 말이었다.

하지만 나는 공무원이나 정치인에게 청렴은 기본이라고 생각한다. 청렴해야 원칙이 바로 선다. 어떤 일을 할 때 대가를 받거나 유착 관계가 생기면 공정한 판단을 할 수가 없다. 그렇기 때문에 청렴은 일하는 데 가장 기본적인 원칙인 동시에 일할 수 있는 힘과 권위를 가져다준다.

깨끗함과 무능함은 결코 선택의 문제가 아니다. 청렴과 유능이 마치 반대되는 개념인 것처럼 몰고 가는 것은 본질을 훼손하고, 일종의 카르텔을 형성해서 손쉽게 이득을 얻거나 지키기 위한 술수에 불과하다. 결과적으로 모든 것을 비효율과 낭비로 빠지게 해서 사회구조를 망치는 술수다. 청렴한 사람이 꼭 무능하다는 논리는 있을 수 없다. 청렴은 기본이다. 그것은 공직자뿐만 아니라 인간의 기본 가치가 되어야 한다. 나는 이런 기본을 중시하는 자치단체장으로서 군정을 두 차례 이끌었다.

2010년에 다시 지방자치단체장 선거가 있었다. 이 선거는 전국적으로 볼 때 수도권에서 야당이 휩쓸었고, 광역에서도 이제까지 승리하지 못했던 충남·강원도지사를 야당이, 경남도지사를 무소속 후보가 가져갔다. 전반적으로 2010년 지방선거는 여당의 참패였다.

나는 서천 선거에서 3선을 앞두고 있던 터라 사실 고민했다. 원래 3선 자체가 그리 간단치 않은 데다, 나도 정치적 뜻이 있는데 계속 군수만 해야 하는가 고민이 되어서였다. 장고 끝에 정치적 진로를 선택했다. 3선 군수 선거에 출마하기로 결심한 것이다. 그것은 서천 발전 사업들의 실현을 보장하기 위해서였다.

지난 8년간 지방자치를 이끌어 오면서 대정부 투쟁으로 정부 대안 사업을 이끌어 낸 해가 2007년도였다. 국립생태원, 국립해양생물자원관, 장항생태산업단지를 비롯한 1조 2천억 원 규모의 사업으로 정부와 협약을 맺었다.

그런데 2008년에 새 정부가 들어서면서 일부 어려움이 발생했다. 국립생태원이나 국립해양생물자원관은 예정대로 진행됐지만, 서천군민들이 가장 핵심 사업이라고 생각했던 장항생태산업단지의 시행 사업자인 토지공사에 변화가 생겼다. 이명박 정부 들어와 토지공사와 주택공사가 합병하여 LH로 거듭났던 것이다. 그런데 LH는 합병하면서 130조 가까이 부채를 떠안게 되었다. 그로 인해 도저히 대형 사업을 할 수 없을 만큼 부실이 심해져 LH는 전국의 주요 사업들을 구조조정하기 시작했다.

내가 변한 만큼 세상이 변한다

우리는 비상이 걸렸다. 그때부터 장항생태산업단지 사업을 관철시키기 위해 우리는 또다시 엄청난 노력을 쏟아야 했다. 국토해양부나 LH 본사를 찾아가서 확실한 보장을 해달라며 수도 없이 사람들을 만났다. 반드시 할 것이라고 확인해 주긴 했지만, 구조조정 기간이 길어지면 언제까지 기다려야 할지 알 수 없었다. 그러다가 혹시라도 힘들어지지 않는다고 어떻게 장담한단 말인가?

사정이 이러한데, 사업이 될지 안 될지도 모르는 상황 그대로 놔두고 2선으로 물러난다면 내가 책임을 다하지 못하는 결과를 초래할지도 몰랐다. 더군다나 민주당에 마땅한 후보자도 없었다. 새로운 주자가 나타나서 군수로 나가고, 나는 광역단체장으로 간다든가 아니면 국회의원을 한다든가 해서 역할분담을 하면 좋을 텐데, 현실적으로 당시 서천에는 마땅한 군수 후보가 없었다. 군의회도 민주당 의원은 3명밖에 없었다.

따라서 당시 서천 상황을 돌파하기 위해서는 정치적으로도 그렇고 정책적으로도 내가 중심이 되지 않으면 안 되었다. 게다가 내가 정부 협약을 이끌어낸 당사자인 만큼 이 부분에 대한 정리와 마무리를 확실히 해야겠기에 3선 출마를 결정한 것이다.

출마를 결정하자 여기저기서 공격이 들어왔다. 원래 지방자치단체장 3선은 대단히 어렵다. 단체장이 인허가권이나 인사권을 가지고 있기 때문에 이 권한을 몇 년씩 행사하다 보면 견제 세력도 생기고, 비리도 불거지기 쉬웠다. 더불어 3선은 무조건 싫어하는 정서가 있었다. 과거 신물나는 3선 개헌에서부터 장기집권에 이르기까지 사람들이 무조건 거부감을 느끼는 것이 사실이다.

2009년 4월 6일 '봄의 마을' 기공식과 7월 27일 국립생태원 기공식. 생태도시를 만들기 위한 기반이 하나하나 구축되었고, 마침내 완공되기에 이르렀다.

상대 후보들은 이런 정서를 적극 활용했다. "나소열 혼자만 다 하냐? 나소열 재산이 14억 원이 넘는다고 하더라." 이런 소문까지 나돌기 시작했다. 한번은 우리 동네 아주머니 한 분이 어머니에게 상대 후보자의 형님에게 들었다면서 "나 군수 어떻게 그렇게 돈을 많이 벌었냐"고 따지더라는 것이었다. 그 말을 들은 어머니가 화가 나셔서 "어떻게 이렇게 음해할 수가 있느냐? 당장 고발해야 않겠느냐?" 하시길래 내가 웃으면서 말했다.

"어머니, 너무 열 받지 마십시오. 상대 후보들도 나 부자 되라고 덕담하는데, 웃으면서 넘겨야지 벌써부터 기분 나빠 하시면 스트레스 받아서 안 됩니다."

그런데 군민들은 십 몇 억을 별게 아니라고 생각했다. 아내가 학교 선생으로 같이 맞벌이하는 데다, 과거 대전에서 근무할 때 집도 한 채 가지고 있었던 터라 그럴 수도 있겠네 하는 분위기가 되었다. 그러다 보니 이 흑색선전이 별로 파괴력이 없어졌다. 나중에는 선거판에서 내 재산이 점점 더 불어 70억, 급기야 140억까지 올라갔다.

2010년 군수 선거에서는 세 사람이 대결했다. 민주당의 나소열, 한나라당의 노박래, 자유선진당의 오세옥 후보였다. 노박래 후보는 군청의 전 기획감사실장으로 2006년에 이어 두 번째 출마했고, 오세옥 후보는 군의원을 네 번 하고 당시 도의원을 하고 있었다. 두 사람 다 60대로 경험과 자금 면에서 상당한 능력을 보유하고 있었다. 선거 결과는 내가 45% 정도 득표했고, 오세옥 후보가 34%, 그리고 노박래 후보가 21% 가량 득표했다.

자금이 많이 풀린 선거라는 것을 현장에서 느낄 수 있었고, 흑색선전도 그 어느 때보다 심했던 선거였다. 이명박 정권 들어와 선거관리위원회의 관리가 확실히 후퇴한 것을 알 수 있었다. 예산이 줄면서 선거감시인원도 많이 줄었다.

우여곡절 끝에 나는 3선에 성공했다. 정책의 일관성이나 사업 추진력을 위해 노력한 그동안의 시간을 지금 돌이켜보면 3선에 도전했던 나의 정치적 판단이 옳았다고 생각한다. 서천의 지자체 선거 결과 나도 당선됐고, 도의원 2명도 다 민주당으로 당선됐다. 또 군의원 9명 중 4명이 민주당·자유선진당 4명, 한나라당 1명으로 지역적으로 보면 서천은 민주당이 여당인 셈이었다. 정치적으로 난공불락의 보수 강세 지역이 완전히 바뀐 것이다. 하물며 충남도지사까지 민주당이 차지했으니 대단히 의미 있는 변화가 일어난 것이다.

정치적 성취뿐만 아니라 정책 과제들인 국립생태원이나 국립해양생물자원관도 정상적으로 진행되었다. 다만 장항생태산업단지만이 LH의 재정 문제 때문에 지지부진하다가 2012년에 전격적으로 보상이 이루어졌다. 보상은 현재 80% 이상 진행됐으며, 산업단지 착공을 해야 하는 상황까지 왔다.

이제 군정은 12년 동안 세 번 임기를 마쳤기 때문에 법적으로도 더할 수 없고, 정치인 나소열 개인으로서도 새로운 것에 도전하고 싶은 심정이다. 나는 10년 정도 지속적으로 노력하면 지역 변화를 이끌어낼 수 있다고 믿었다. 그 신념에 따라 12년 가까이 노력했기 때문에 기간으로 봐서는 충분했다. 진짜 좋은 정책을 일관성 있게 펼쳤느냐는 그동안의

내가 변한 만큼 세상이 변한다

3선에 성공하여 44대 서천군수에 다시 취임했다. 정책의 일관성과 사업 추진력을 위한 올바른 선택이었다.

성과와 행정에 대한 나의 노력을 본 군민들이 판단할 것이다. 내가 평가할 부분은 아니다.

그러나 나 나름대로는 일관성 있게 서천을 우리가 세운 목표대로 이끌고 왔다고 생각한다. 처음에는 자연과 사람이 하나 되는 어메니티 서천, 그다음에는 세계 최고의 생태도시 어메니티 서천이라는 목표 아래 일해 왔다. 모두가 동의할 수는 없겠지만 많은 사람들이 우리의 목표에 대해 공감했다.

그러한 생태도시를 만들기 위해서 국립생태원이나 해양생물자원관, 장항생태산업단지를 중심으로 기반을 구축했고, 복지·교육·문화 그리고 농·어업 혁신 등을 통해 지역 변화를 꾸준히 이끌었다. 앞으로 이러한 틀을 더욱 심화시키고 발전시켜서 서천이 생태도시의 탁월한 모델이 되어 주기를 간절히 바란다.

지금까지 서천은 인구를 끌어들일 만한 동력이 부족했다. 그래서 인구가 늘어날 수 있는 기반으로 국립생태원이나 해양생물자원관같이 전시시설을 두루 갖춘 연구기관을 세우고, 나아가 인구를 늘리는 데 가장 중요한 역할을 하는 기업을 유치하고자 했다. 그렇다고 과거처럼 난개발을 하는 것은 우리 철학과 맞지 않다. 그래서 장항생태산업단지라는 국가사업을 협약했던 것이다.

그것을 관철시키는 것이 무엇보다 중요하다고 생각해서 총력을 기울였고, 그 결과가 이제 나타나고 있다. 좀 늦은 감이 있지만 이제라도 착공해서 기업을 유치하면 일자리가 늘어나 우리가 목표한 10만 명 인구의 생태산업연구관광 도시를 만들 수 있다고 확신한다.

내가 변한 만큼 세상이 변한다

나소열 군수 공적 조서

　　　　'세계 최고의 생태도시! 어메니티 서천'
이라는 슬로건으로 군정에 정성을 쏟다 보니 여러 방면에서 좋은 평가를
받았다. 물론 나 혼자 이룰 수 없는 일이었지만 그렇기 때문에 리더로서
더욱더 큰 보람을 느낀다.

　　그런 뜻에서 제4회 다산목민대상을 받은 일은 감회가 남다르다. 이 상
은 행정 분야에서 가장 권위 있는 상 중 하나로, 다산 정약용의 목민 정
신을 기려 지방자치현장의 창의 행정을 고무코자 제정되었다. 다산의 뜻
을 가장 잘 실현한 지자체에 시상하는 영광스러운 상이다. 다산연구소,
매일신문과 중앙일보가 공동주최하고, 행정안전부와 농협이 후원하여 참
가비도 일절 받지 않는다. 5단계로 평가하는데, 서류 심사부터 현지 실사
까지 아주 꼼꼼히 한다. 시민단체·정치인·언론인의 의견을 종합적으로
취재하고, 일반 주민들의 여론까지도 청취한다고 한다.

2012년 3월 행정 분야에서 가장 권위 있는 상인 '다산목민대상'을 받았다. 2010년에는 서천군을 세계 최고의 생태도시로 만들어 가고 있는 업적을 인정받아 '자랑스러운 서강인 상'을 받기도 했다.

우리 때 특이했던 것은 심사위원회 평가는 우리 서천군이 1등이었지만, 주최 측 의뢰를 받은 행정학회의 심사 평가는 부산시 해운대구가 1등이었다. 이유인즉 해운대구는 인구가 50만 정도 된다는 것이었다, 결국 인구가 많고 예산이 많은 쪽에 행정의 어려움이 많지 않겠느냐는 학자들의 의견이 많았던 듯하다. 억울하긴 하지만 모든 3개 지자체가 소중한 일을 했다는 격려의 말씀이 있었다.

아무튼 우리 서천군은 2012년도 본상인 행정안전부장관 표창을 받았다. 수상 이유는 2년 연속 도내 반부패 청렴 대책 최우수기관, 지자체 복지 평가 4년 연속 우수기관 등이었다. 이 모든 것이 우리 공직자들이 열심히 해줬기 때문에 가능한 일이었다. 군민들도 적극적인 도움을 주셨기에 서천군이 영광스러운 수상을 하게 된 것으로 생각한다. 자부심을 가져도 될 것 같다.

그 밖에도 서천군은 2007년부터 2011년까지 기관 표창 100개 분야, 공모사업 97개 분야에 선정되는 좋은 평가를 받았다.

우리 군청 조직의 이런 평가와 더불어 군수 나 개인에게도 좋은 평가들이 있었다. 2009년에는 환경재단으로부터 생태계 보호를 위한 연구전시 시설을 건립하여 환경 보전과 발전에 기여한 공으로 '세상을 밝게 만든 사람들'에 선정되었다. 2010년에는 서강대학교 총동문회로부터 서천군을 세계 최고의 생태도시로 만들어 가고 있는 업적을 인정받아 '자랑스러운 서강인 상'을 수상했다.

이런 좋은 평가들은 지난 10여 년 동안 '어메니티 서천'이라는 장기 발전 전략을 세우고 그 전략 아래 해마다 실천 가능한 목표들을 정하여

2009년 환경재단이 수여하는 '환경/기후변화 부문 세상을 밝게 만든 사람들'에 선정되었으며, 2010년에는 문화관광대상을 받았다.

꾸준히 우리 군 조직이 한몸이 되어 노력한 결과라고 생각한다.

우선, 우리는 지역 전략 사업을 선정하고 그것을 통해 지역 경제를 반드시 살려내기 위해 총력을 기울였다. 그것은 지역 특성을 감안한 내발적 발전 전략인 어메니티 서천으로부터 출발했고, 중단되었던 장항산업단지 개발계획을 서천 발전 정부대안사업 유치로 타협하는 결단을 내림으로써 박차를 가했다.

이 대안 사업은 크게 세 가지로, 첫째 총사업비 4418억 원으로 장항읍 마서면 275만 4000㎡에 마련한 친환경 복합산업단지 조성사업 장항국가생태산업단지, 둘째 총사업비 1391억 원으로 장항읍 33만㎡에 세운 해양생물자원 연구전시시설 국립해양생물자원관, 셋째 총사업비 3370억 원으로 장항읍 마서면 99만 8000㎡에 건설한 생태연구전시시설 국립생태원으로 구성되었다. 그 밖에도 옛 장항역 문화관광조성사업, 서천군 일자리종합센터 등 서천형 생태도시를 구현하기 위해 제도와 추진 체계를 정비했다.

앞으로는 이러한 대안 사업과 관련한 기업 유치가 서천군의 핵심 과제가 될 것이다. 그렇다고 무차별적인 기업 유치는 곤란하다. 전략적 목표가 분명해야 한다. 특화된 서천군의 미래에 부합하는 특화된 기업 유치가 절대적이다. 어렵더라도 그렇게 가야 처음에 설정했던 목표에 맞는 좋은 결과를 얻을 수 있다. 급하다고 해서 이것저것 가리지 않고 기업을 끌어들이다가는 훗날 서천에 부담만 안기는 꼴이 될 수도 있다.

이러한 인식과 전략 아래 우리와 딱 어울릴 수 있는 기업, 미래에 우리 성장 전략에 핵심적인 역할을 해줄 수 있는 기업을 하나라도 제대로

국립생태원 개원 기념 행사와 내부 전경.

유치하냐 못 하느냐가 관건이다.

　가령 해양생물을 활용해서 식품·화장품·의약품 등을 만든다는 식으로 우리의 생태원이나 해양생물자원관과 긴밀하게 연관될 수 있는 그러한 기업들이 필요하다. 그래서 우리가 생태산업연구, 관광의 도시로 부상할 수 있는 핵심이 바로 지금 생태원과 해양생물자원관에 있는 것이다. 거기에 소규모에서 중대형까지 숙박시설을 정비하고, 리조트나 마리나 시설 등으로 발전시켜 이러한 분야들이 서로 긴밀하게 연합한다면 서천의 꿈이 어느 정도 완성될 수 있다고 생각한다. 그런 의미에서 다시 한번 기업 유치 전략, 이것은 우리 군이 앞으로 핵심 사업으로 추진해야 할 일이라는 점을 강조한다.

　거시적으로 보더라도 대한민국의 미래 성장 동력 가운데 하나가 바로 생명산업이다. 생명산업이 아직 우리나라에서 커다란 기반을 가지고 있지 않지만 앞으로 우리가 경쟁해서 살아남을 수 있는 분야임에는 틀림없다. 그런데 우리 서천군이 지금 장항생태산업단지를 조성하고 있다. 서천은 생명산업을 유치해야 한다. 이것이 핵심이다.

　그러기 위해서는 의료와 교육 인프라를 잘 구축해야 한다. 그래야 나중에 기업을 유치할 때도 도움이 된다. 특히 교육이 중요하다. 환경전문대학원이나 대학을 특화시켜 유치하는 것이 필요하다.

　그렇다고 우리가 그동안 교육 인프라 구축과 관련하여 손 놓고 있었던 것은 결코 아니다. 서천의 교육 발전을 위해 온 군민이 지혜와 정성을 모아 왔다. 자라나는 세대를 위해 무엇보다 중요한 교육 여건을 높이기 위해 이미 1999년부터 시작된 '서천사랑장학회'를 온 군민이 자발적으로 참여하는 운동으로 활성화해서 조성된 기금이 75억 원이 넘었다. 명실상부한 지역인재 육성의 산실로 손색없는 기금이 될 것이다.

이런 희망을 갖는 것은 좋지만, 그렇다고 대안 사업이 서천군의 발전을 100퍼센트 그냥 보장하는 것은 아니다. 아무리 예산을 확보한들 실행하지 않으면 물거품이 될 수도 있다. 나아가 부실한 사업 집행은 더 큰 문제를 야기한다. 사업이 더디 보이는 한이 있더라도 제대로 된 작품을 만드는 것이 훨씬 더 중요하다. 한번 사업을 했으면 제대로 하는 전통을 확립하는 것이 중요하다.

"서천에서 하는 일은 다르다!"는 전통. "서천에서 가서 배우라"는 충고가 나올 정도가 되어야 한다. 일부 특화된 분야의 경우, 사실 지금도 서천이 그러한 명성을 얻고 있다. 물론 어떤 분야는 다른 곳에 가서 많이 배워 와야 할 정도로 수준 차이가 있다.

일하는 사람들의 능력 차이도 있다. 같은 사람이라도 어떤 자리에 갔느냐에 따라서 또 차이가 난다. 어려서 학교에서나, 또 성장하여 일터에서나 개인 차이는 있다. 이렇듯 다양한 개성과 능력을 존중해서 가장 큰 효과를 낼 수 있도록 연구하고 배려하는 것이 지도자의 몫이라고 생각한다. 역설적 의미에서 사람의 능력 차이가 없다는 주장도 일리가 있다. 개성의 차이를 무시하여 그 개성을 못 살려 주면 능력 차이처럼 보일 수 있기 때문이다. 한 사람 한 사람 다 사랑하고 자발성을 이끌어내 경쟁력을 극대화하는 일, 그것이 바로 단체장의 역할이라고 믿는다.

물론 생태원과 자원관 등이 들어서더라도 지역 경제에 별 도움이 안 될 거라고 비판하는 주민들도 많다는 것을 잘 안다. 지금 서천에는 서울

내가 변한 만큼 세상이 변한다

시 연수원이 있다. 그곳에서 1년에 약 30만 명이 숙박하지만 정작 그들을 서천 관내로 유인하기 위한 치밀한 대책이 부족하다면 서천 경제 활성화에 도움이 안 된다는 비판은 옳다.

다양한 상품을 개발하고 소비자들의 욕구를 파악해서 대책을 세워야 한다. 또한 관광객을 무조건 돈버는 수단으로만 생각하는 자세도 버려야 한다. 일단 사람들이 서천에 오면 편하게 쉬고 갈 수 있게 보살펴 드린다는 정신이 중요하다. 호의적으로 대하는 것인지, 오직 돈벌이 수단으로 대하는지 사람들은 금방 느낄 수 있다. 사람의 마음이란 결국 통한다. 따라서 연계사업 실행에도 진정성을 가지고 하나하나 정성을 쏟는 것이 중요하다.

전략 산업 추진에 이어 우리는 교육·복지·보건 환경을 획기적으로 향상시켜 상생과 나눔의 가치를 실현하는 살기 좋은 복지 최우수 고장을 지향하고 있다. 그 실천 사업으로 대한민국 최고의 복지 메카로 자리매김하게 된 '어메니티 복지마을'을 조성하기도 했다. 2004년부터 종천면 일원에 342억여 원을 들여 12만 4457㎡ 규모로 준공하여 노인복지관, 노인요양병원, 장애인복지관, 장애인 보호작업장, 노인건강체육시설, 공동농장 등의 시설을 갖춘 것이다. 2008년부터 천주교 대전교구에 위탁 경영을 맡겨 운영 중이다. 이 사업은 고용창출 효과와 흑자 운영으로 주민 만족도 조사 결과 서천 행정 중 가장 잘한 일로 호평을 받기도 했다.

복지마을과 관련해서 큰 감동을 받았다고 말씀하시는 분도 있고, 서천군이 지향하고 있는 어메니티 생태도시가 앞으로 좋은 결과를 낼 것이라 예견하는 분도 있다. 그러나 하드웨어 수십억 원을 투자해서 시설

2008년 4월 29일 등고리 산너울전원마을 첫 입주(위). 아래는 산너울전원마을 전경.

물 만들어 봤자 제대로 된 테마 하나 없이 텅텅 비어 있거나 놀고 있으면 아무 소용이 없다. 시설물이 없어도 잘 돌아가는 마을들이 전국에 얼마든지 있다. 마을기업이나 사회적 기업 모델들을 찾아서 그것에 활력을 불어넣는 것이 필요하다.

욕심을 줄여 서로 나누고 물질적인 것과 정신적인 것의 균형을 이루겠다는 각성이야말로 생태도시의 철학일 것이다. 그런데 우리나라는 지금 너무 물질에 치중해 있다. 국민소득 2만 달러를 달성했지만 자살률과 이혼율은 높고 출산율은 너무 낮다. 그만큼 정신적으로 여유도 없고 황폐해졌다.

나는 서천군에서 추진하고 있는 '어메니티 서천 생태도시' 등 많은 사업들이 창의적 행정을 통해 삶의 가치를 담을 수 있기를 바란다. 행정평가를 1등 해야겠지만 그것이 의미 있는 1등이어야 한다. 서천 행정은 철학이 있고 격이 달라야 한다. 평가만을 위한 1등, 경제적 과시욕으로만 잘사는 것이 아니라 좀 더 여유 있게 서로 배려하면서도 자존감 넘치는 삶의 태도가 필요하다.

생태도시를 구현하는 일은 사람이 살아가는 방식의 문제다. 과거에는 인간이 모든 부문을 지배하고 가공하려 했다. 이제는 인간과 자연의 공존, 그리고 인간과 인간끼리 서로 배려하고 함께하려는 문화를 만들어 가야 한다. 복지도 사실 생태도시의 가장 중요한 구현이라고 볼 수 있다. 에너지 과소비는 생태도시와 맞지 않다. 에너지를 최소화하는 건물을 지어야 한다. 하천 정비, 재활용, 도로, 간판 등 이웃과 자연에 대한 배려와 고민 없이 생태도시를 제대로 구현할 수 없다.

2007년 9월 준공된 서천군 장애인종합복지관(위)과 2011년 12월 준공된 복지마을 임대주택 입주식.

옛 재래시장 터에는 문화·교육·복지의 요람인 '봄의 마을' 조성 사업을 추진해 청소년문화센터, 여성문화센터, 종합교육센터, 일자리종합센터, 친환경농산물판매센터, 노인회관 등을 건립하였다. 이로써 서천 주민들의 자기개발 욕구와 평생학습권을 충족시켜 줄 수 있는 시설을 갖추게 된 셈이다.

2009년 2월에 착공, 170억 원을 투입해서 조성한 '봄의 마을' 조성 사업은 구도심의 공동화 현상을 해결하는 데 어느 정도 도움이 될 것으로 본다. 과거에는 사거리가 중심 상권이었는데, 그곳의 재래시장을 옮기면서 사거리가 공동화되어 지역 상인들이 많이 반발했다. 물론 특화시장이 새롭게 이전해서 좋은 점도 있긴 하다.

지금까지는 재원의 한계로 바닷가나 정부 대안 사업 중심으로 발전 방향을 잡아 왔지만, 앞으로는 서천 관내 여러 읍·면, 특히 내륙권의 균형 발전을 위해 좋은 사업들을 발굴할 필요가 있다.

'봄의 마을'은 그 일환으로 조성된 것이다. 서천의 구도심 활성화는 과거와는 다르게 발전하는 모델을 제시할 것이다. 문화·교육 공간을 활성화해 유동인구를 늘리고 상권도 재건될 것이다. 이를 위해 일부러 중심 광장을 넓게 설계했다. 여기에서 음악회나 벼룩시장도 열 수 있다. 생태도시에 걸맞게 토요일에 한 번씩 서천군민들이 물건을 교환하는 명소로 활용하는 것이다. 한 달에 한 번 정도는 인근 군산에서도 올 수 있을 것이다. 나는 이러한 노력을 통해 자원의 재활용뿐만 아니라 공동체를 위한 살아 있는 공간을 만들 수 있다고 생각한다.

그러나 관건은 운영을 얼마만큼 내실 있게 하느냐이다. 구체적으로

2006년 9월 재래시장이 옮겨가고 서천 수산물 특화시장이 문을 열었다. 아래는 '봄의 마을' 전경.

청소년문화센터는 서울 YMCA의 위탁 운영을 최종 확정지었다. 서울 YMCA 상근 직원만 해도 300명 이상 될 것이다. 이 기관은 과거부터 워낙 다양한 청소년 프로그램을 추진한 경험이 있기 때문에 좋은 평가를 받고 있다. 나아가 YMCA는 서천의 자랑스러운 인물인 이상재 선생의 생가 운영도 맡을 것이다. 도시 학생들이 이상재 선생 생가와 문헌서원에서 전통 유교 문화와 숭고한 선현들의 뜻을 접할 수 있을 것이다. 이런 노력을 통해 우리 서천군 청소년들이 서울 지역 학생들과 교류하고 국제교류 형태로 발전해 나감으로써 다양한 안목과 넓은 시야를 갖춘 훌륭한 사람으로 자랄 수 있게 만들어 주는 것이 굉장히 중요하다.

종합교육센터는 평생교육의 장으로서 역할할 것이다. 군민들을 위한 교육 프로그램을 개발하여 누구나 손쉽게 즐기며 접할 수 있도록 운영할 것이다. 여성문화센터도 명실상부하게 서천군의 여성문제를 상담하고 문제가 해결될 수 있는 여러 가지 지원 방안을 가동할 것이다. 이처럼 '봄의 마을'이 과거와는 다른 문화 교류의 중심지 역할을 하게 된다면 많은 사람들이 사랑하는 곳이 되리라 확신한다.

이밖에도 서래야 쌀과 서천 김을 명품으로 특화시켜 해외시장 개척에 나서는 등 친환경 농수산업 육성으로 지역 자립 기반을 확충하기도 했다.

앞으로 농업 혁신 없이는 세계경제가 성장할 수 없다는 주장이 있다. 먹을거리를 확보하지 않고 경제가 성장한들 아무 의미가 없다는 뜻이다. 세계 한쪽에서는 풍요로 주체를 못할 지경인데, 다른 한쪽에서는 굶주려 죽는 기현상, 즉 부익부빈익빈 현상이 극단적으로 나타나는 것이 오늘날의 현실이다. 우리나라도 식량 생산이 계속 감소하고 있어 식량자급률이

서천에는 이상재 선생의 생가가 있다. 위 사진은 월남 이상재 선생 82주기 추모식.
아래는 서천의 농수산물 공동 브랜드 '서래야 쌀' 모종을 살펴보고 있는 모습.

현재 30%가 채 안 된다. 서천은 농어업 군이기 때문에 적어도 농어업에 대해서는 6차 산업이건 1차 산업이건 확실한 대책을 갖추면서 혁신을 이루겠다는 목표를 세워야 한다.

지금 충청남도의 중점 사업은 농민·농업·농촌의 혁신, 즉 3농혁신 사업이다. 물론 여기에는 어업도 포함된다. 중앙정부에서도 FTA와 관련해 후속 조치가 나오고 있지만, 그보다도 충청남도가 굉장히 어려운 정책결정을 내린 셈이다. 사실 농업 종사자도 소수인 데다 부가가치를 따진다면 사양산업이라 할 수 있고, 몇 년간 투자한다고 해서 획기적 혁신이 이루어진다거나 효과가 있다고 볼 수도 없다.

그럼에도 불구하고 안희정 충남도지사는 3농혁신을 첫 번째 공약으로 내세웠다. 그것을 보면서 참 대단하다고 생각했다. 내가 도지사를 한다고 해도 그렇게 주장할 수 있을까 확신할 수 없을 만큼 소신에 찬 대단한 목표를 세운 것이다. 정말 고마운 일이다.

한편 '어메니티 서천'의 자원을 충분히 활용한 문화관광산업 육성에도 힘을 기울여 '한산모시짜기'를 2011년 유네스코 인류무형문화재에 등재시키는 쾌거를 이루었다. 또한 '문헌서원 전통 역사 마을' 조성과 금강호의 '서천철새여행' 등도 개최했다.

또 쾌적한 친환경 주거 공간의 인프라 구축에도 만전을 기하고 있다. 108억 원 투자비로 서천 외곽순환도로 확장 및 포장 공사를 마쳤고, 500억 원 투자비로 개발촉진지구 연계도로 사업을 2014년 준공 목표로 진행 중이다.

이 같은 계획을 바탕으로 산너울전원마을도 시범적으로 조성하였다.

2010년 서천 농산물 대축전 옥토버 페스타 2010(위).
유네스코 인류 무형문화재로도 등재된 한산모시짜기와 이를 주제로 한 한산모시문화제.

이제 나는 이런 사업의 성과들이 균형 있는 지역 발전과 녹색성장으로 이어져 사람들이 살고 싶은 서천, 살기 좋은 서천이라는 세계 최고의 정주 공간으로 발전할 것이라 기대한다.

마지막으로 이런 기대를 저버리지 않기 위해서는 무엇보다 좋은 일자리가 만들어져야 한다. 일자리 창출은 가장 어렵고 절실하다. 군민들이 원하는 곳하고 기업들이 원하는 사람하고 잘 맞지 않는 현상이 문제다. 월급이나 기타 조건이 서로 다른 것이다. 서천의 일자리도 이미 외부사람들에게 많이 잠식당했다. 특히 군산에서 서천 쪽 일자리를 잠식하고 있다.

이러한 불균형을 극복해야 한다. 서천의 일자리를 우리 군민들에게 제공할 수 있는 시스템을 확보하지 않으면 국립생태원, 해양생물자원관, 생태산업단지, 농공단지, 가공특화단지, 사회적 기업, 마을기업 등 많은 노력을 기울였어도 서천 군민들에게는 그림의 떡이 될지도 모른다.

따라서 기획이 아주 중요하다. 지금까지 농공단지는 오고 싶은 기업을 무작위로 받아들였다. 물론 예산을 투자해 조성한 만큼 투자비를 되도록 빨리 회수하기 위해 기업을 무작위로 유치하다 보니 그럴 수밖에 없는 측면도 있었다. 그러나 중장기적으로 봤을 때 과연 저 농공단지가 얼마만큼 지역주민 고용 효과가 있는지, 아니면 다른 효과가 있는지에 대한 평가를 해보면 기업마다 차이가 있을 수밖에 없다. 따라서 조금 더디더라도 대상 기업들을 정확히 분류하고 유치팀을 특별 가동해서 유치해야 한다.

같은 돈을 들이더라도 낭비하는 지자체가 있고 실속 있게 쓰는 지자체가 있다. 앞으로는 이러한 효율성에서 지자체의 승패가 갈릴 전망이다. 그런 만큼 우리 서천군도 사업 발굴에서부터 사업타당성, 미래의

그동안의 사업 성과들이 균형 있는 지역발전과 녹색성장으로 이어져 사람들이 살고 싶은 서천, 살기 좋은 서천이 되길 바란다.

발전 가능성에 대한 적극적인 검토가 요구된다. 또한 노인 일자리, 장애인 일자리, 여성 일자리, 특히 다문화 가정과 관련한 일자리를 적극 발굴해서 생활안정과 보람을 주고 복지를 실현해야만 한다.

내 가 변 한 만 큼 세 상 이 변 한 다

서천 인터뷰

기자 서울서 뵙고 오늘 서천에서 뵙습니다. 보좌관 안내로 정부 대안 사업으로 이미 준공된 국립생태원과 국립해양생물자원관 그리고 부지 선정 후 한창 조성 중인 장항국가생태산업단지를 둘러보았습니다. 그뿐만 아니라 국내 가장 모범적인 사례로 꼽히는 복지마을 등, 실제로 와서 본 서천은 아늑하고 조용한 가운데 변화와 발전을 향해 힘차게 전진하고 있다는 느낌을 강하게 받았습니다. 10년이라는 기간 동안 한 지역 사회를 이렇게 획기적으로 바꾸었다는 것은 웬만한 경영 마인드가 없고서는 불가능했을 것 같은데요, 엉뚱한 질문 하나 던져 보지요. 이제까지 나소열 군수님은 행정 조직을 성공적으로 이끌었습니다. 앞으로 정치인 나소열의 행보는 계속될 것이고, 아무래도 깨끗한 정치자금은 꼭 필요할 겁니다. 그런 차원에서 벤처사업을 해볼 생각은 없으신가요? 특히 여기 서천 장항국가생태산업단지에서 말이지요.

나소열 전 이미 벤처를 했어요.

기 자 아 그래요?

나소열 사실은 가장 오래된 벤처사업이 정치입니다. 정치야말로 말 그대로 모험과 스릴이 가득 찬, 때로는 모 아니면 도인, 인류 역사상 가장 오래된 사업이지요.

기자 정치의 생산성은 어때요?

나소열 정치의 생산성은 양면성이 있습니다. 좋은 정치는 그 시대의 문화·경제·사상을 풍요롭게 하는 측면에서 생산성이 가장 높은 분야라고 할 수 있고, 잘못된 정치가 됐을 때는 생산성이 떨어지고 오히려 저질 기업보다 더 큰 해악을 끼치는 거죠.

기자 MB 정권을 비판하는 사람들은 국민들이 별 근거도 없이 부에 대한 환상을 기업인 출신 대통령에게 투영했던 측면이 있는 것 같다고 하더군요. 뭔가 잘 될 것이다, 나도 부자 될 것 같다, 이런 유권자들의 막연한 기대심리가 문제였다는 지적입니다.

나소열 그렇죠. MB가 대통령이 된 배경에는 돈에 대한 사람들의 열망이 있었다고 봅니다. 그리고 MB가 대통령선거에 나올 때만 해도 그 정도의

내가 변한 만큼 세상이 변한다

인물인 줄은 미처 사람들이 몰랐다고 생각해요. 나도 MB가 서울시장을 했을 때, 가령 버스 차로 개편을 통해서 대중교통을 혁신시킨 추진력을 보면서 과연 MB가 실용주의자 측면이 강하다고 짐작했지요. 그래서 MB가 도덕적으로 우리들 눈높이에 맞지는 않겠지만 그래도 정치나 남북관계를 실용주의적으로 접근한다면 그런대로 다행이다 싶었는데, 막상 그 이후에 그가 한 행동을 보면서 실용주의가 아니라 상당히 극단적인 자본 중심적 정치, 돈 중심의 정치를 펼치고 있다는 것을 확인하고 놀랐지요. 청계천 사업의 양면성이 이 점을 잘 보여주는 또 하나의 예일 겁니다. 그것은 고가도로를 뜯어내는 과정에서 그 수많은 민원을 처리하며 일한 것은 높이 평가하지만, 그러나 진정한 의미에서 청계천이 제대로 복원된 것은 아니란 말입니다. 참다운 생태하천이 아니라 물을 갖다가 끌어서 수많은 유지비용이 드는 인공 하천이니까요. 내 생각에 대통령이 된 MB와 서울시장의 MB는 상당히 달랐습니다. MB 시대의 가장 문제는 뭐든 정책의 기준이 돈인 것처럼 됐다는 것입니다. 안타까운 일이지요.

기자 지금 인터뷰를 하면서 느끼는데, 나 군수님은 극단적인 생각을 하지 않고 모든 것은 다 양면이 있다, 그리고 극단적으로 상대를 몰아붙인다거나 누구를 재단하지 않고, 나하고는 맞지 않는 사람이지만 그래도 그 사람을 이해하려고 하는 태도를 많이 접하게 됩니다. 원래 그런 균형과 조화를 추구하는 인품이신지, 아니면 정치와 행정을 하시다 보니 두루 살피는 습관이 몸이 밴 것인가요?

나소열 모든 사람이 다 완전할 수 없듯이 어떤 정책도 완벽할 수는 없지요. 양면성이 있습니다. 저는 절대선도 절대악도 없다고 판단합니다. 그렇기 때문에 우리는 하나의 기준을 가져야만 하고 사람들이 이 기준에 동의할 수 있도록 해야 합니다. 어떤 정책도 상대적인 면이 있고, 어떤 사람도 절대적으로 나쁘고 절대적으로 좋을 수는 없습니다. 특히 정치적인 기준을 정할 때, 이중 잣대를 제시한다는 것은 아주 불합리한 것이지요. 개혁적인 사람들이 어떤 작은 잘못을 하면 아주 나쁜 사람이 되고, 보수적인 사람들이 잘못을 하면 덜 나쁜 사람처럼 보이는 것 자체가 두 가지의 기준을 따로 적용하기 때문에 발생하는 문제입니다.

기자 이중 잣대에 관해 더 여쭤 보겠습니다. 이중성을 많은 혼란의 원인으로 잘 분석하신 거 같아요. 완벽할 수는 없겠지만 이해 당사자들이 서로 수렴해 가면서 원칙과 기준을 세울 때 진정으로 포용력이 생길 수 있지 않겠습니까. 그런 차원에서 우리 정치계는 거의 서로 적대시하는 일에만 익숙해 있을 뿐 포용의 수사학이 없다는 점을 현역 정치인으로서 반성하고 계신지요? 또 앞으로 이런 상황이 좀 나아질 것으로 보시는지요?

나소열 저는 항상 저의 정치적 기준을 두고 고민해 왔습니다. 정책을 세우고 진척시킬 때나, 정치를 할 때도 항상 그 기준을 대덕大德에 두어 왔습니다. 동양에서는 대덕의 상징을 태양이라고 해요. 왜 태양을 대덕이라고 하느냐 하면 햇볕을 쬐고 싶은 삼라만상 누구에게나 빛을 주기 때문입니다. 저이는 미우니까 안 주고, 이이는 예쁘니까 더 많이 주는 것이

내가 변한 만큼 세상이 변한다

아니고 원하는 누구에게나 태양은 과감히 빛과 따뜻함을 주잖아요. 물론 사람인지라 친소 관계도 있지만, 적어도 어떤 정책이나 어떤 정치 행정을 했을 때는 필요한 사람들한테 아낌없이 주는 것이 맞다고 생각합니다. 그러한 속에서 진정한 정치와 행정이 펼쳐질 수 있습니다.

기자 그러니까 항상 보편성을 중시할 수밖에 없겠군요.

나소열 그렇죠. 저는 사람이 본질적으로 변하지 않는 존재라고 생각하지 않습니다. 사람은 경험, 환경, 그리고 수시로 바뀌는 상황에 따라서 얼마든지 변할 수 있어요. 일부에서 얘기한 것처럼 생각이 계급이나 계층의 영향을 많이 받는 것은 사실이죠. 자기 이득을 지키고, 계급적 이해를 반영한다는 측면에서는 상당히 설득력 있습니다. 그러나 꼭 그렇지만은 않은 것이 현실이지요. 자본력과 계층의 차이에도 불구하고 오히려 이 사회의 공공선을 위해서 열심히 기부하고 헌신하는 사람도 있고, 그 반대의 경우도 있을 수 있다고 생각해요. 우리 사회를 통합하는 것은 노블리스 오블리제라는 말이 있듯이, 높은 위치에 있거나 더 많이 가지고 있는 사람들이 도덕적 책무를 더 잘 이행하는 사회가 결국은 원칙이 살아 있고, 통합이 잘 되는 사회라고 생각합니다.

기자 남북관계에도 원용될 수 있는 이치라고 볼 수 있겠네요. 우리가 지금 너무 인색한 면도 있을까요?
나소열 그렇습니다. 우리의 목표가 참다운 화해와 통일이냐? 아니면 통일이 안 되도 좋으니까 우리끼리만 잘 먹고 잘 살고 싶다는 것이냐? 나는 그에 따라서 우리들의 행보가 얼마든지 달라질 수 있다고 생각해요.

기자 남북문제에서 말로는 좋은 얘기 다 하고 실제 꿍꿍이속은 다른 경우가 있습니다. 남이나 북이나 그런 정치 행태를 보이곤 하지요. 이래서는 곤란하지 않나요? 그런 차원에서 정치인 나소열은 정직하다고 보십니까?

나소열 정직도 그렇지만, 저의 가장 큰 자산은 신뢰, 믿음 그리고 정성입니다. 저는 정직보다는 정성이 저의 정치적 자산이라고 봅니다.

기자 나의 정치적 자산은 정성이다? 글쎄요, 가령 믿음은 내가 믿어 주고 상대가 날 믿어 주고 이런 상호성이 있지만, 정성은 내가 아무리 정성을 들여도 안 돌아올 수가 있잖아요.

나소열 물론 안 돌아올 수도 있지요. 그러나 정성이 기본이면 뭐 안 돌아온다 해도 어쩔 수 없습니다. 아무리 정성을 기울여도 사람들이 이해해 주지 않고, 바뀌지 않을 수도 있습니다. 그 결과는 제가 책임질 수 있는 것이 아니기 때문에 제가 정성을 다하는 그 자체가 중요하다고 생각합니다.

기자 아주 좋은 말씀입니다. 앞으로 가야 할 정치 여행은 도지사 아니면 국회의원, 새로운 단계로 접어드실 것 같군요. 도지사 쪽이 행보의 일관성이라든지 일정상 어울리지 않을까요?

내가 변한 만큼 세상이 변한다

나소열 네, 그렇습니다. 정치적 일정으로 봤을 때 도지사를 하는 게 맞죠. 그러나 정치적 일정이라는 것이 내가 하고 싶다고 해서 되는 것도 아니고, 변수도 있고, 상대성도 있어 뭐라고 얘기할 수는 없습니다. 그러나 가장 중요한 것은 내가 나름대로의 확고한 원칙을 가지고 충청남도 도정을 새롭게 발전시킬 수 있느냐가 중요하겠지요. 그것을 지역 분들이 인정해 준다면 언젠가는 기회가 올 것이라고 생각해요. 국회의원도 마찬가지라고 봅니다. 도정은 지방자치단체장으로서의 경험을 살려 광역자치단체장으로 보다 큰 틀에서 한번 고민을 해본다는 의미가 있죠.

그러나 도지사는 또 한계가 있어요. 차라리 군수나 시장은 자기 지역의 정체성을 본인이 지휘자가 돼서 만들어 갈 수 있습니다. 이에 비해 도지사라는 직분은 어떻게 보면 중앙정부의 위임을 받은 시장·군수와 중앙정부의 업무를 중간에서 조정해 주고, 분위기를 만들어 가는 역할이기 때문에 법안을 생산하거나 직접적으로 정책을 생산하는 입장은 아닙니다. 또 현장에서 정책을 실천하여 곧바로 변화가 느껴지는 현장 업무도 아니고, 좀 중간 단계로서 약간 애매모호한 면도 있습니다. 물론 광역도 광역 나름인데 서울특별시나 광역시 단위는 정체성이 있지요. 오히려 그쪽은 구청의 정체성이 부족한 측면이 있어요. 도의 입장에서는 오히려 시나 군이 정체성이 있고, 도가 중간 조정자의 역할이어서 업무의 성격이 약간 다르긴 해요. 그러나 큰 틀에서 시·군을 조율하고 중앙정부에 정책을 건의해서 광역지자체를 이끌어가는 것은 또 하나의 좋은 경험이기 때문에 그러한 일을 하는 것도 의미가 있습니다.

또 국회의원 직분은 제가 처음부터 꿈꿔 왔던 분야입니다. 정치학을 공부했고, 정치학을 학생들한테 가르치고, 또 정당에 투신하면서 현실정치를 기획하고, 지역에 와서 한 20여 년간 발로 뛰고, 선출직으로서 12년간 일을 해오면서 사실 정치의 산전수전 모든 것을 겪었다고 해도 과언이 아닙니다. 제가 낙선을 두 차례 하면서까지 국회의원 일을 바래 왔습니다만, 국회의원은 한편으로 보면 300명 중 1인이기 때문에 자칫 잘못하면 그 속에서 할 수 있는 일이 없을 수도 있어요. 특히 소수파인 야당으로서는 무력감을 느끼기 쉽습니다.

그래서 때로 국회의원은 너무 재미없다, 이런 분들도 있는데, 저는 꼭 그렇게 생각하지는 않아요. 국회의원은 굉장히 재미있는 직업이 될 수도 있습니다. 왜냐하면 소수파의 한계도 있고, 300인 중 하나이기 때문에 한계를 느낄 수도 있지만, 진짜 정책의 본질을 꿰뚫으면 법과 제도를 바꿔 넘으로써 많은 국민들의 생활, 삶의 질을 달리할 수 있기 때문입니다. 국민들에게 가장 절실한 정책들, 즉 본질을 꿰뚫는 정책들을 생산하고 법과 제도를 바꿔 넘으로써 현실을 바꿀 수 있는 많은 기회가 있습니다. 따라서 저는 큰 보람을 느낄 수 있다고 봅니다.

기자 입법기관은 현실적으로 자본의 영향을 많이 받습니다. 소위 재벌로 일컬어지는 기업 집단들의 영향권 하에 있고, 법과 제도로 현실을 바꿔 나간다는 원칙과 희망은 좋으나, 현실적으로 상당한 저항을 각오해야 하는 어려운 과제가 아니겠는지요?

나소열 상당히 어렵죠. 현실적으로 입법은 다수파의 논리를 따라갑니다.

내가 변한 만큼 세상이 변한다

그렇기 때문에 쉽지 않다는 것도 이해하지만 결국은 대중의 힘을 어떻게 변화시키느냐가 핵심이에요. 우리가 정치를 하고자 하는 것은 다수파를 만들고자 하는 것 아니겠어요. 그렇기 때문에 소수파라서 못한다고만 할 것이 아니라, 언제든지 좋은 정책을 생산해서 국민들에게 끊임없이 홍보하고, 설득하고, 우리 편으로 끌어들임으로써 다수파로 만들어갈 수 있다고 생각해요.

기자 긍정적이고 낙천적인 정치 신념이군요.

나소열 제가 좋아하는 말에 우공이산愚公移山도 있습니다. 세상을 바꾸려면 이런 긍정적이고 낙천적인 측면이 없으면 절대 못 하죠. 일제시대에 많은 사람들이 해방이 오지 않을 것 같아서 친일로 돌아섰다고 하더군요. 결국은 자기 확신의 부족 아니겠어요?
역시 정치가 중요합니다. 삶의 본질적인 문제와 날것으로 닿아 있는 분야이기 때문이지요. 제가 어려서부터 관심을 두었던 분야들, 이를테면 철학·역사·경제·정치 등이 있지만 그중에서도 꼭 정치를 하려고 했던 것은 훌륭한 정치가가 있었을 때 백성들이 가장 행복했다는 교훈을 역사에서 배웠기 때문입니다. 훌륭한 철학자와 성인들이 참 많았어요. 물론 그런 분들이 활동할 때 꼭 백성들이 행복했던 것은 아니에요. 하지만 훌륭한 정치가가 나왔을 때는 그 당시 백성들이 상대적으로 행복했어요. 악정을 펼치는 정치가와 선정을 펼치는 정치가의 치세는 완전히 극과 극입니다. 그런 의미에서 훌륭한 성인, 훌륭한 철학자, 훌륭한 역사가, 이분들의 업적도 중요하지만, 그것은 정치의 철학, 정치의 사상, 정치의 역사관에서 묻어나야만 됩니다. 훌륭한 정치를 했을 때, 나와 동시대 사람들의 삶에 좋은 역할을 할 수 있다는 확신이 바로 제가 다른 분야보다는 정치를 선택했던 가장 큰 이유입니다.

기자 물론 입법을 수행하는 사람들이 대표적 정치인이겠으나, 다양한 사회에서 정치인의 모델도 다양화되지 않겠습니까? 가령 기업인도 자기 조직을 효율적으로 이끌기 위해서는 그 분야에 요구되는 정치적 역할을 잘 해줘야만 사회가 합리적으로 통합될 수 있을 겁니다.

나소열 저는 방금 예로 드신 기업가의 역할이 정치와 뗄 수 없다고 할 만큼 중요하다고 생각합니다. 왜냐하면 수많은 일자리를 만들고 제품을 만들어 경제를 활성화시키기 때문입니다. 많은 사람들이 경제활동을 통해 삶을 영위하지요. 가장 본질적인 의미에서도 정치의 어떤 역할을 기업가가 해내는 겁니다. 문화예술인도 마찬가지죠. 그들의 작품을 통해서 사람들은 더욱 성숙한 자아를 찾게 되고 순화됩니다. 그런 측면에서 또 얼마나 훌륭한 정치적 역할입니까. 이것은 정치의 선순환 구조를 설명합니다. 제가 정치가 중요하다고 생각하는 것은 제대로 된 정치를 해내면 기업가들이 경제활동에 더 전념할 수 있고, 또 문화예술인들이 더욱 활발하게 창의적 예술 활동을 하게 된다는 겁니다. 그렇게 되면 좋은 정치는 다시 더 많은 자양분을 각 분야로부터 흡수하게 되겠지요. 바로 제대로 된 민주사회 구조입니다.

내가 변한 만큼 세상이 변한다

기자 정치가 밑바탕이 된다는 말씀이겠죠?

나소열 저는 이 뒷받침을 어떻게 하느냐에 따라서 그 시대의 삶이 달라지는데, 이 뒷받침이란 바로 정치의 역할이라고 생각합니다. 그런 측면에서 이 사회의 모든 분들이 각자 나름대로의 중요한 역할을 하고 계신데, 제가 정치인으로서 그분들께 진짜 도움을 드렸으면 좋겠습니다. 이것이 바로 제가 생각하는 정치인의 몫입니다.

기자 나 군수님은 천주교 신자인 것으로 알고 있습니다. 이런 질문이 성립하는지 모르겠으나, 삶을 뒷받침해 주는 친구라는 차원에서 예수도 정치인으로 생각해 보신 적이 있나요?

나소열 저는 예수를 정치인이라고 생각하지는 않아요. 예수는 정치를 초월했죠. 정치를 초월했고 단지 어떠한 정치적 영향력을 미쳤느냐는 측면에서는 영향력이 지대했겠지만 그것이 꼭 정치라고 표현할 수 있는 것은 아니겠지요.
그러나 저는 이렇게 생각합니다. 제가 기본적으로 가장 마음에 품고 있는 것은 모든 정책의 핵심이 사랑이라는 겁니다. 공무원들에게도 가장 강조하는 게 사랑입니다. 왜 그런가? 사실 학력이나 축적된 경험을 떠나서 열정적인 사람이야말로 제대로 일을 합니다. 그럼 열정은 어디에서 나오느냐, 그 핵심이 저는 사랑이라고 봐요. 그것은 사람에 대한 사랑, 역사에 대한 사랑일 수도 있고, 문화 예술에 대한 사랑일 수도 있겠지요.

사랑하는 마음 그 속에서 열정이 나옵니다. 그러니까 사랑하지 않고는 좋은 에너지가 나오지 않습니다. 예수가 가르쳤던 핵심도 사랑이지요. 그렇지 않습니까? 청춘남녀들도 사랑하면 에너지가 어디에서 그렇게 솟아나는지 밤늦게까지 데이트하고, 그다음 날 새벽에도 보고 싶어서 또 전화하고 그러잖아요. 또 자식을 향한 무한정한 사랑 때문에 자식을 위해서라면 뭐든지 희생하고, 뭐든지 해주고 싶은 그런 에너지가 생기잖아요. 그런 생동감이란 얼마나 위대합니까. 그래서 저는 사람을 사랑하는 마음에서부터 모든 것이 출발하고 거기에서 에너지가 나온다고 확신합니다. 평소에 저는 신자로서 그러한 사랑과 은혜가 나한테 충만해질 것을 항상 기도합니다. 많은 사람들한테도 그런 사랑과 은혜가 진짜 가득 찼으면 좋겠습니다.

제 철학으로 '나의 안도 사랑하지만 나의 밖도 나한테 끊임없이 영향을 주고 있는 영역이므로 이 또한 내 몸처럼 사랑하자'는 것이 있는데요, 나의 밖이 나의 것이 아니라는 것 자체가 사실은 오해일 수 있습니다. 물론 감각적으로는 내가 못 보는 곳, 멀리 떨어져 있는 것에 대해서는 나도 가깝게 느낄 수는 없겠지요. 그러나 적어도 이 바깥에 있는 세상이 나와 전혀 별개이고 바깥이 행복하지 않은데 내가 행복할 수 있다고 착각해서는 곤란하겠죠.

기자 훌륭한 철학입니다. 앞으로 좋은 정치를 하시기 바랍니다. 정말 통일도 이루고, 동북아 공동체, 아니 세계의 정치 리더로 우리 정치가 나아가길 바랍니다.

내가 변한 만큼 세상이 변한다

나소열 사실은 그래요, 이제 우리나라만 잘살 수 있는 그런 세상이 아니지요. 공존과 협력은 국가 간에 필수고, 그보다 아예 국가를 뛰어넘어서 우주적 개념으로 나아가고 있어요. 인간만 잘 살아야 한다는 생각은 버려야 된다고 생각합니다. 자연과 사람이 하나 되어 공존하는 세상이 와야 합니다. 우리 서천 최초의 슬로건이 '자연과 사람이 하나 되는 어메니티 서천'입니다. 인간과 인간의 공존도 중요하지만 인간과 자연의 공존까지도 생각하자는 취지입니다. 물론 사람들이 모여 살면서 스트레스는 계속 존재하겠지요. 왜냐하면 서로 간에 이해를 못하는 측면이 있기 때문입니다. 그러나 적어도 스트레스를 받는다고 해서 바로 그 사람과 적이 될 것이 아니라 그 스트레스를 해소하기 위해서 더 고민하고, 더 포용해야 합니다. 내가 그들에게 무엇을 도와줘야 할까, 내가 무엇을 어떻게 반성해야 관계가 승화될 것인가를 성찰해야겠지요. 일종의 과제입니다. 화음을 잘 넣으면 아주 멋진 차이로부터 아름다운 음악이 되잖아요. 그런데 같은 차이라도 화음이 엉망이면 소음으로 떨어지듯이 세상의 차이를 어떻게 조화롭게 맞추고 어떻게 화음으로 승화하느냐가 문제입니다. 정치인은 마치 오케스트라의 지휘자처럼 여러분을 안내하는 것이 사명일 겁니다.

기자 리더란 힘만 있다고 될 수 없겠지요. 가령 일제 군국주의처럼 힘으로 복종을 강요하는 폭력은 절대로 조화를 창출할 수 없을 겁니다. 우리나라 공동체는 앞으로 평화통일의 경험을 쌓고, 일정 정도의 부를 계속 유지하면서, 가난한 이웃 나라 사람들에게 시선을 돌려야 할 겁니다. 그들이 우리나라 공동체에 들어와 살고 싶다고 할 때, 그들과 또 하나의 조화로운 문화를 함께 나누는 경험들이 누적될 때라야만 진정으로 세계를 선도하는 공동체, 자부심을 느낄 수 있는 인류 국가, 선진 국가가 되는 것이 아닐까요? 일인당 국민소득이 2만 달러가 넘었다 그러니 이제 우리는 선진국이다, G20 회의를 개최했다 그러니 우리는 선도 국가 중 하나다, 이런 사고방식에서 이제 벗어나야 하지 않겠습니까?

나소열 세상 많은 사람들의 슬픔, 괴로움, 기쁨, 즐거움 이런 것들은 눈을 뜨면 다 보여요. 그런데 눈을 감으면 내 마음 안을 관조할 수 있어요. 눈을 뜨면 세상을 보고 눈을 감으면 세상을 내 마음으로 관조하는 겁니다. 그런데 깨달음을 얻었어도 실제 눈을 떠보면 세상 사람들의 오욕칠정 인간사 갈등이 해소되지 않아요. 결국 내 마음의 진정한 평화는 오지 않는단 말입니다. 나는 적어도 눈을 감고 있으면 내 마음 속의 평화를 찾았다고 생각했는데 눈을 뜨고 자세히 보면 그 사람들이 괴로워하는 모습이 투영되니 도저히 내가 평화로울 수가 없다는 것이죠. 내가 혼자 자족하고, 내가 혼자 돈 있다, 권력 있다고 만족하고 뽐낸다는 것이 참 가소로운 일이죠. 세상 사람들이 많이 고통스러워하고 힘들어하는데, 그러한 것들이 무슨 의미가 있겠습니까. 국가도 같은 이치죠. 타민족을 침략하고 괴롭히는 국가는 자존망대하다가 결국은 파멸로 갈 수밖에 없지 않습니까? 역사상 영속적으로 강한 국가는 없었어요. 언젠가는 망합니다. 힘으로 일어나면 힘으로 무너진다는 얘기도 있어요. 우리가 진짜 강하다면 김구 선생님이 말씀하신 것처럼 문화국가로서 서로 공존하고, 상호 번영의 토대 위에서 협력해야 합니다.

내가 변한 만큼 세상이 변한다

기자 결국은 국가 간에도 서로 사랑해야 되는 거겠죠? 내가 너희를 잘살게 해줬으니 나를 존경하라는 식이면 치졸해지는 거겠지요.

나소열 그렇다고 너무 순진하게 '사랑하자' 일변도는 곤란합니다. 적어도 우리가 우리의 자존을 지킬 수 있는 힘을 가지면서 사랑할 필요가 있습니다. 진짜 사랑은 자기도 지킬 수 있어야 합니다. 자기의 철학과 사상을 지킬 수 있는 힘이 있어야 진짜 사랑을 할 수 있습니다.

기자 지금까지 고향 서천을 정성을 다해 아끼고 사랑하셨고, 서천의 장구한 역사에서 보면 12년이라는 아주 짧은 기간에 많은 변화와 개혁을 이끄셨습니다. 앞으로 우리나라 정치인으로서 더 도약하시고, 그 꿈과 철학을 반드시 실현하시기를 빕니다.

나소열 과찬이십니다. 저는 더 배워야 할 사람입니다.

기자 장시간 인터뷰에 응해 주셨습니다. 감사합니다.

나소열 대단히 감사합니다.

네가 필요한 곳에 너를 던져라

내가 변한 만큼 세상이 변한다

초판 1쇄 찍은날 2014년 1월 15일
초판 1쇄 펴낸날 2014년 1월 18일

지은이 나소열

펴낸이 최윤정
펴낸곳 도서출판 나무와숲 | 등록 2001-000095
주소 서울특별시 송파구 올림픽로 336 1704호(방이동, 대우유토피아빌딩)
전화 02)3474-1114 | 팩스 02)3474-1113 | e-mail : namuwasup@namuwasup.com

값 15,000원
ISBN 978-89-93632-29-5   03810

* 잘못 만들어진 책은 구입하신 서점에서 바꿔 드립니다.